# Moi & mon *secret*...

DU MÊME AUTEUR
DANS LA COLLECTION RED DRESS INK

*Vous avez dit célibataires ?* (n° 4)
*Ex in the City* (n° 25)
*A quand le grand saut ?* (n° 47)
*Mon fiancé, mon ex et moi* (n° 59)
*Talons aiguilles et peinture fraîche* (n° 70)

WENDY MARKHAM

# Moi & mon secret...

RED
DRESS
INK®

*Cet ouvrage a été publié en langue anglaise*
*sous le titre :*
MIKE, MIKE AND ME

*Traduction française de*
NADINE GINAPE-MERCIER



*Réalisation graphique couverture :*
© VIRGINIE JACQUIOT


83-85, boulevard Vincent-Auriol, 75646 PARIS CEDEX 13 — Tél. : 01 42 16 63 63
Service Lectrices — Tél. : 01 45 82 47 47
www.harlequin.fr
ISBN 978-2-2802-1382-0 — ISSN 1761-4007

# 1

*Présent*

Au cas où vous vous poseriez la question, eh bien, oui, j'ai finalement épousé Mike.

Lequel ? me demanderez-vous. Et vous n'aurez pas tort de vous interroger.

A un moment, j'ai failli jouer à pile ou face. J'ai fini par trancher et j'ai sincèrement cru avoir fait le bon choix — avoir choisi le bon Mike.

Ce n'est que tout récemment que j'ai commencé à en douter… et à douter de mon existence en général. Depuis quelque temps, j'ai tendance à revivre ce fameux été, où mon cœur était déchiré entre deux hommes. Un homme que j'avais toujours aimé et un homme que je venais juste de rencontrer.

Qu'ils portent le même prénom est une drôle d'ironie du sort, vous ne trouvez pas ?

Peut-être pas. Selon les statistiques, Michael était le prénom masculin le plus populaire aux Etats-Unis entre 1964 et 1998. Si vous êtes de sexe féminin, hétérosexuelle, et née ces années-là — comme moi — vous sortirez selon toute probabilité avec deux Mike dans votre vie. Comme moi.

En revanche, si vous êtes un mâle hétéro né durant cette même période, vous êtes censé sortir avec deux Lisa, prénom le plus populaire l'année de ma naissance.

Je ne m'appelle pas Lisa. Vous connaissez la chanson ? « Je ne m'appelle pas Lisa, mais Julie… » C'était un tube quand j'étais gamine. Je la chantais aux pyjamas parties avec mes meilleures amies — dont deux s'appelaient Lisa.

Mais je ne m'appelle pas Lisa. Ni Julie.

Mon vrai nom est Barbra. Sans le « a » du milieu, comme Barbra Streisand. Mais ce n'est pas à cause d'elle que mon prénom s'orthographie ainsi. Je suis née au milieu des années 60, avant que ma mère n'apprenne l'existence de Barbra Streisand.

C'est mon père qui — s'il ne s'appelait pas Bob, il ne saurait même pas écrire son propre nom — a déclaré ma naissance avant le réveil de ma mère, assommée par les anesthésiques administrés à l'époque aux femmes pour leur épargner l'horrible expérience de l'accouchement.

Je parle de ces temps reculés où on ignorait que ces substances droguaient également le fœtus — c'était le « bon vieux temps » : on ne savait rien mais on ne souffrait pas.

J'avais toujours pensé que lorsque j'accoucherais à mon tour, j'aurais l'usage de ces anesthésiques.

Serais-je une mauviette ?

Euh… oui. Je n'ai jamais supporté la douleur — je suis

la première à le reconnaître. Si je me cogne un orteil, je hurle. Une écorchure, je pleure. Du sang, je m'évanouis.

Quand j'ai appris que j'étais enceinte, j'avais déjà entendu les récits effrayants de quelques-unes de mes amies, aussi pensais-je qu'il valait mieux, dans l'intérêt général, que j'accouche dans les vapes, afin d'éviter le stade où on hésiterait entre la venue d'un obstétricien et celle d'un exorciste.

Je m'imaginais sombrant dans une agréable torpeur médicamenteuse, m'éveillant fraîche et dispose pour prendre dans mes bras un nouveau-né mignon et tout rose, sans me formaliser que mon mari ait mal orthographié son nom pendant mon sommeil.

Hélas, tel n'était pas mon destin.

Pour commencer, nous avions décidé que notre fils aîné porterait le prénom de mon mari qui, par un heureux hasard, a souvent été amené à écrire le prénom Mike.

Ensuite, quand j'ai questionné mon médecin au sujet des anesthésies — environ cinq minutes après avoir appris ma grossesse — il m'a conseillé un cours d'accouchement sans douleur où on m'apprendrait à respirer et à me concentrer sur des images intérieures. Ecœurant. Je ne voyais pas, et je ne vois toujours pas, comment faire le petit chien, compter ses respirations, se concentrer sur la flamme d'une bougie ou, j'aurai tout entendu, sur ma peluche préférée, pourrait me faire oublier la créature de trois kilos et demi prête à tout pour sortir de mon corps par un chemin particulièrement étroit.

Selon une théorie scientifique bien connue, ce qui est entré peut sortir. On y arrive toujours. D'une façon ou d'une autre. Et l'étape *extraction* n'est jamais aussi agréable que l'étape *introduction.*

De qui est cette théorie scientifique ?

De moi. Croyez-moi, je suis experte en la matière. Si vous vous êtes un jour empiffrée de bonbons *avant* le jour de Halloween ou que vous avez avalé trop de verres de tequila le jour de votre anniversaire, alors vous êtes un expert vous aussi.

Mais si vous n'avez jamais accouché, ni digéré une livre de chocolat ou une pinte d'alcool fort, voici une anecdote : quand Mike et moi étions jeunes mariés, lui et mon père ont monté notre divan neuf sur deux étages, pour l'aménagement de notre trois pièces dans le Queens. Quelques années plus tard, quand nous avons déménagé, les déménageurs ne sont pas parvenus à sortir le divan. Ils l'ont tourné, retourné, sans réussir à le faire passer par la porte. Ils ont fini par me déclarer que la seule solution consistait à scier l'un des pieds.

Bon, en règle générale, je ne rechigne pas à être l'élément décisionnaire de notre couple. Mais en règle générale, des hommes bizarres n'exigent pas de moi une scie afin de défigurer nos meubles.

J'ai essayé de joindre Mike au bureau pour lui demander son avis — en d'autres termes pour lui demander l'autorisation d'amputer le divan — mais il n'était pas là.

Alors les déménageurs ont scié un pied du divan. Le

divan est passé par la porte et ils l'ont emporté dans notre nouvelle maison de la banlieue de Westchester.

Quand Mike est rentré le soir, frais — enfin pas vraiment frais ! — émoulu de son premier trajet en train de banlieue, prêt à s'effondrer, il a immédiatement remarqué que la surface sur laquelle il s'apprêtait à s'effondrer penchait dangereusement.

Je lui ai expliqué la situation.

Il est resté bouche bée.

Enfin, pas seulement bouche bée. D'autres choses aussi. Comme effroyablement en colère. Après une quasi-décennie d'expérience concernant ses trajets quotidiens, j'attribue en partie sa furie à l'heure passée dans un wagon sans air conditionné, pris en sandwich entre deux gros hommes d'affaires conversant par-dessus ses genoux. Mais à l'époque, avec mon nombrilisme de jeune mariée analysant tout à tort et à travers, j'avais conclu que tout était ma faute.

Lui : Comment as-tu pu les laisser couper le pied de ce putain de canapé ?

Moi : Je n'ai pas eu le choix.

Lui : Nous avons fait entrer ce putain de canapé. Et ces foutus déménageurs professionnels n'ont pas pu le sortir ? D'abord, c'est quoi ces déménageurs qui se promènent avec une foutue scie pour couper les pieds des canapés de leurs clients ?

Moi : Ils ne se promènent pas avec une scie. Je suis allée en acheter une.

Lui : Tu as *acheté* une scie ?

Moi : Une foutue scie. Ils me l'avaient demandé.

Lui : sort en trombe et passe une nuit d'insomnie à tenter de garder l'équilibre sur le putain de canapé susmentionné — qui penche sérieusement.

Moi : passe une nuit d'insomnie à sangloter dans mon oreiller sur ma première dispute conjugale d'importance.

Je dis *d'importance*, car cette dispute est restée dans la mémoire collective de notre couple. Ce n'était pas l'une de ces disputes quotidiennes à propos du thermostat, de la couleur du papier peint ou pour savoir qui doit acheter la carte de fête des mères pour sa mère. Je parle d'une *vraie* dispute. Une dispute qui vous tient éveillée jusqu'à l'aube. Une dispute qui vous amène à vous dire : qui êtes-vous et qu'avez-vous fait de l'homme que vous avez épousé ?

Dans notre couple, les disputes et les nuits d'insomnie se comptent sur les doigts d'une main.

Après le calvaire du déménagement, l'insomnie suivante — et donc, notre dispute conjugale d'importance suivante — a eu lieu environ un an plus tard. J'étais dilatée de dix centimètres et en train de pousser. Cette dispute compte-t-elle ? Franchement, on ne peut pas dire qu'à ce moment j'étais moi-même.

Qui étais-je ?

Un mélange de cette fille condamnée pour avoir lancé sa voiture dans la foule, de Shannon Dougherty et de Lord Voldemort — état passager provoqué par l'insupportable douleur de l'accouchement.

Et Mike — supposé me soutenir — a fait preuve d'une rare stupidité, état passager que j'ai imputé à une hypoglycémie. Due, je l'avoue, au fait que je ne l'avais pas autorisé à se rendre à la cafétéria de l'hôpital — pas même aux distributeurs — depuis les vingt-quatre heures et des poussières que durait ce travail torturant, de peur qu'il ne rate la naissance. Quelle idiote. Je croyais encore que le bébé allait faire son apparition d'une minute à l'autre. J'ai continué de le croire pendant, oh, à peu près les seize mille minutes qui ont suivi.

Enfin, voilà le degré de stupidité démontré par Mike : en plein milieu de mon supplice, il a évoqué l'histoire du canapé.

— Tu peux le faire, chérie, a-t-il susurré. Ce bébé va sortir. Peut-être qu'on devrait lui réserver le même sort qu'à notre canapé, ça passerait mieux, non ?

Qu'est-ce qu'on se marre, non ? Comme il est drôle, ce Mike.

Il a ensuite jugé nécessaire, à l'instar de Jay Leno, de régaler les infirmières, le médecin et un interne qui passait par là du monologue du canapé. Ils se sont tous bien fichus de moi, tandis que je me tordais de douleur, gémissais et maudissais l'inefficacité de la péridurale, jurant que si ce bébé sortait un jour, je serais mère célibataire parce que j'allais demander le divorce.

Je n'ai pas demandé le divorce.

Mes parents non plus, bien que la longévité de leur couple

soit un miracle, étant donné leur différence flagrante de caractères.

Donc, comme je le disais avant de me lancer dans cette digression plus longue que prévue, mon père — doué pour beaucoup de choses, entre autres la réparation des canapés aux pieds récemment sciés, surprenant mais heureux pour nous — n'a jamais excellé en orthographe. Il aime répéter que c'est parce qu'il est comptable — comme si être comptable exigeait d'être doué uniquement pour les chiffres et de considérer l'alphabet comme nuisible.

Donc, en déclarant ma naissance, il a fait l'impasse sur le deuxième « a » de « Barbara ». Le temps que quelqu'un s'en aperçoive, il était trop tard. Quand ma mère s'est réveillée, j'étais « Barbra », un point c'est tout.

Mes trois frères aînés la taquinaient tout le temps — et moi avec — et le félicitaient d'avoir oublié le second « a » et non le troisième « a » et le premier « r », auquel cas je me serais appelée Babar.

Ma mère ne trouvait pas ça drôle. Elle n'a rien contre la littérature enfantine ; elle est professeur d'anglais au collège. Et intraitable sur tout ce qui touche à l'orthographe et à la grammaire. Il paraît qu'après avoir découvert l'erreur dans l'orthographe de mon prénom, elle n'a pas adressé la parole à mon père durant plusieurs jours. Mais comme je l'ai déjà dit, ils ont réussi à rester mariés.

Peu après ma naissance, Barbra Streisand est devenue célèbre, légitimant l'orthographe peu orthodoxe de mon prénom. Mais je n'ai aucun souvenir d'avoir jamais été appelée Barbra. Très tôt j'ai été surnommée Beau, et ne me suis jamais appelée autrement depuis.

Mes parents m'ont donné ce surnom en diminutif de Beaulieu, le nom de Priscilla Beaulieu Presley, la femme d'Elvis. Ils trouvaient que je lui ressemblais. Ce qui est vrai. D'ailleurs au fil des années, nombre de gens que je n'avais jamais rencontrés m'ont abordée pour m'en faire la réflexion.

Ça ne me dérange pas. Ce n'est pas comme s'ils me déclaraient que j'étais le portrait craché de Cyndi Lauper par exemple.

Priscilla était, et est toujours, très belle.

Trois grossesses et une existence entière auparavant, j'étais belle moi aussi. Aujourd'hui, je suis mère de trois garçons — sept ans, trois ans et un bébé. J'ai de la cellulite, des vergetures, des varices et des cernes sous les yeux. Mes seins qui ont allaité trois enfants ont tendance à tomber et mon périnée traumatisé par les accouchements n'est plus ce qu'il était. Il m'arrive d'avoir des fuites.

Heureusement, cela ne m'arrive pas souvent ces temps-ci. Je suppose que je devrais m'en féliciter, mais je ne vois pas les choses ainsi.

Zut, c'était bon de rire aux larmes plutôt que de rire à en faire pipi dans ma culotte.

Quelques trucs qui me faisaient rire aux larmes : les chatouilles de mon père. Le film où Steve Martin et John Candy se trouvent dans une voiture qui prend feu. *Seinfeld*, même les rediffusions, que j'ai vu une douzaine de fois.

Oh, et mon mari, Mike.

Quand nous sortions ensemble, il me faisait vraiment mourir de rire. Au début de notre mariage aussi, même après notre déménagement en banlieue.

Il s'amusait à imiter, pince-sans-rire, notre vieille voisine irascible, Mme Rosenkrantz. C'était hilarant — peut-être aussi un peu cruel, mais j'étais son seul public. Il s'agissait d'un truc juste entre nous.

Au beau milieu d'une tâche quelconque — plier le linge par exemple ou faire les courses au supermarché — je suppliais Mike de « faire Mme Rosenkrantz » et il s'exécutait. Il imitait Mme Rosenkrantz pliant son linge ou Mme Rosenkrantz faisant les courses, et je ne pouvais m'empêcher de me rouler de rire par terre.

Mme Rosenkrantz est morte juste avant la naissance de notre deuxième enfant. J'étais en plein travail lors de la veillée funèbre et j'étais hospitalisée au moment de l'enterrement. Nous n'avons donc pas pu y assister. Quand nous sommes rentrés chez nous, avec notre petit paquet de langes bleus, nous avons trouvé une cigogne de bois sur notre pelouse et une pancarte « A Vendre » sur la sienne.

Depuis, j'ai demandé une ou deux fois à Mike de « faire Mme Rosenkrantz », mais ce n'est plus la même chose.

Beaucoup de choses ont changé dans notre couple. Certaines sont pires, d'autres mieux — mais plus rien n'est comme avant. Ces temps-ci, je me surprends à le regretter.

Encore que Mme Rosenkrantz ne me manque pas —

c'est rire d'elle qui me manque. Ou plutôt rire devant mon mari en train de l'imiter.

Une jeune famille de New York a racheté sa maison. Dans notre banlieue verdoyante du nord de New York, les maisons des personnes âgées décédées sont toutes rachetées par de jeunes familles de New York. Les Carson semblent une famille sympa, avec une fille de l'âge de mon fils aîné, un fils de l'âge de mon second fils et des jumeaux attendus d'une seconde à l'autre. La mère, Laura, est très marrante, en dehors de sa période de fin de grossesse durant la terrible canicule de juillet. Le père, Kirk, entraîne les poussins de l'équipe de base-ball avec Mike.

L'été nous organisons des barbecues et buvons des bières sur leur terrasse ou la nôtre pendant que les enfants jouent sous les jets d'eau. L'hiver, nous pelletons la neige pendant que les enfants font des bonshommes de neige. Les Carson relèvent notre courrier et le *Journal News* quand nous sommes en vacances, et nous ne cessons de répéter que nous devrions partir en vacances ensemble un de ces jours.

Tout ça semble parfait non ?

Ouais. Les délices de vie de banlieue.

Trois enfants, une belle maison, un break et un plan épargne retraite. Nous avons tout sauf le chien. Mais les garçons supplient pour en avoir un et je sais que, tôt ou tard, je vais céder, et nous aurons aussi un chien.

Eux, comme moi, obtenons toujours ce que nous voulons.

Je suis née sous une bonne étoile. C'est ce que ma mère dit toujours en riant. Depuis que je suis petite, j'obtiens tout ce que je veux facilement. Les amis… les concours… les élections scolaires… les petits amis.

Si je désire quelque chose, je l'obtiens.

Et j'ai toujours désiré mener cette vie. N'est-ce pas ?

N'est-ce pas ?

A l'époque où j'étais encore jeune et célibataire et que je sortais avec mon mari — en même temps qu'avec l'autre Mike, celui que je n'ai pas épousé — je rêvais de cette vie. Je m'imaginais qu'il me suffirait de tendre la main pour l'obtenir, parce qu'il en avait toujours été ainsi.

*Méfie-toi de tes vœux.* C'est ce qu'on dit souvent.

Quand je dis *on*, il s'agit du *on* dont parle toujours ma grand-mère. Le *on* qui dit que la beauté se fane vite, que quand le chat n'est pas là, les souris dansent, et qu'amour et mariage vont de pair.

Non, ça, je crois que c'est de Frank Sinatra.

Aucune importance. Grand-mère le cite lui aussi.

Mais tous les clichés contiennent une part de vérité. C'est pourquoi ce sont des clichés.

Et me voilà, moi, cliché vivant, à la veille de mon quarantième anniversaire, à me répéter que j'ai tout ce que j'ai toujours désiré — et tentant désespérément de me rappeler pourquoi — oui, pourquoi ? — j'ai jamais désiré une vie pareille.

# 2

*Passé*

Alanguie sur son lit défait, Valérie se vernissait les ongles des orteils dans la moiteur de cette chaude soirée de juillet.

— Si j'étais toi, me dit-elle, je mettrais la rouge. Mike t'aime en rouge, non ?

— Oui, mais…

Je me suis examinée dans le miroir en pied dégoté chez Woolworth que j'avais fixé sur la porte de notre placard seulement quelques jours plus tôt. Dieu seul sait comment nous avons survécu pendant presque toute une année sans miroir !

Mais Valérie prétendait que si elle ne voyait pas ses quinze kilos superflus, elle s'en moquait.

Dès l'acquisition du miroir — une idée à moi — elle s'était remise au régime. Le même régime qu'elle suivait — et abandonnait — régulièrement depuis un ou deux ans.

Une mesure aussi drastique que la suppression de toute graisse de son alimentation devait produire des résultats.

C'est ce que pensait Valérie. Moi, cela me semblait un peu extrême, mais la nature m'a dotée d'un poids normal et d'un métabolisme actif. Je n'imaginais pas ma vie sans crème glacée, *chimichanga* au fromage, poulet frit, purée de pommes de terre et sauce cajun.

Chaque fois que Valérie reprenait son régime maigre, je m'adonnais à mes péchés mignons en cachette afin de ne pas la détourner du droit chemin, pavé de céréales. Evidemment, tôt ou tard, elle s'en écartait, mais au moins, je n'y étais pour rien.

J'ai désigné à Valérie la minirobe de Lycra que j'avais revêtue.

— C'est nouveau. Tu n'aimes pas ?

Elle m'a détaillée de pied en cap et j'ai essuyé un filet de sueur sur mon front. Malgré la fenêtre ouverte et le ventilateur posé par terre, il faisait sacrément chaud. C'était mon second été à Manhattan. L'année précédente, j'étais si excitée d'y vivre que je n'avais pas noté la chaleur étouffante de notre deux pièces sans air conditionné, situé dans un immeuble sans portier.

Mais je me souvenais avoir noté le bruit incessant de la rue — les Klaxon, les sirènes, les marteaux-piqueurs, les basses vibrantes des autoradios et des bars avoisinants. Il m'avait fallu un moment pour m'habituer à ce vacarme continuel de l'Upper West Side. Une fois habituée, les nuits passées chez mes parents, loin de New York, m'avaient semblé d'un calme surnaturel.

Valérie a haussé les épaules et posé le flacon de vernis rose nacré.

— Je ne sais pas, Beau, a-t-elle déclaré en détaillant ma tenue. Tu ne trouves pas que c'est un peu…

— Un peu…

— Court ?

— Oui, court. Et…

— Sombre ?

— Ça aussi. Mais que ça fait aussi un peu…

J'ai de nouveau ouvert la bouche, mais cette fois Valérie a fini sa phrase.

Elle l'a finie par « garce ».

Je souris jusqu'aux oreilles.

— Val, je n'ai pas vu Mike depuis avril. Après trois mois de séparation, peut-être ai-je envie d'avoir l'air un peu garce.

— Sois plutôt sexy. La robe rouge est sexy. Celle-là fait garce. Enorme différence. Hé, j'adore cette chanson !

Elle a haussé le volume de la radiocassette posée sur les cageots en plastique qui tenaient lieu de table de nuit entre nos deux lits.

J'ai reconnu les premières mesures, trop familières, de *Forever Your Girl*, de Paula Abdul.

— Je hais cette chanson, ai-je marmonné.

— Je croyais que tu l'adorais.

— Je ne l'« adore » pas, je l'aime bien. Et c'était le mois dernier, avant qu'elle ne passe toutes les cinq minutes sur toutes les radios de New York…

Valérie a entrepris de chanter le début (« Hey baby… ») avec sa voix aiguë et fausse.

— … d'ailleurs, je préfère nettement la *new wave* à la pop. La pop, c'est complètement ringard.

— C'est ce que tu disais de Madonna l'année dernière et maintenant, on l'entend partout.

— Je lui prédis cinq minutes de gloire, ai-je décrété d'un air sombre. Et dix à Paula Abdul. Dans quelques années, on n'entendra plus parler d'elles. Mais INXS et Cure seront célèbres à jamais, comme les Beatles. Souviens-toi de mes paroles.

Comme elle était trop occupée à chanter en chœur avec l'insipide Paula pour mémoriser mes paroles, je me suis emparée du portemanteau drapé de la robe rouge. Je ne l'avais que depuis un mois, mais je l'avais déjà portée au moins trois fois. Cependant, Mike ne m'avait jamais vue avec. Je l'ai plaquée contre moi et ai examiné mon reflet.

Le volant froncé de la jupe courte reflétait la folie de la *lambada* qui s'était emparée de toutes les garde-robes, cet été-là. Mes cheveux châtain clair étaient beaucoup plus longs que la jupe. Longs, permanentés en boucles serrées, avec une raie au milieu et des mèches raides et laquées retombant sur mon front, comme c'était la mode.

— J'hésite. Je crois que je me préfère moulée dans la noire.

Allongée sur le dos, battant l'air des pieds dans l'espoir

de faire sécher son vernis, Valérie a interrompu ses vocalises.

— Je tuerais pour m'aimer moulée dans quoi que ce soit.

Je ne savais jamais quoi répondre à ce genre de commentaires. Pas facile de mesurer un mètre soixante-dix et peser cinquante-cinq kilos quand votre meilleure amie mesurait quinze centimètres de moins et pesait quinze bons kilos de plus.

Je sais, je sais… être la plus petite et la plus grosse était probablement plus difficile. Mais chaque fois que Valérie posait sur moi un regard d'envie dévorante, je ne pouvais m'empêcher de me sentir mal à l'aise… comme en ce moment.

J'ai cherché un truc sympa à dire à propos de son bermuda de cycliste en Lycra bleu électrique et son maxi T-shirt orange fluo, mais je n'ai rien trouvé. Le Lycra n'était pas ce qu'il y avait de plus flatteur si vous n'aviez pas la taille mannequin. Dont, heureusement, j'étais pourvue. Mais malheureusement, pas Valérie.

— Mon vernis ne va jamais sécher avec cette humidité. Tu ne crèves pas d'envie d'avoir l'air conditionné ? a demandé Valérie, toujours en agitant ses jambes dans les airs.

— Peut-être pourrions-nous économiser pour en acheter un.

— Ouais, c'est ça, a-t-elle reniflé.

J'ai reniflé aussi. Nous étions toutes deux fauchées. Intérimaire en tant qu'employée de bureau, elle gagnait huit dollars de l'heure et n'avait pas encore décroché le contrat à durée indéterminée qui lui assurerait des avantages sociaux. Moi, j'avais un job à temps plein et des avantages sociaux, mais je gagnais à peine dix-sept mille dollars par an. Dans ma petite ville de province, ce salaire représentait une fortune. Ici, il couvrait à peine les trois C vitaux pour toute femme normalement constituée : cocktails, cigarettes et *chimichanga*. Enfin, pour moi en tout cas, ils étaient vitaux.

— Je suppose que tu as envie que je te laisse le champ libre ce soir, a dit Valérie.

Elle a sauté du lit pour me rejoindre devant le miroir, brandissant une grande bombe rose et noire d'Aqua Net dont elle a généreusement aspergé la masse blonde qui surmontait son crâne avant de me la tendre.

J'en ai vaporisé un nuage sur ma chevelure avant de la lui rendre.

— C'est tout ce qui reste ? Tu ne l'as pas achetée hier ?

Elle a haussé les épaules.

— J'en rachèterai demain pendant l'heure du déjeuner.

Entre la laque et la sueur, j'avais l'impression qu'une masse poisseuse surmontait mon cou. J'ai fait glisser ma robe noire et enfilé mon propre short cycliste — rose fluo, rayé vert fluo sur les cuisses — et un maxi T-shirt vert fluo que j'ai noué sur ma hanche gauche.

— Tu veux que je demande à Gordy si je peux dormir chez lui demain soir ? m'a demandé Valérie.

Elle a pris une cigarette dans le paquet de Salem Slim légères posé sur la commode avant de me le tendre.

Notre amitié avec Gordy datait de notre première année de fac. Après son diplôme, il était venu vivre à New York, comme nous. Il était une véritable caricature : un aspirant acteur qui gagnait sa vie comme serveur et n'avait reconnu officiellement son homosexualité qu'après que ses parents, catholiques pratiquants purs et durs, avaient achevé de lui payer ses études. Ils l'avaient déshérité aussitôt, le laissant avec pour seule « famille » Valérie et moi. Il habitait un studio dans Hell's Kitchen, quartier effrayant où nous ne nous aventurions jamais seules ni en pleine nuit.

— Tu n'es pas obligée, ai-je dit en allumant ma cigarette.

J'ai aspiré une profonde bouffée avant d'ajouter :

— … tu travailles le lendemain et tout ça.

J'espérais évidemment qu'elle allait protester.

C'est ce qu'elle a fait. Enfin à peu près.

— Tu n'as pas envie d'être seule avec Mike lors de votre première nuit ensemble ?

— Bien sûr, mais…

J'attendais qu'elle se récrie qu'il n'y avait aucun problème, qu'elle dormirait chez Gordy de toute façon. Mais elle ne s'est pas récriée, se contentant de faire un rond de fumée avec un haussement d'épaules.

Zut.

Comprenez-moi bien. Valérie était une supercoloc. Elle ne ronflait pas, lavait sa vaisselle, reluquait religieusement avec moi l'inspecteur Tom Hanson, alias Johnny Depp dans *21 Jump Street* tous les dimanches soir.

Mais sa vie sociale était réduite, ce qui signifiait que si elle ne se trouvait pas à son travail — en ce moment un job intérimaire dans une maison d'édition d'ouvrages scolaires — elle se trouvait à la maison.

Ce n'était pas un problème, sauf quand mon petit ami me rendait visite pour la première fois depuis qu'il avait terminé ses études à la fac à Los Angeles, en mai dernier.

Diplôme supérieur d'informatique en poche, Mike avait programmé plusieurs entretiens à Manhattan. Je priais pour qu'il décroche un des jobs et revienne vivre sur la côte Est. Je commençais à réaliser que sinon, j'allais devoir moi abandonner mon boulot rêvé, assistante de production d'un talk-show télévisé, pour déménager sur la côte Ouest. J'étais née et avais grandi dans l'Etat de New York. Je n'éprouvais pas le moindre désir de déménager en Californie.

Je me doutais que Mike allait tenter de me convaincre tout de même. Il était de Long Island, mais la Californie l'avait séduit. Lors de ma visite à Los Angeles en avril, il n'avait cessé de parler des opportunités de superpostes à la télévision. Quand je lui avais fait remarquer que j'avais déjà un superjob à la télévision, il avait évoqué la qualité de vie de la côte Ouest, nettement supérieure à celle de New York.

— Tu vois, Beau ? Aucun sans-abri à enjamber quand tu sors de chez toi…, avait-il souligné, par un après-midi ensoleillé sur l'autoroute 401 dans sa décapotable.

Il avait désigné le ciel bleu et les palmiers.

— Tout est propre. Pas de neige, aucun besoin de t'entasser dans le métro en compagnie d'un million d'étrangers.

— Seulement de t'entasser sur l'autoroute en compagnie d'un million d'étrangers dans un million de voitures.

Sa préférence marquée pour la circulation de Los Angeles par rapport à la foule new-yorkaise m'avait fait peur et me fait toujours peur.

Il était tout excité à propos d'un projet de recherche informatique sur lequel il avait travaillé avec deux autres étudiants. Le projet aurait dû s'achever en même temps que les cours, mais avait apparemment débouché sur un truc génial, raison pour laquelle il restait en Californie.

Il n'avait pas clairement avoué qu'il envisageait de s'installer sur la côte Ouest, mais j'avais compris le message.

J'avais tant insisté qu'il avait fini par obtenir ces entretiens à Manhattan. Ce que je voulais de toute mon âme, c'était être heureuse et avoir beaucoup d'enfants avec Mike, comme Michael et Hope, les héros de ma série préférée, *Trente ans et des poussières*. Et j'étais bien déterminée à ce que ça se passe ici même, à New York.

Je m'étais dit que pendant son séjour cette semaine, entre deux entretiens ou visites à ses parents, nous pourrions commencer à regarder les appartements. Il aurait décroché un job avant de repartir pour la côte Ouest. Je prendrais l'avion avec lui, nous chargerions ses affaires dans sa voiture et nous reviendrions ici ensemble. Il pourrait vivre chez ses parents — ou encore mieux ici, avec moi — jusqu'à ce que notre nouveau logement soit prêt. J'étais certaine que Valérie ne protesterait pas.

Peu importait que notre appartement soit à peine assez grand pour deux filles et que je ne lui aie pas encore demandé son avis. Peu importait que j'aie déjà pris la semaine de congé à laquelle j'avais droit. Et peu importait que Mike et moi n'ayons jamais évoqué la vie commune.

J'avais décidé que tout se mettrait en place à la seconde où je tomberais dans les bras de Mike. Ce qui, d'après ma nouvelle montre Keith Haring — se produirait dans moins de vingt-quatre heures. Si l'avion n'avait pas de retard.

Une vague d'excitation m'avait submergée. Mike était quand même l'homme de ma vie ! Nous nous étions rencontrés dans un camp d'ados des Catskills, à l'époque du lycée, et étions tombés amoureux fous entre feux de camp et jeux de piste. Tous les étés, nous nous retrouvions. Au début, en tant que campeurs, puis nous sommes devenus animateurs stagiaires, et finalement animateurs. Nous avions fait nos études dans des universités différentes mais notre liaison longue distance avait résisté.

Cette dernière année s'était cependant révélée la plus difficile, et de loin. Ce n'étaient plus une centaine de kilomètres qui nous séparaient, mais un continent entier.

L'absence renforce l'amour.

C'est ce que disait ma grand-mère, Alice, qui avait

toujours un cliché en réserve. Elle éprouvait — et éprouve toujours — la certitude que l'amour triomphe de tout. Il faut dire qu'elle avait commencé à fréquenter mon grand-père Herman juste avant qu'on ne l'expédie outre-Atlantique pour se battre. Mais leur amour avait survécu à la guerre mondiale.

Celui de mes parents avait survécu à la guerre du Viêt-nam — non pas que mon père ait été envoyé en Asie du Sud-Est ou un truc de ce genre. Mais il était dans l'armée à l'époque et s'était retrouvé en Alabama pendant plus d'un an.

Je ne croyais pas que Mike et moi aurions jamais à subir une guerre, mais j'imaginais sincèrement, avec la folie de la jeunesse, que quoi que nous réserve le futur, nous en triompherions.

# 3

*Présent*

*Splash.*

— Merde!

*Oups*! Ça m'a échappé! Il faut dire que c'est vraiment dégoûtant. Je viens d'être aspergée du contenu d'un petit pot de patates douces bio.

— Beau! Attention à ce que tu dis!

Surprise, je pivote, le regard noir, pour faire face à mon mari, apparu sur le seuil de la cuisine, vêtu d'une chemise immaculée et d'une cravate marron vierge de toute trace de tubercules orange.

— J'aimerais que lui aussi fasse attention…, je rétorque.

Je désigne mon fils de cinq mois qui se trémousse et gonfle ses joues rebondies d'une façon qui laisse présager le pire.

— … et je parie que c'est toi qui lui as appris à recracher la nourriture.

— Pas à recracher, mais à faire comme ça, hein Tyler?

Mike se penche sur la chaise haute et souffle un *bfffff* retentissant au visage de notre fils.

Tyler glousse de délice.

— Arrête, Mike ! Tu trouves ça mignon, mais maintenant, il le fait chaque fois qu'il a la bouche pleine. Et c'est moi qui me retrouve couverte de son petit déjeuner, pas toi.

Je sors une couche en tissu du panier de linge propre en attente et m'essuie le visage.

— Bon, on échange, dit Mike d'un air sombre, je le nourris et tu prends le train.

Tyler renouvelle son exploit sonore.

— Non Tyler, c'est vilain, vilain.

— Ne lui parle pas comme ça — il va croire que tu le traites *lui* de vilain, dis-je à Mike pour la millième fois sur un ton de reproche.

J'ai lu un article dans un magazine destiné aux parents qui prétend que traiter vos enfants de « vilains » détruit leur estime de soi pour le restant de leurs jours.

— Ah oui, c'est vrai. Que suis-je censé dire déjà ?

Il ne lève pas les yeux au ciel mais je vois bien qu'il en meurt d'envie.

— Que c'est mal.

— C'est mal, Tyler, dit Mike en se dirigeant à pas rapides vers la cafetière.

Un ange passe. L'air innocent, je passe consciencieusement la petite cuillère au manche de caoutchouc autour du petit pot, récupérant la moindre goutte de bouillie orange.

— Oh… Il n'y a pas de café ?

Il soulève la cafetière vide, au cas où un breuvage noir et fumant s'y dissimulerait.

Je ravale quelques paroles bien senties, tandis que Tyler avale la cuillerée de patates douces glissée avec précaution entre ses gencives roses.

— Pas de café, dis-je d'un ton poli. Je n'ai pas encore trouvé une minute pour en faire. Je me suis occupée du bébé et de la lessive.

— Mmm, fait-il.

A moins que ce ne soit « hum ». Dans les deux cas, le message est clair. Lui, le mari qui prend le train pour aller travailler, se sent négligé par moi, l'épouse au foyer.

— Tu peux prendre un café à emporter chez Starbucks au passage.

— Je n'aime pas leur café.

Je le sais. Il lui trouve un goût de brûlé. Ce qui fait de Mike le seul adulte de New York et des Etats limitrophes à ne jamais y mettre les pieds.

— Chez Dunkin'Donuts alors. Tu aimes leur café.

— C'est trop loin, je vais manquer le train.

Je hausse les épaules. Que veut-il que je dise ?

Je m'éclaircis la gorge.

— Je suis désolée.

Voilà ce qu'il veut que je dise.

Maintenant que je me suis exécutée, il se contente de hausser les épaules et s'empare du flacon pharmaceutique orange sur l'étagère surplombant l'évier.

Il pourrait me dire que ce n'est pas grave. Que pour une fois, il peut se passer de sa dose de caféine pendant l'heure de trajet jusqu'à son bureau en ville. Il pourrait même proposer de se lever dorénavant cinq minutes plus tôt pour se faire lui-même son fichu café.

Eh bien non, non et non.

Il avale la pilule blanche contre le cholestérol prescrite par son médecin l'hiver dernier.

Il pourrait m'être reconnaissant à moi, sa femme aimante, de prendre soin de lui et avoir insisté pour qu'il passe son premier check-up depuis des années.

Encore non.

Si, comme presque tous les matins, je me trouve dans les parages quand il prend son cachet, j'ai droit au grand show, avec force grimaces au moment où il l'avale. Certains jours, comme aujourd'hui, il ajoute un profond soupir pour faire bonne mesure et souligner le tragique de sa vie, dépendant de la médecine moderne.

Ce qui n'est pas totalement vrai. Son cholestérol n'est pas élevé *à ce point*. Mais dans sa famille, on est sujet aux crises cardiaques précoces, et je ne tiens pas à être une jeune veuve.

Sincèrement.

Je repousse un accès de culpabilité et enfourne une nouvelle cuillère de nourriture dans la bouche béante de Tyler.

Que je fantasme ces temps-ci à l'idée de me retrouver

célibataire ne signifie pas que je souhaite la mort de mon mari.

J'aime Mike. Depuis presque la moitié de ma vie.

C'est juste que je l'aimais plus passionnément *avant*.

En ce moment — c'est-à-dire ces jours-ci — il me tape sur le système.

En ce moment — c'est-à-dire en ce moment précis — il me tape *vraiment* sur le système.

— Je croyais que Melina était venue hier, dit-il.

Melina est notre femme de ménage. Je sais où il veut en venir. Les dents serrées, je remplis de nouveau la petite cuillère avant de répondre sèchement :

— Oui, elle est venue hier.

— L'évier n'a pas l'air net.

— Il était net quand elle est partie.

Il inspecte le joint entre la porcelaine blanche et le granit noir.

— Cette trace rouge date d'hier matin, c'est un reste du plat de lasagnes que tu as lavé, et elle est toujours là.

— Pourquoi tu ne l'enlèves pas ?

— Parce que c'est le job de Melina, que nous payons cent dollars par semaine. Pourquoi la payer si elle ne fait pas son travail ?

Et pourquoi cette conversation revient-elle une fois de plus sur le tapis ?

— … Si tu ne veux pas lui demander de s'améliorer, Beau, je le ferai, moi.

Je ne sais pourquoi, j'éprouve le besoin irrépressible de protéger Melina de l'ire de Mike.

— Je le ferai…, dis-je avec précipitation. Mais ce n'est pas simple, elle ne parle pas anglais.

— Fais-lui une démonstration. Traîne-la devant l'évier et montre-lui la trace de tomate. Puis fais-la monter dans le couloir du premier et montre-lui les toiles d'araignée qui sont dans les recoins depuis deux semaines. Et montre-lui la crasse derrière le robinet de la salle de bains des garçons. Puis…

— D'accord ! J'ai compris, Mike.

— Bon. Si tu lui montres, elle comprendra aussi.

Je soupire.

— Je ne peux pas la suivre dans toute la maison chaque fois qu'elle vient.

— Alors vire-la et embauche quelqu'un qui n'a pas besoin qu'on lui montre comment faire son travail.

— Nous ne pouvons pas la virer. Elle a deux enfants à nourrir ici et trois au Guatemala. Elle a besoin de cet argent.

Il marmonne quelques mots inintelligibles et me tourne le dos.

— Que dis-tu ?

Il ne se retourne pas.

— Je disais juste que je ne comprends pas comment une mère peut laisser ses enfants.

Je ravale une nouvelle sortie en faveur de Melina. Moi non plus je ne comprends pas. L'idée de laisser mes bébés

— même adolescents — pour partir travailler dans un autre pays m'est aussi étrangère que… le Guatemala. Intellectuellement, je comprends. En tant que mère, pas du tout.

Je n'avais jamais entendu de telles histoires avant mon arrivée à Westchester et ma découverte de l'aide ménagère. Ces sept dernières années, j'ai rencontré d'innombrables nounous et femmes de ménage dont les enfants et conjoints sont restés en Amérique du Sud, aux Caraïbes ou dans tout autre endroit dont elles sont originaires. Au début, j'étais choquée. Maintenant, ça me trouble à peine.

Moi, je n'ai pas réfléchi à deux fois avant d'abandonner une carrière prometteuse dans la production télévisée pour me transformer en mère au foyer après la naissance de Mikey.

Bon, peut-être ai-je réfléchi à *deux fois*. Peut-être n'était-ce pas si évident. J'ai même sans doute cru pouvoir tout réussir : mariage, enfants, carrière branchée.

Peut-être certaines femmes y parviennent-elles.

A la fin de mes six semaines de congé de maternité, dans le train de banlieue qui m'emportait loin de mon précieux bébé, j'ai fondu en larmes. J'ai tenu deux semaines. Jusqu'à ce que Mikey — pauvre ange sacrifié — attrape son premier rhume à cause d'un gosse de deux ans envoyé à la crèche le nez vert de morve par sa mère hyperactive.

J'avais compris que c'était la fin.

N'avais-je pas été assez nourrie de séries télé des années 70 ? Ne savais-je donc point que pour réussir professionnellement, il fallait être dynamique, célibataire et habiter une garçonnière version féminine avec une initiale dorée géante sur le mur ?

Je ne serai jamais Mary Richards, la célibataire dynamique et branchée, il est trop tard pour ça, Non j'étais destinée à devenir un hybride de la mère dans *La petite maison dans la prairie* et de Tante Marie.

Tyler émet un adorable gazouillis et avale sa cuillerée.

Je lui souris, remplis une nouvelle cuillère de purée orange et observe Mike qui s'examine dans la vitre au-dessus de l'évier. Il joue avec les mèches sombres qui tombent sur son front, un front qui s'élargit de jour en jour.

Je n'aurais jamais cru que mon beau mari commencerait à se dégarnir dès son quarantième anniversaire. C'est ce qui arrive à la plupart des hommes, je le sais. Mais Mike a toujours été canon sans se donner le moindre mal. Exactement comme…

Comme *moi*.

Sur cette note amère, je l'observe s'arracher brutalement à sa contemplation et traverser la pièce pour s'emparer de sa veste et de sa serviette posées sur une chaise.

— Beau, tu crois que tu pourras passer prendre mes vêtements chez le teinturier aujourd'hui ?

Oups.

— Oui. Désolée d'avoir oublié hier. J'ai emmené les garçons au centre commercial pour que Melina travaille tranquillement, et au retour, j'ai oublié de passer chez le teinturier.

— J'ai besoin de mon costume gris demain.

— Ton costume gris ?

Je fronce les sourcils.

— … Je ne me souviens pas l'avoir donné à nettoyer.

— Je l'ai porté vendredi. Puis je l'ai déposé dans le bac à linge sale.

— J'ai porté le linge chez le teinturier vendredi matin, donc ton costume doit toujours être dans le bac.

— Beau, j'ai besoin de ce costume demain.

— Je ne suis pas ta femme de chambre, Mike.

— Bien. Super. Au revoir.

Il plante un baiser au sommet du crâne de Tyler avant de se diriger vers la porte.

— Au revoir, dis-je, au moment où il claque la porte derrière lui.

Je me souviens d'une époque où il n'aurait jamais quitté la maison — ou n'y serait jamais revenu — sans m'embrasser moi aussi.

Tyler gazouille. Je lui souris d'un air absent et laisse mes pensées s'égarer des années en arrière, retraçant le chemin qui m'a menée jusqu'à aujourd'hui, m'interrogeant sur ce qui serait arrivé si, à la croisée inéluctable des chemins, j'avais pris une direction différente.

# 4

*Passé*

La vie était belle. J'étais jeune, jolie, je vivais à New York, j'étais follement amoureuse et en plus, mon job me plaisait.

J'adorais mon travail d'assistante de production sur *J au carré*, alias *J²* alias *Janelle Jacques Show*.

Quand, à peine sortie de la fac, j'avais passé l'entretien d'embauche, je m'étais dit que si je décrochais le job, je serais la plus veinarde des débutantes new-yorkaises — mais je n'y croyais pas. De plus, l'ironie voulait que les autres candidates soient toutes de grandes fans de l'émission, alors que je n'avais jamais entendu parler de Janelle Jacques avant mon arrivée à New York. C'était une actrice assez connue de feuilletons à l'eau de rose, mais j'en regardais peu, sauf pendant ma dernière année de lycée. J'avais suivi *General Hospital* durant quelques mois, jusqu'au mariage des protagonistes Luke et Laura.

J'avais tort : j'ai décroché le job. Mais j'avais aussi raison : j'étais bel et bien la plus veinarde des débutantes new-yorkaises. Ce job trop-beau-pour-être-vrai offert par le destin allait m'exploser en pleine figure à un moment ou un autre… En fait, non.

Un an plus tard, j'étais toujours sur mon petit nuage. Je travaillais comme une dingue mais les coulisses d'un studio de télévision continuaient de me fasciner. J'avais perdu mes illusions, mais la fascination demeurait. Augmentait même peut-être, au fil des mois, car je découvrais que dans ce milieu, il ne faut jamais se fier aux apparences.

En tant qu'actrice, Janelle Jacques avait séduit bon nombre de fans et avait même été nominée pour un Emmy. En tant qu'animatrice de talk-show, elle laissait à désirer.

Il ne s'agissait pas de charisme, car elle avait une aura indéniable. Svelte, sculpturale, elle arborait une crinière d'un rouge flamboyant, un teint de porcelaine et des traits délicats. Dès qu'elle faisait son entrée sur le plateau, tout le monde interrompait son geste ou sa conversation pour la suivre du regard.

Mais au niveau des interviews, elle n'était pas vraiment… au top.

Avouons-le, elle était carrément nulle. Même moi, je savais, depuis les cours de journalisme du lycée, que dans une interview on ne posait pas des questions auxquelles on peut répondre par oui ou par non. Ou par un seul mot.

Je suppose que Janelle Jacques n'a jamais suivi les cours de journalisme du lycée. Assister à ses séances de questions-réponses était presque douloureux.

Janelle Jacques : Le tournage de votre dernier film a-t-il été agréable ?

Future star : Oui, très.

Janelle Jacques : C'est super. Super!

Future star : Oui.

Janelle Jacques : Où le film a-t-il été tourné?

Future star : A Paris.

Janelle Jacques : Vous parlez français?

Future star : Non. (Silence.) Non, je ne parle pas français.

Janelle Jacques : Etait-ce difficile de vivre à Paris sans parler français?

Future star : Oui.

Désespérant! J'espérais toujours que l'un de ses invités allait répondre à ses questions ineptes en levant les yeux au ciel ou en gémissant d'exaspération, mais ce n'était jamais arrivé.

Depuis les coulisses, je voyais parfois glisser le regard de Janelle. Elle n'écoutait même pas. Et parfois, quand je distinguais le regard de l'invité — ou plus précisément ses pupilles dilatées — je comprenais qu'il avait consommé et/ou fumé en guise de remontant des substances plus fortes qu'une boisson énergétique et des cigarettes.

Mais j'étais enchantée de mon job. Malgré l'animatrice médiocre et le créneau compétitif de fin de soirée — face à la nouvelle émission à succès de Arsenio Hall — l'audimat de *J au carré* se maintenait. Le mariage surprise de Janelle avec Caleb DeLawrence, son ex-partenaire à l'écran, la semaine précédant l'émission pilote n'avait pas nui à l'affaire.

Les tabloïd s'étaient évidemment emparés de l'événement, proclamant roi et reine des programmes télévisés ces jeunes mariés d'une beauté époustouflante et amoureux fous. Le *Star* épiloguait sur les tentatives de grossesse de Janelle, le *National Enquirer* la voyait déjà dans son premier trimestre de grossesse, et *Globe* la disait consignée au lit en attendant la naissance de ses triplés, Caleb à son chevet, massant ses chevilles enflées.

Dans les coulisses de l'émission, courait la rumeur infiniment plus juteuse que ce mariage était un coup publicitaire. Caleb, le chéri de ces dames, aurait un amant de sexe masculin, de même que Janelle — mais le sien était marié à une députée conservatrice en lice pour les élections de novembre.

Au début, je n'avais pas accordé le moindre crédit à ces rumeurs. A chaque visite de Caleb sur le plateau, Janelle et lui roucoulaient à en donner la nausée. Mais un soir, j'avais surpris par hasard Caleb et son amant, qui se croyaient seuls dans une loge. J'étais peut-être une provinciale naïve qui n'avait jamais rencontré d'homosexuel avoué avant Gordy, mais je savais que les hétéros de sexe masculin ne se caressaient pas les cheveux. Et absolument certaine qu'ils ne s'embrassaient pas, ce que ma meilleure copine de boulot et collègue de la production, Gaile, jurait les avoir vus faire.

Enfin, cet été-là, le mariage bidon de Janelle était le cadet de mes soucis. J'étais bien davantage préoccupée par mes propres rêves concernant mon propre avenir matrimonial avec Mike.

Le jour de son arrivée traînait en longueur. L'enregistrement de l'émission avait paru durer une éternité. Quand il s'est enfin achevé, Gaile a surpris mon coup d'œil impatient à ma montre.

— Encore une heure avant la fin de la journée, m'a-t-elle fait remarquer.

Nous étions en train de charrier jusqu'à la kitchenette les assiettes et ustensiles sales utilisés pour une démonstration culinaire.

— Je sais, mais je pensais m'échapper de bonne heure et prendre un taxi pour l'aéroport.

— Que feras-tu une fois là-bas avec deux heures à tuer ?

— Je ne sais pas… bouquiner ?

Grâce à un savant travail de sape de Valérie, j'avais entamé un roman de Danielle Steel.

— Tu peux bouquiner. Ou te soûler au bar. C'est ce que je fais dans les aéroports.

J'avais ri.

— … Je ne plaisante pas. Comme ça, je ne pense pas aux accidents d'avion.

— Tu ne peux pas parler d'autre chose ?

— Pardon. Ne t'inquiète pas, il ne lui arrivera rien.

— Facile à dire. Pourquoi a-t-il fallu que je loue *La Bamba* le week-end dernier ?

— *La Bamba* ?

— Le film avec Lou Diamond Phillips dans le rôle de Richie Valens. Tu sais, une histoire vraie… à la fin trois grands rockers se tuent en avion.

J'ai fredonné quelques mesures d'*American Pie*, la chanson à propos de l'un de ces chanteurs.

En vain. Gaile n'avait aucune idée de ce dont je parlais. J'ai déclaré forfait.

— Ce n'est pas grave. Alors ? Tu veux bien me remplacer ?

— Tu vas me planter là avec toutes ces casseroles graisseuses ?

— Je jure de nettoyer le plateau toute seule la prochaine fois que Janelle invite le type avec les animaux.

Gaile a penché sa tête couronnée de tresses et d'un turban pour réfléchir à la question.

— Je préfère la graisse aux cacas de singes, a-t-elle tranché. Marché conclu.

— Merci ! me suis-je exclamée d'une voix aiguë en la serrant contre moi.

— Tu savais très bien que j'accepterais, Beau.

— Non.

— Bien sûr que si. Tu obtiens toujours ce que tu veux des autres.

Je me suis raidie, avant de remarquer l'étincelle dans ses yeux bruns.

— Qu'est-ce que tu insinues ?

— Rien de méchant. Juste que tu es un peu enfant gâtée, ma chérie.

— Gâtée ? Moi ?

J'ai feint d'être choquée, mais j'ai dû reconnaître que ce n'était pas la première fois qu'on me faisait cette remarque. Tout le monde le répétait quand j'étais gosse.

Lorsque vous êtes la dernière de quatre enfants — et la seule fille — vous vous habituez à ce que les gens vous passent tout. A la maison, j'étais traitée en princesse.

A New York, je m'efforçais de me rappeler que tout le monde n'était pas prêt à tout pour me faire plaisir.

Pourtant, cela se produisait souvent. Surtout avec les hommes.

— Il faut que je me change.

— Tu t'es décidée pour quelle robe ? La rouge ou la noire ?

— La rouge. Qu'en penses-tu ?

— Que c'est la moins fade de deux tenues fades.

J'ai levé les yeux au ciel en souriant. Question vestimentaire, Gaile était tout sauf fade. Elle avait plongé sans hésiter dans le dernier courant vestimentaire, la mode afro, et débarquait chaque jour enroulée dans des turbans exotiques et des robes chatoyantes. Les couleurs vives des tissus ethniques contrastaient superbement avec sa peau d'ébène, mais à mon avis — qu'elle ne me demandait jamais — ses bijoux en os, ou taillés dans des défenses ou des dents, la transformaient en chantier de fouilles archéologiques ambulant.

Si moi, je lui demandais son avis — ce qui arrivait souvent — mes bijoux et ma garde-robe avaient sérieusement besoin d'être bousculés. Mais chaque fois que je mettais ses conseils en pratique, j'éprouvais la sensation de ressembler à une chanteuse rock dont les musiciens avaient les yeux maquillés de noir.

— Regardons les choses en face, Gaile. Je suis une fille fade.

— Tu es superbe et tu le sais.

— Bon, alors mes vêtements sont fades, que veux-tu que je te dise ?

— Tu n'es pas obligée d'être fade.

— Si. Je dois être fade. C'est mon style.

Nous avons déchargé les assiettes sales sur le comptoir encombré, à côté d'une corbeille de bagels abandonnée depuis le matin et d'une demi-douzaine de tasses de café à demi remplies au bord taché de rouge à lèvres. Janelle était accro à la caféine et refusait de boire dans les tasses en polystyrène du studio. Seuls la *vraie* porcelaine et le café brûlant, tout juste passé, lui convenaient. Dès que le contenu de sa tasse tiédissait, elle la repoussait et une assistante — moi, le plus souvent — lui en apportait une nouvelle.

Mais aujourd'hui, j'en avais fini de répondre aux moindres desiderata de Janelle et de nettoyer derrière elle. Grâce à Gaile, j'étais libre.

— Bonne chance, Beau, m'a-t-elle lancé tandis que je me dirigeais vers la porte.

— Bonne chance ?

Je me suis arrêtée dans mon élan. Je trouvais la réflexion étrange.

— … Bonne chance pour quoi ?

— Tu sais ce que je veux dire…

— Pas vraiment.

J'ai attendu.

Elle m'a regardée dans les yeux, comme elle aimait à le faire.

— Pour tes projets d'avenir. Avec Mike. J'espère qu'ils vont se réaliser.

— Ils vont se réaliser.

Elle a ouvert le robinet de l'évier.

— … Ils vont se réaliser, ai-je répété.

— Je n'ai rien dit.

— Tu as dit « bonne chance »…

Elle a haussé les épaules.

— … Tu crois que Mike ne voudra pas s'installer à New York ?

— Je ne sais pas ce que Mike veut, Beau.

Elle a aspergé une casserole de produit vaisselle.

— Il va vouloir rester avec moi, ai-je assuré.

Mais s'il ne voulait pas ?

Si, pour la première fois de mon existence enchantée, les choses ne se déroulaient pas comme je le souhaitais ?

Dans les toilettes, j'ai troqué mon caleçon et ma tunique noir fade pour ma robe rouge. Dotée par la nature d'un teint uni et de traits réguliers, je me maquillais rarement. Mais ce jour était un jour spécial.

Je me suis plantée devant le miroir pour souligner mes yeux verts d'un eye-liner sombre, enduire mes cils de mascara noir et peindre mes lèvres de la même couleur que ma robe. J'ai ensuite vaporisé un peu d'Obsession au creux de mes oreilles et de mes genoux, et de l'Aqua Net sur la totalité de ma chevelure. J'ai crêpé mes mèches pour leur redonner du volume et les ai de nouveau laquées avant de m'examiner dans la glace.

Parfait.

Enfin, pas parfait, parfait. Je ressemblais toujours à la Priscilla d'Elvis, mais à l'époque, Elvis était mort depuis longtemps et son ex-femme avait quitté les projecteurs. Je n'étais pas non plus la copie conforme de Cindy Crawford, malgré les fréquentes assurances que m'en faisait Ramon, l'un des agents de sécurité de l'émission.

D'abord, je mesurais presque une tête de moins que Cindy. Je le savais parce que Gordy et moi l'avions aperçue au Scrap Bar un soir, quand elle n'était pas encore assez célèbre pour être reconnue, si ce n'est par un fan des *people* comme Gordy.

Je ne possédais pas non plus son grain de beauté, ni sa silhouette voluptueuse.

A l'époque, ma silhouette s'élançait aussi droite et plate que l'autoroute qui mène à Long Island : pas de seins, mais pas de culotte de cheval non plus, ni de cellulite ou de capiton sur les cuisses. Je fantasmais parfois sur un décolleté généreux, pauvre inconsciente qui ignorait que mon vœu serait exaucé un jour — et s'assortirait de mamelons gercés, douloureux, suintant de lait, auxquels un bébé s'accrocherait vingt-quatre heures sur vingt-quatre.

Satisfaite de l'image que me renvoyait le miroir, je me suis glissée hors du studio pour rejoindre la station de métro. Trop fauchée pour m'offrir un taxi depuis Manhattan, j'ai pris le train numéro 7, bondé et sans air conditionné, jusqu'à Queensborough Plaza, et suis descendue jusqu'au Queens Boulevard où j'ai passé un quart d'heure à tenter d'arrêter un taxi.

Quand je me suis enfoncée dans la banquette arrière étrangement poisseuse, mes cheveux sont retombés. Heureusement, j'avais fourré la bouteille d'Aqua Net dans mon sac géant. J'aurais tout le temps de les crêper de nouveau à l'aéroport.

C'est ce que j'avais fait quinze minutes — et presque quinze dollars — plus tard, dans les toilettes du terminal des arrivées.

Les paroles d'*American* Pie me trottaient dans la tête. J'espérais qu'il ne s'agissait pas d'un mauvais présage.

L'avion de Mike était annoncé à l'heure, mais j'avais encore deux heures à tuer.

Parfois, même encore maintenant, je me demande ce qui serait arrivé ce jour-là si je n'avais pas oublié le roman de Danielle Steel au bureau.

Me serais-je affalée dans un fauteuil pour lire quelques chapitres de *Papa* en attendant l'arrivée de Mike ?

Probablement.

Aurais-je évité la rencontre hasardeuse qui a chamboulé

ma vie, et fait que depuis je m'interroge sur chacun de mes choix ?

Je ne sais pas.

Est-ce que je crois au destin ?

Est-ce que ma vie est toute tracée ?

Est-ce que ce qui est arrivé serait arrivé même si je ne m'étais pas installée sur l'unique tabouret disponible d'un bar d'aéroport ?

Je commande un gin tonic et le bois trop vite, toujours un peu anxieuse de savoir Mike en avion.

Oui. Dans les années à venir, j'allais repenser à ce moment comme à un moment clé. Plus rien ne serait plus jamais comme avant.

De temps à autre, il m'arrive de me demander ce qui serait arrivé si la télévision n'avait pas été placée au-dessus du bar.

Ou s'il s'était agi d'un autre soir, n'importe quel autre soir.

Ou si *lui*, n'avait pas été assis à côté de moi.

# 5

*Présent*

Le mail est une formidable nouvelle invention, vous ne trouvez pas ?

D'accord, peut-être que *vous* ne trouvez pas que c'est une *nouvelle* invention. Peut-être que, comme le reste de l'univers qui s'étend au-delà de mon univers domestique étriqué, vous êtes connecté depuis des années.

Moi, je suis connectée depuis trois mois — depuis que mes beaux-parents nous ont offert un ordinateur. En théorie, il s'agit d'un cadeau d'anniversaire pour Josh, notre deuxième fils, cadeau assorti d'une série de jeux Blue's Clues et Walt Disney.

Mais Mike et moi suspectons que la vraie raison de ce cadeau est de pouvoir rester constamment en contact avec nous, maintenant que mes beaux-parents vivent toute l'année en Floride. Jusqu'à une époque récente, ils ne passaient dans leur résidence pour retraités de Saint-Pétersbourg que les mois d'hiver. Mais même alors, ils ne cessaient de sous-entendre que nous devrions appeler/écrire/leur rendre visite plus souvent.

*Sous-entendre* n'est d'ailleurs pas le terme exact. Il leur est arrivé de déclarer tout de go : « Il faut que vous nous appeliez/écriviez/rendiez visite plus souvent. »

Mais Mike n'a que deux semaines de congés et nous en passons une à Noël dans le Vermont avec ma famille. Il ne veut pas passer l'autre avec ses parents à Clearwater Beach. Evidemment, mes beaux-parents doivent supposer que c'est moi, la belle-fille, seule pièce rapportée de la famille, qui rechigne à les voir.

Alors que j'adorerais passer la seconde semaine de congé en Floride — ou n'importe où ailleurs plutôt qu'ici, à faire des travaux dans la maison. Mais Mike refuse de payer quelqu'un pour effectuer des travaux qu'il peut réaliser lui-même — ou *croit,* à tort, qu'il peut réaliser lui-même.

En août, il y a deux ans, nous avons refait les murs du sous-sol. En août dernier, nous avons peint les moulures. Je dis *nous* parce que mon job consiste en théorie à empêcher les enfants de se trouver au mauvais endroit et à assurer le ravitaillement en pizza et eau glacée, mais je finis toujours à genoux, ou sur une échelle, aux côtés de mon bricoleur invétéré de mari.

Cette année, Mike veut coincer des toilettes sous les escaliers. C'est ainsi qu'il le formule — « coincer des toilettes sous les escaliers » — comme s'il s'agissait de coincer la dernière création picturale de Mikey sur le frigo. Ouais. C'est ça. La plomberie n'est pas son fort. Est-ce le point fort de quelqu'un, en dehors des vrais plombiers ?

Mais Mike refuse d'en engager un. Non, il veut fourrer des toilettes sous les escaliers tout seul.

Moi je veux buller, les pieds dans l'eau salée.

Pas forcément dans le golfe du Mexique, plus chaud qu'une baignoire en août selon mes beaux-parents. Pour eux, il s'agit d'un point positif.

Pour moi, pas du tout. Je ne sais pas trop pourquoi. Peut-être parce que dans la banlieue de New York, une chaleur atroce sévit au mois d'août et que — zut ! — je ne tiens pas à me rendre quelque part où il fait encore plus chaud. Ou parce que l'eau chaude m'évoque le pipi. Le mot « baignoire » aussi, d'ailleurs. Probablement parce que j'ai un gamin de trois ans qui confond notre baignoire avec un urinoir.

Enfin, pour en revenir à l'eau salée… Je pensais à quelque chose de plus rafraîchissant, comme l'Atlantique Nord.

Une des beautés d'Internet, c'est de pouvoir se documenter sur les vacances. Je cherche « forfaits séjours famille » à Cape Cod. Pour celui qui l'ignorerait, les « forfaits séjours famille » comprennent la jouissance d'équipements tels que barrières amovibles, lits d'enfants, pataugeoires, garderies bien surveillées et même baby-sitters le soir afin que papa et maman puissent déguster des fruits de mer hors de prix et boire des margarita glacés noyés d'eau.

Oui, oui, je sais. Mais croyez-moi, c'est préférable à une boîte de raviolis et une briquette de jus de fruits.

C'était le menu de notre déjeuner d'aujourd'hui — à moi et à mes deux fils aînés. Cet après-midi, le soleil de juillet étant à son zénith, je garde les enfants dans la fraîcheur de l'air conditionné, du moins pour le moment. Mikey construit une ville en Lego dans sa chambre avec la fille de Laura Carson, Chelsea. Josh est captivé par Dora l'exploratrice sur la télévision de notre chambre et Tyler s'est assoupi dans son transat dans le salon.

Et moi, dans la salle à manger, devant l'ordinateur, je consulte ma boîte électronique pour la troisième fois aujourd'hui. Pourquoi personne ne m'a prévenue de l'accoutumance provoquée par le mail ? Je me réveille tous les matins en me demandant de qui je vais recevoir des nouvelles aujourd'hui.

Depuis que je suis devenue Beauandco@websync.net, j'ai repris contact avec ma vieille copine Gaile, mon professeur préféré du collège et l'association des anciens élèves de ma fac. Je reçois également des nouvelles quotidiennes de mes beaux-parents, d'innombrables offres d'augmenter la taille de mon pénis et j'ai cru, l'espace de quelques secondes, que si je faisais suivre un mail à chaque personne de mon carnet d'adresses, Bill Gates m'enverrait un dollar.

Depuis, je suis devenue plus futée, en ce qui concerne les arnaques, les *spam* et ma belle-mère. Par exemple, je ne réponds plus à ses mails aux heures où elle a toutes les chances de se trouver devant son ordinateur. Sinon, comme elle sait que je suis chez moi, elle me téléphone et je suis obligée de répondre et de lui parler pendant une heure. Et encore plus longtemps si elle me passe mon beau-père.

J'ai calculé que le meilleur moment pour répondre à ses

mails, c'était 16 heures. Un horaire où mon beau-père et elle ont toutes les chances d'être au restaurant pour profiter des tarifs préférentiels dispensés à cette heure, ou après 21 heures, quand ils dorment à poings fermés.

Aujourd'hui, je me connecte pour la troisième fois, et pour la troisième fois, j'ai du courrier. Waouh !

D'accord, je me suis emballée trop vite. Je saute deux mails d'un grand magasin, plusieurs *spam* et deux plaisanteries nulles de ma cousine de l'Ohio qui me fait suivre tout ce qui croise son chemin électronique.

C'est là que je le vois.

Digne d'un vrai *Waouh !*

Là, sous mes yeux, s'étale un nom qui accélère les battements de mon cœur.

C'est probablement un *spam*, me dis-je en agrippant la souris et manœuvrant la flèche vers DodoCrapulo64@websync.net.

Il doit s'agir d'une coïncidence. Plus que probablement pornographique. Mon clic va me valoir l'apparition d'une jeune femme nue étendue sur des draps léopard.

Je fixe l'écran.

DodoCrapulo64.

Ce ne peut pas être *lui*. Ce n'est pas possible. A quinze ans de distance, une vie entière de distance, sa voix résonne encore comme un écho dans ma tête.

— *Tu sais à quoi je pense, Beau ?*

— *Non, à quoi penses-tu, Mike ?*

— *A un dodo crapulo.*

Et il m'entraînait dans la chambre, faire l'amour en plein jour, avant de tomber endormis dans les bras l'un de l'autre.

*Dodo Crapulo.*

C'est son expression et ça me faisait rire.

Pourtant, malgré tous les souvenirs qui me sont revenus au fil du temps — surtout récemment — sur notre histoire, j'avais complètement oublié *Dodo Crapulo.*

Tout me revient d'un coup, tout — le son de sa voix, mais aussi l'odeur de sa peau quand je nichais ma tête contre sa poitrine nue, les rayons du soleil filtrant à travers les stores, le goût de sa bouche quand il m'embrassait après avoir mangé de la glace au chocolat, ses lèvres, douces, fraîches et délicieuses.

Dodo Crapulo.

J'avais oublié cette expression, mais je ne l'avais pas oublié *lui*.

Je ne pourrais jamais l'oublier, même si j'essayais.

D'ailleurs j'avais essayé. Essayé de l'oublier. J'avais essayé longtemps. Je me disais que c'était mieux. Et plus facile.

Puis j'avais compris que rien ne serait jamais facile et j'avais cessé d'essayer.

Ces derniers temps, j'avais plutôt essayé — inconsciemment, je le comprends maintenant — de me *souvenir* de lui. Me souvenir de Mike. Et de notre vie ensemble.

Me souvenir de la raison pour laquelle j'avais tant désiré repousser ces souvenirs, le repousser lui.

Malgré tous mes souvenirs, je ne me rappelle plus pourquoi et j'avais oublié Dodo Crapulo.

Le cœur battant, la gorge serrée, je fixe le nom sur l'écran, je sélectionne *DodoCrapulo64* et clique dessus.

Je supplie intérieurement *s'il vous plaît…* Le transat à piles du bébé se balance derrière mon bureau. Dans la pièce voisine, Dora l'exploratrice parle en espagnol et à l'étage, Mikey et Chelsea se disputent sur la quantité de Lego nécessaires à la construction d'un Empire State Building digne de ce nom…

Faites que ce ne soit pas du porno.

Faites que ce ne soit pas du porno.

Faites que ce soit lui.

Mike.

L'autre Mike.

Le Mike que je n'ai pas épousé.

Le Mike que je ne peux pas oublier.

S'il vous plaît *DodoCrapulo64*, pourvu que vous soyez lui.

C'était lui.

# 6

*Passé*

— Je vous en ressers un ? m'a demandé le barman.

Il a désigné mon verre dans lequel nageaient des glaçons fondus et une lamelle de citron vert.

J'ai étudié la question. J'avais vidé mon premier verre plutôt facilement et il me restait plus d'une heure à tuer avant l'arrivée de Mike. Mais il ne s'agissait pas d'être ivre à son arrivée, et les cocktails n'étaient pas exactement bon marché.

— Allez-y, a dit une voix inconnue.

J'ai levé les yeux. La voix appartenait à mon voisin de tabouret.

J'ai immédiatement remarqué son physique séduisant. Comment ne pas le remarquer ? J'étais une femme normalement constituée, même si j'étais en train de tuer le temps en attendant que l'amour de ma vie franchisse la porte d'arrivée.

Oui, ce type était beau. Quelque chose dans son regard ténébreux évoquait Johnny Depp. Et puis il avait un look d'enfer, ça crevait les yeux. Ses cheveux noirs étaient coupés à la mode. Longs sur le dessus, courts sur les côtés, des mèches dans le cou.

Ne riez pas. L'été 89, cette coiffure n'était pas réservée aux ringards. C'était la coupe branchée du moment, et ce type était coiffé comme ça.

En plus il portait un jean large, un T-shirt blanc et une veste courte, noire et blanche, avec des épaulettes.

Coiffure et vêtements : A + pour l'effort.

Mais même sans ces détails à la portée de tout le monde, il aurait été canon. Des cils épais et très noirs bordaient ses yeux sombres. Une large fossette creusait son menton et son sourire en faisait apparaître deux autres, encore plus profondes, de chaque côté de sa bouche.

Il m'a souri et, que Dieu me pardonne, je lui ai rendu son sourire.

Il m'a dit : « Allez-y. »

Ouais, mais il parlait du verre.

— Allez-y ? ai-je dit à voix haute. Facile à dire pour vous.

— Pourquoi pas ? Oh je comprends. Vous êtes un pilote en civil, c'est ça ? Vous allez décoller pour Paris ou ailleurs, et il serait irresponsable de prendre les commandes après avoir bu deux verres.

Ce n'était pas tellement drôle mais j'ai ri comme si je n'avais jamais rien entendu de plus hilarant.

— Non, je ne suis pas un pilote en civil. Je suis simplement…

— Fauchée ?

Il approchait un tout petit peu trop de la vérité pour mon goût.

— Pas exactement.

— Je vous offre celui-ci. Deux autres, a-t-il lancé au barman.

Celui-ci a acquiescé et s'est emparé de deux verres propres avant que j'aie pu protester.

— Je ne m'étais pas offert du Tanqueray, ai-je dit au type beau et branché.

Il a haussé les épaules.

— Moi si. Et c'est moi qui offre.

— Merci. Mais…

— Mais ?

*Mais j'ai un petit ami*. Comment le dire sans avoir l'air de sous-entendre qu'il s'intéressait à moi, ce qui n'était pas vrai ? Ou pire, que je m'intéressais à lui. Tout aussi faux.

Il s'agissait simplement d'un type poli qui m'offrait poliment un verre. Pour être gentil.

Ai-je précisé qu'en plus d'être poli, il était très beau ? Et avait un look branché.

Mais c'est tout. J'ai regardé ailleurs.

Ce n'était pas parce qu'il m'offrait un verre que nous formions un couple.

C'était un pur étranger et d'une minute à l'autre, j'allais retrouver Mike.

— Mike, dit le pur étranger à brûle-pourpoint.

Je l'ai regardé, stupéfaite.

— Pardon ?

Qui c'était ce mec ? Un médium ?

Peut-être avais-je rêvé. Peut-être n'avait-il pas dit *Mike*. Peut-être avait-il dit quelque chose du même genre. Comme…

Aïe.

Ou il parlait de *Mike* Brant.

Ouais c'est ça. *Mike* Brant. Ce serait tout à fait normal.

— Mike, répète-t-il en brandissant sa main sous mon nez.

— Mike ?

— Je m'appelle Mike.

Incroyable.

Il s'appelle *Mike ?*

Cette coïncidence ne pouvait être qu'un signe du destin. Un signe qui signifiait…

Sincèrement, je n'avais aucune idée de ce qu'il signifiait. Mais ce n'était sûrement pas très positif.

Il attendait.

— Moi c'est Beau.

— Enchanté de faire votre connaissance, Beau.

Le barman a pressé du citron vert dans nos verres. Il fallait que je sorte d'ici. Tout de suite. J'allais prétendre aller aux toilettes et ne pas revenir.

— Où allez-vous ?

Il avait encore lu mes pensées ? Je l'ai fixé, médusée. Comment avait-il deviné ? J'ai avoué.

— Je vais aux toilettes, ai-je dit en glissant de mon fauteuil.

Il a éclaté de rire et je me suis figée en plein mouvement.

— Il paraît que c'est superbe à cette époque de l'année.

— Hein ?

— Les toilettes. Ne faites pas attention. Mauvaise plaisanterie.

Le barman a apporté nos verres et j'ai sauté sur le mien. J'en avais désespérément besoin.

— Je voulais dire, vous prenez l'avion pour quelle destination ? Vous partez en vacances ? Ou vous voyagez pour le boulot ?

— Oh ! Non, je suis juste… je viens chercher quelqu'un.

*Dont je suis folle amoureuse.* Alors cessez de me draguer.

Vous me draguez ?

Ou bien est-ce le fruit de mon imagination ?

— Et vous ? ai-je demandé après une gorgée de mon second verre.

Le second verre que je n'aurais jamais dû accepter.

— J'ai atterri il y a un moment. Mes bagages ont raté la correspondance, j'attends leur arrivée par le prochain vol.

— Vous êtes à New York en vacances ?

— Je m'y suis installé il y a quelques mois.

— Oh.

Il venait de s'installer à New York. Donc il vivait à New York. Au contraire de Mike. De mon *Mike*.

— Alors vous aussi habitez New York, a-t-il souligné avec à-propos.

— Oui.

— Où ?

— Dans l'Upper West Side.

Je ne voulais pas lui demander où il vivait. Quelle importance puisque que je ne le reverrais jamais.

Mais il aurait été mal élevé de ne pas le lui demander. Alors je lui ai posé la question.

— Le Lower East Side.

— Dans l'East Village ?

— Plus bas.

— SoHo ?

— Plus bas, Chinatown en fait.

— Vous habitez Chinatown ?

— Oui. Mais je ne suis pas chinois, a-t-il répliqué sans sourciller.

Je n'ai pas sourcillé non plus.

— Vous plaisantez ? Vous n'êtes pas chinois ?

— Non. Mais on me prend souvent pour un Chinois.

— Vraiment ?

— Oui. On me demande la recette du poulet *kung pao* ou la règle du *piaji*, et je…

— Du *piaji* ?

— C'est un jeu chinois traditionnel, m'a-t-il expliqué avec un sourire jusqu'aux oreilles.

— Vraiment ?

— Vraiment. D'ailleurs, je sais y jouer pour de bon. Notre environnement déteint énormément sur nous, vous ne trouvez pas ?

— Oui.

— Par exemple, je parie que vous êtes incollable au sujet des brunchs dominicaux.

— Hein ?

— Parce que vous vivez dans l'Upper West Side. Laissez tomber. J'essayais encore une fois d'être drôle.

— Oh.

J'ai esquissé un sourire.

— Je devrais abandonner mon rêve de devenir vedette de sitcom, vous ne croyez pas ?

J'ai ri.

Lui aussi.

— … Je suis sérieux.

— Vous êtes sérieux ?

— Ouais. Je veux vraiment devenir vedette de sitcom. Il faut voir les choses en grand.

Comme je ne parvenais pas à décider s'il plaisantait ou non, j'ai haussé les épaules.

— Oui.

— Mais pour l'instant, je travaille au bas de l'échelle, dans une agence de pub. Et vous, Beau, vous faites quoi ?

— Pour gagner ma vie ? Je suis assistante de production.

— Quel genre d'assistante de production ?

— Vous connaissez l'émission *J au carré ?*

— Janelle Jacques ? Je connais. Vous travaillez pour elle ?

— Oui. Je suis assistante de production sur l'émission.

— Vous appartenez aux médias alors ?

— A un média nommé Janelle Jacques, plutôt ! ai-je plaisanté.

Il fouillait déjà dans sa poche.

— Voilà, a-t-il dit en extirpant un petit rectangle bleu pâle.

— Qu'est-ce que c'est ? ai-je demandé, bien que de toute évidence il s'agisse d'une carte de visite.

De *sa* carte.

— Ma carte. Ainsi vous pourrez me contacter si…

— Si Janelle devient productrice de sitcoms et cherche une vedette ?

Il a souri.

— Oui, ou simplement si vous avez envie… vous savez…

Je savais. Une fois de plus, j'avais envie de lâcher que j'étais amoureuse. D'un autre. D'un autre Mike.

Mais nous ne parlions pas d'amour.

— … de me revoir, a achevé ce Mike-là avec un haussement d'épaules.

Je me suis sentie coupable d'accepter sa carte mais je l'ai quand même fourrée dans mon sac sans la regarder.

— Merci. Pour la carte et pour le verre.

— De rien. A quelle heure arrive la personne que vous attendez ?

J'ai menti.

— D'une minute à l'autre maintenant, ai-je dit en regardant autour de moi, comme si je m'attendais à découvrir Mike — *mon* Mike — en train de nous espionner derrière un palmier en pot.

Aucun palmier en pot dans le hall de l'aéroport. Même s'il y en avait eu un, Mike n'était pas du genre à m'espionner. Il avait une totale confiance en moi.

S'il savait.

Je plaisantais. J'étais totalement digne de confiance. Je n'avais aucune intention de le tromper.

Et pourtant.

— Mon Dieu... regardez ça ! s'est exclamé le type avec qui je ne tromperais pas Mike.

Et pourtant.

J'ai suivi son regard vers la télévision qui surplombait le bar. Un flash d'information a envahi l'écran. Tout le monde s'est tourné d'un même mouvement et la salle a plongé dans le silence. Muets d'horreur, nous avons vu un avion s'écraser au sol et exploser dans une boule de feu.

— Où est-ce ? a demandé quelqu'un.

— Quelque part dans le Midwest, a répondu un officiel à l'écran.

J'avais l'estomac retourné. Mike devait survoler le Midwest.

Calme-toi, Beau. Des milliers de personnes sont dans les airs en ce moment même. Quelle est la probabilité qu'il s'agisse de *son* avion ?

— Quelle compagnie aérienne ? a demandé quelqu'un d'autre.

— United, on dirait.

J'ai agrippé les bras de mon fauteuil pour ne pas tomber. Mike volait sur United.

— Beau…, ça va ?

Mon compagnon m'observait avec inquiétude.

— Mon… ami vole sur United, de Californie. Et si… ?

— Chut, écoutez…

Pour me rassurer, il a pris ma main et l'a serrée dans la sienne. Le flash info a repris.

J'étais trop bouleversée pour le suivre. Je ne voyais pas, je n'entendais pas. J'aurais voulu bondir mais j'avais peur de bouger, peur de respirer. Comme si le moindre mouvement allait faire entrer la tragédie dans ma vie.

Mike gardait le regard fixé sur l'écran.

— Cet avion a décollé de Denver et se dirigeait sur O'Hare. Votre ami arrive de Californie ? Sur un vol direct ?

— Oui. Mais si…

— Vous avez le numéro du vol ?

— Oui.

Je ne sais comment, j'ai trouvé au fond de mon sac les infos gribouillées sur un bout de papier et les lui ai tendues d'une main tremblante. Mon cœur battait à toute allure et un énorme poids compressait ma poitrine.

Mike a comparé le gribouillis au numéro de vol sur l'écran. Il a vérifié plusieurs fois avant de se tourner vers moi.

— C'est le vol 232 qui s'est crashé. Votre ami est sur le vol 194.

— Vous êtes certain ?

— Catégorique.

Mes yeux se sont remplis de larmes. Jamais de ma vie je n'avais été si soulagée.

Puis j'ai réalisé que j'étais restée main dans la main avec un étranger.

Zut.

J'ai levé mon verre et l'ai vidé d'une seule gorgée, dans l'espoir de calmer mes nerfs. Je l'ai reposé en soupirant longuement, m'imaginant très bientôt pelotonnée dans les bras de Mike.

— L'amie que vous attendez… c'est une amie i-e ou un ami i ?

Mike m'observait. Même dans la courte panique qui venait de se produire — la panique qui m'avait poussée à lui tenir la main — je n'étais pas parvenue à prononcer le mot fatidique.

— Mon petit ami.

Pour faire bonne mesure, j'ai ajouté :

— C'est une amie-i, enfin un ami-i, et c'est mon petit ami. Pas mon ami tout court. Je ne sais pas pourquoi j'ai dit ami au lieu de petit ami.

— Parce que vous vouliez que je vous croie libre ?

J'ai fait mine d'être choquée. Mon cœur cognait de nouveau dans ma poitrine. Merde.

— Je sais ce que vous pensez, a-t-il dit avant que je ne puisse répondre. Vous pensez que je suis sacrément gonflé. Exact ?

Encouragée par le gin, je n'ai pas nié.

— Eh bien… oui, un peu.

— C'est vrai que j'allais vous inviter à sortir, et pas parce que vous travaillez à la télé. Parce que vous êtes superbe, que j'aime votre rire et que je suis nouveau à New York.

— Nouveau à quel point ?

— Assez nouveau pour ne pas avoir de petite amie.

Pas encore.

Ça ne saurait durer, j'en étais certaine. New York ne regorgeait pas de mecs mignons, branchés, drôles et hétéros.

Mais j'en avais déjà un comme ça, alors j'allais relâcher celui-ci dans la nature.

— Dites, si ça ne marche pas avec votre mec, passez-moi un coup de fil.

— Ça va marcher, ai-je répondu avec plus de confiance que je n'en éprouvais.

— Alors si un jour vous travaillez sur un casting de sitcom, appelez-moi.

J'ai ri.

— D'accord.

Mais j'étais certaine de ne pas le faire.

Tellement certaine que le lendemain matin, pendant que Mike ronflait dans mon lit, je me suis faufilée pour aller chercher la carte de visite bleue dans mon sac, et je l'ai jetée droit à la poubelle sans lui accorder un regard.

Mike était de retour. *Mon* Mike. Et personne d'autre ne m'intéressait.

Et pourtant…

# 7

*Présent*

Bonjour Beau. Tu dois être surprise. En tapant ton nom sur Google, j'ai trouvé ton adresse mail et j'ai décidé de t'envoyer un mot. Où vis-tu maintenant ? J'ai pas mal bougé, mais en ce moment, je suis installé en Floride. Ça me ferait plaisir de savoir ce que tu deviens. S'il te plaît, réponds-moi. Prends soin de toi. Mike.

Et c'est tout.

Je relis le mail une bonne douzaine de fois, juste pour m'assurer qu'il ne dit vraiment rien d'autre. Pas de signification cachée entre les lignes, d'indice quelconque de la raison de ce message après toutes ces années.

A moins que…

Non. Ce ne peut être que lui.

Bien sûr que c'est lui.

Il n'a pas précisé son nom de famille. Inutile. Il savait que je le reconnaîtrais à la minute où je verrais DodoCrapulo. *DodoCrapulo64* — l'année de sa naissance.

Alors… Pourquoi ?

Pourquoi faire irruption dans ma vie après toutes ces années ?

Parce qu'il a tapé mon nom sur Google ? Pourquoi a-t-il tapé mon nom sur Google ?

D'accord, je passe aux aveux : moi aussi, j'ai tapé son nom sur Google.

Pas parce que je ne cesse de penser à lui depuis dix ans et demi. Mais comme je l'expliquais précédemment, il fait de temps à autre irruption dans mon esprit. A intervalles réguliers, je me perds dans les souvenirs et me demande où il se trouve, ce qu'il fait, s'il est marié et a des enfants.

Quand nous avons eu l'ordinateur, j'ai tapé son nom sur Google en retenant mon souffle. Plusieurs milliers de réponses. Son nom est trop commun. Après quelques centaines, j'ai abandonné. Mais si j'avais réellement eu envie de le contacter, j'aurais pu. J'aurais pu retrouver ses parents, ou nos amis communs. Merde, j'aurais même pu engager un détective privé.

Non, je ne serais pas allée aussi loin.

Quand même, maintenant qu'il m'a trouvée…

Maintenant que je sais où il se trouve…

J'éprouve un besoin soudain, impérieux, d'en savoir plus.

Par exemple : que fait-il en Floride ? Il n'a jamais parlé de déménager en Floride.

Et…

Est-il marié, a-t-il des enfants ?

Je ne peux pas lui poser ce genre de questions tout de go. Je ne peux pas lui répondre *Cher Mike, merci de ton mot. Oh, au fait, es-tu marié et as-tu des enfants ?*

Son statut marital et parental n'a aucune importance. Il ne *peut pas* avoir d'importance, parce que, ah oui, *je suis* mariée et *j'ai* des enfants.

Mais dans son message, il ne demande rien d'autre qu'une innocente réponse par mail. Je pourrais lui écrire et lui raconter ce que je suis devenue.

Où cela nous mènerait-il ?

Je relis son mail, avant de m'arracher à la contemplation de l'écran et de me forcer à penser à autre chose. Je dois faire le vide dans ma tête.

Le soleil se déverse par les fenêtres. C'est un bel après-midi d'été. Je devrais emmener les enfants à la piscine. Ou au parc. Ou manger une glace.

Mais il fait si chaud. Et le bébé dort. Et…

Et je préférerais rester sur Internet et répondre à Mike.

Mais ce ne serait pas bien.

N'est-ce pas ?

Qui sait. Après toutes ces années, j'ai bien rétabli une correspondance avec Gaile.

Mais Gaile et moi n'avons jamais fait de Dodo Crapulo ensemble. Gaile n'a jamais essayé de me voler à l'homme que j'aimais.

Et que j'aime toujours, je me force à me rappeler.

*Tu aimes toujours Mike. Personne ne te volera à lui. C'est ton mari. Vous avez bâti votre vie ensemble.*

Et faire que cette vie se déroule comme un charme constitue mon job à plein temps.

Je parcours le salon du regard, notant tout ce qu'il y a à faire. Des miettes orange de crackers, oubliées par l'incompétente Melina, jonchent la moquette. J'allais les aspirer quand quelqu'un m'a interrompue. A côté de la télé s'amassent vidéos et DVD pour enfants. Il y a quelques jours, j'ai entrepris de les ranger dans leurs boîtes quand un des enfants est venu me trouver. Sur le bureau s'empilent les factures que j'ai commencé à régler hier soir, avant qu'un autre enfant ne m'interrompe. Ensuite j'ai décidé de me détendre en regardant un film quand j'ai été de nouveau interrompue, m'obligeant à enregistrer la suite sur le DVR.

A mon avis, le DVR est la plus belle conquête de l'homme et de la mère de famille débordée. Nous l'avons depuis un an maintenant. Je trouve génial de pouvoir appuyer sur pause quand la responsable de l'association de parents d'élèves vous appelle juste au début de *CSI : Miami*, pour vous rappeler que vous avez proposé l'automne dernier d'apporter deux douzaines de minicakes maison le lendemain matin. Quand l'un des enfants fait irruption au moment où une âme infortunée se fait tabasser dans *Les Sopranos*, vous pouvez enclencher l'avance rapide. Ou un *replay* instantané quand votre mari vous assourdit d'une crise d'éternuements au moment où l'animateur du Jeopardy donne la bonne réponse.

D'ailleurs je regrette que la télécommande du DVR ne fonctionne que sur la télé. Parce que j'aurais bien l'usage des fonctions *Pause*, *Avance Rapide* et *Replay* dans la vie réelle, tous les jours, à tout moment de la journée. Quoi que je fasse, je suis toujours interrompue.

Alors pourquoi personne ne m'interrompt maintenant ?

Pourquoi aucun gosse ne me casse-t-il les pieds pour que je lui donne des fraises *tagada* ou que je lui essuie les fesses ? Ou ne m'oblige à répéter à l'infini de ne pas taper/mordre/fixer les gens ? Je pourrais enfin cesser de penser à répondre à Dodo Crapulo ?

Je ne suis pas *obligée* de répondre. Il me suffit d'appuyer sur une touche pour l'effacer de ma vie.

Dommage que ça n'ait pas été aussi facile la première fois.

A l'époque, je ne savais pas rompre.

Peut-être que je ne sais toujours pas.

Avant que je n'aie pu les en empêcher, mes doigts volent sur le clavier.

Cher Mike, merci de ton mail…

Bien. Ensuite ?

J'ai été si surprise de recevoir de tes nouvelles !

Bien. Ensuite ?

Ces derniers temps, j'ai beaucoup pensé à toi.

Pas bon. Je remplace cette phrase par :

Je suis désolée de la façon dont les choses se sont terminées. J'ai toujours souhaité avoir une chance de t'expliquer combien j'étais désolée que ça n'ait pas marché entre nous.

Pas bon du tout.

J'efface et reste assise, les doigts sur le clavier, cherchant quoi dire. Qui ne nous expose pas à la tentation. Qui n'évoque pas un passé douloureux mais ne soit pas non plus banal.

Quand même, c'est un homme dont j'ai brisé le cœur. Je l'ai laissé croire que nous avions un avenir, alors que j'étais amoureuse de quelqu'un d'autre.

Et c'est l'autre que j'ai épousé.

C'est avec l'autre que j'ai trois enfants, un emprunt immobilier et un plan épargne-retraite. Je suppose que c'est là-dessus que je devrais appuyer.

Je tape à toute allure :

Je suis toujours mariée à Mike.

On dirait que j'en suis étonnée.

Je reviens en arrière. Evidemment que je suis toujours mariée à Mike. Pourquoi ne le serais-je plus ?

Je recommence.

Mike et moi avons trois beaux garçons et une maison à Westchester. Il travaille pour une agence de publicité de Manhattan et moi…

Je m'interromps, les sourcils froncés.

Hmm. Comment rendre ma vie de bobonne au foyer passionnante et excitante ? Question plus pressante : pourquoi ce besoin de rendre ma vie de bobonne au foyer passionnante et excitante ?

J'efface la dernière ligne jusqu'à Westchester. J'en dis trop. Il n'a pas besoin de connaître les détails intimes de ma vie.

Si seulement ma vie comportait des détails intimes.

Faisons rapide.

J'aimerais beaucoup avoir de tes nouvelles quand tu auras le temps. Prends soin de toi ! Beau.

Voilà. Court et sympa.

J'appuie sur envoi avant de changer d'avis.

Il est temps de revenir à la réalité.

Je me déconnecte et décroche le téléphone pour appeler Mike.

C'est sa secrétaire qui me répond.

— Allô Jan, c'est Beau.

— Beau ! Nous parlions justement de vous.

— Vraiment ?

Qui ça, *Nous* ?

Je déteste quand les gens m'annoncent qu'ils parlaient justement de moi. Cela n'arrive pas souvent, mais quand même…

Que peut-on avoir à dire à mon sujet ? Je ne fais rien. Je ne vais nulle part. Je ne vois personne.

— … Oui. Je disais à Mike combien il a de la chance que sa femme accepte de rester à la maison pour élever les enfants. Moi, je préférerais mourir.

— Eh bien…

Que répondre à ça ?

— … ce n'est pas si terrible.

— J'ai dit à Mike qu'il devrait penser à vous offrir des fleurs à vous aussi, pour vous exprimer sa reconnaissance…

*A vous aussi ?*

— … il est adorable, Beau, continue-t-elle. Quand je pense qu'il se souvient que le violet est ma couleur préférée.

— Oh… il a une excellente mémoire.

Moi aussi. Je me souviens quand, en rentrant à la maison, mon mari s'arrêtait chez le fleuriste de la gare. Il passait la porte avec un bouquet de mes fleurs préférées à la main — des lis à l'arôme enchanteur enveloppés dans un joli papier transparent. Cela ne s'était pas produit depuis des mois.

Je n'avais pas remarqué. Jusqu'à aujourd'hui.

— … Je vais vous le chercher, dit Jan.

Elle me met en attente.

Ce n'est pas que je sois jalouse. Si la secrétaire de Mike était un tant soit peu belle ou voluptueuse, je pourrais l'être. Mais Jan, épouse et mère de jumeaux en bas âge, arbore des pattes d'oie, des cheveux prématurément gris, une culotte de cheval et une lèvre supérieure en mal d'épilation définitive. Nous avons à peu près le même âge, mais elle paraît une bonne dizaine d'années de plus. Je ne crois pas qu'elle puisse être une menace pour mon mariage.

En fait, il n'y a encore pas si longtemps, je pensais que rien ne menacerait jamais mon mariage.

— Que se passe-t-il, chou ? demande mon mari.

Je déteste quand il m'appelle *chou*. Mais son accueil est chaleureux, alors je prends une voix chaleureuse.

— Je voulais… Je voulais savoir comment se passe ta journée.

— Une journée de fou. Et la tienne ?

A l'étage supérieur retentit le son de milliers de minuscules pièces de plastique s'effondrant sur le plancher. Legoville n'est plus.

— Une journée de fou, dis-je.

Si un mail d'un ex tombé du ciel n'est pas un truc dingue, je me demande ce qui l'est.

— Quel genre de journée de fous ? Les garçons vont bien ?

— Ils vont bien. L'un joue, un autre regarde Dora, et le dernier dort. Quand rentres-tu ?

— Tard, répond-il vivement. Je dois boire un verre avec des clients. Ne m'attends pas pour dîner.

— Tu seras rentré avant le coucher des enfants ?

— Pas sûr. J'essaierai. Embrasse-les pour moi si je ne suis pas rentré, d'accord ?

— D'accord. J'aimerais que tu rentres tôt.

— Crois-moi, moi aussi. Je préférerais être à la maison avec toi et les garçons qu'avaler des Grey Goose au Royalton, l'estomac vide.

Et moi je préférerais boire des Grey Goose au Royalton, l'estomac vide. Ironique, n'est-ce pas, la façon dont nous soupirons toujours après ce que nous n'avons pas ?

Comme…

Non. Arrête avec ça.

— Partons quelque part, dis-je à Mike sur une impulsion.

— Quelque part ? Comment ça ?

— Partons en vacances. Au lieu de faire des travaux dans la maison. Allons quelque part. Je t'en prie.

— Beau, je passe mes journées loin de la maison, dit Mike d'une voix lasse. Je suis fatigué d'aller quelque part, je n'ai envie d'aller nulle part.

— Si nous partions à Cape Cod une semaine, tu n'irais plus nulle part une fois sur place. Tu ne bougerais plus de ta chaise sur la plage, six jours d'affilée.

— Tu as déjà vu la circulation sur la 95 entre ici et Cape Cod au mois d'août ? Un cauchemar.

— Mais…

— J'ai envie de m'asseoir sur une chaise dans mon jardin, six jours d'affilée, Beau. Et quand je n'y suis pas, d'installer des toilettes sous les escaliers. A la fin de la semaine, quand tu tireras la chasse de ces toilettes, tu me remercieras.

Si cela signifie également tirer la chasse sur tout espoir de vacances, je ne crois pas.

Je soupire.

— C'est parfois pénible d'être coincée à la maison avec les enfants jour après jour, Mike.

— Si tu te trouvais un hobby ?

Je rêve ou il me parle avec condescendance ?

— Que suggères-tu ? dis-je d'un ton acide. Le macramé ? Les maquettes d'avion ?

— Tu comprends ce que je veux dire. Tu as besoin de faire autre chose que t'occuper des enfants. Je comprends que tu t'ennuies.

Sa sollicitude me prend au dépourvu.

Avant que j'aie une chance de répondre, le téléphone sonne dans son bureau.

Sa sollicitude s'évanouit en un clin d'œil.

— … On en reparle ce week-end, d'accord ?

— Oui, d'accord.

Nous raccrochons.

— Je ne veux pas d'un hobby. Je veux…

Je ne sais pas ce que je veux, si ce n'est que cette fébrilité soudaine ne cesse.

Je reste dans le salon, à écouter le ronron des conversations enfantines au-dessus de ma tête, du générique de Dora, et de la balançoire à piles.

Je souhaite presque que Tyler se mette à geindre, pour avoir quelque chose à faire.

Quand suis-je devenue cette femme au foyer désœuvrée ?

Mike et moi avons trois beaux garçons et une maison à Westchester.

Cela semble si gratifiant quand on l'écrit. Tellement plus que ça l'est en réalité.

En réalité, c'est…

Un bruit assourdissant retentit à l'étage supérieur, suivi de l'inévitable « Maman ! »

— J'arrive, dis-je, en me dirigeant vers les escaliers et la réalité.

# 8

*Passé*

Deux jours après son arrivée à New York, Mike avait décroché un deuxième entretien dans une boîte de software, et était en lice pour un poste de commercial dans une banque, qui offrait un salaire intéressant.

Tout se déroulait à la perfection. Du moins, c'était ce que je croyais.

Mais à l'époque, je croyais aussi que Michael Jackson serait toujours une superstar. Et toujours noir.

Enfin. La seule chose qui déclenchait l'enthousiasme de Mike, c'était de passer du temps avec moi. Toujours aussi romantique, il m'offrait des roses, m'emmenait dîner dans des restaurants chic, et me massait le corps avec une huile au patchouli achetée à Los Angeles.

Mais rien de ce qui concernait New York — les bagels délicieux, la vue époustouflante depuis l'Empire State Building, les deux billets à l'orchestre offerts par Janelle Jacques elle-même pour *Jerome Robbins Broadway* — ne semblait le fasciner.

Janelle distribuait souvent les cadeaux publicitaires aux

subalternes, mais je n'avais jamais rien récolté de plus précieux qu'une horrible banane en Nylon rouge à accrocher autour de ma taille. Le timing était parfait. Mike allait pouvoir constater que mon job gratifiant comportait en plus des avantages. Et peut-être comprendre qu'aller vivre à Los Angeles — possibilité qu'il n'avait pas encore officiellement évoquée, mais qui flottait dans l'air — était pour moi hors de question.

— Un truc super à New York, dis-je en sortant de l'Imperial Theater, c'est qu'on peut voir un spectacle de Broadway dès qu'on on en a envie.

— Oui, a agréé Mike avec un enthousiasme modéré.

Il m'a entraînée à travers la cohue de l'après-spectacle, de l'autre côté de la 45e Rue, en se faufilant à travers les taxis et les limousines alignés devant le théâtre.

J'ai repoussé une mèche enduite d'Aqua Net. Après l'air conditionné, la chaleur de juillet m'accablait. Un peu comme quand je passais d'une tempête dans le blizzard à la maison de retraite surchauffée de ma grand-mère en plein hiver. L'instinct de survie me commandait immédiatement d'ôter un vêtement.

Mais bras nus, jambes nues et en sandales ouvertes, le seul vêtement qu'il me restait à ôter, c'était ma robe de lin bleu froissée. Après quelques minutes à arpenter le sol dans cette chaleur, cela ne me semblait pourtant pas impossible. L'air chaud de la nuit était chargé d'une moiteur oppressante. Encore un peu et nous aurions eu l'impression de nager dans une piscine.

— Tu veux manger quelque chose ? ai-je demandé pleine d'espoir.

Un énorme hamburger dans un restaurant avec air conditionné était exactement ce qu'il me fallait.

— Maintenant ? Tu veux une glace ?

— Je parle de dîner.

Il a consulté sa montre.

— Il est trop tard pour dîner, Beau.

— Tu n'as pas faim ? Avant le spectacle, tu as dit que tu mourais de faim.

— Parce que l'heure du dîner était largement dépassée.

— Il n'était que 18 h 30.

— Exactement.

— Qui dîne avant 18 h 30 ?

Je n'ai pas souligné que, de toute façon, nous n'avions pas le temps de dîner avant.

Pour la bonne raison que j'étais restée coincée dans une réunion décidée en urgence, tard dans d'après-midi. Jalouse du succès d'Arsenio, Janelle nous avait sommés de trouver des idées impliquant le public, afin de concurrencer les aboiements de l'audience d'Arsenio. Après trois heures de prise de tête, une assistante avait proposé de coiffer le public de sombreros aux initiales de Janelle Jacques.

Moi, je crois qu'elle plaisantait. Mais Janelle la narcissique a adoré l'idée. Avant de comprendre ce qui se passait, Gaile et moi étions munies d'instructions détaillées concernant l'achat de sombreros en gros.

Et j'étais arrivée en retard à mon rendez-vous avec Mike, morose d'être resté planté trois quarts d'heure au coin d'une rue à imaginer, comme il l'avait si élégamment exprimé, qu'un bus m'avait écrabouillée.

— Qui dîne à 22 h 30 ?

On aurait dit que j'éprouvais un désir irrépressible de croissants et exigeais d'embarquer *tout de suite* pour Paris.

Mon estomac a protesté bruyamment. J'ai désigné les restaurants bondés qui bordaient la rue.

— Un tas de gens.

— Nulle part ailleurs dans le monde, Beau. C'est un truc new-yorkais.

— Eh bien, quand tu es à Rome, fais comme les Romains.

Soupir.

— Si tu as toujours faim quand nous arrivons à Uptown, nous mangerons là-bas. Ici, je ne supporte pas la foule. Prenons un taxi.

J'ai observé la rue alentour, embouteillée, qui menait à l'avenue, embouteillée. Quelques douzaines de taxis étaient en vue mais aucun ne bougeait d'un pouce et tous étaient occupés.

— Pas de taxis. Tu ne veux vraiment pas manger un morceau ici ?

— Vraiment pas.

Nous sommes repartis à pied vers le centre-ville, en

direction de mon appartement. Comme Mike semblait préoccupé, je commentais inlassablement le spectacle.

— Ce petit type chauve m'a vraiment plu.

— Quel type ? a dit Mike en regardant autour de lui.

Dans le spectacle.

J'ai feuilleté *Playbill* jusqu'à la photo de l'acteur en question.

— … Il s'appelle Jason Alexander. Tu ne le trouves pas génial ?

— Ouais. Génial.

De toute évidence, il avait l'esprit ailleurs.

J'ai insisté.

— Mon passage préféré, c'est la scène avec les trois marins de *On the Town*.

J'ai entonné les mesures qui parlent de New York comme d'une ville exceptionnelle.

Allusion subtile. Mais avant que ma campagne publicitaire solitaire n'atteigne le couplet concernant le Bronx, Mike m'a brutalement interrompue.

— Beau, il faut qu'on parle.

— On ne peut pas se contenter de chanter ?

Ça ne l'a pas fait rire.

Moi si. Une seconde. Puis j'ai vu l'expression de son visage.

— D'accord, qu'y a-t-il ? ai-je demandé à contrecœur.

— Ça… c'est tout.

Il a fait un geste vague de la main.

J'ai regardé autour de moi, faisant mine de ne pas comprendre de quoi il parlait.

Autour de nous, la foule grouillait : des touristes déambulaient bouche bée, appareils photo et plans de la ville en main, bousculés par des autochtones à la mine sinistre, des *drag queens*, des flics moins nombreux que les pickpockets et les criminels en circulation, des vagabonds solitaires, des livreurs de plats à domicile, des couples homosexuels flamboyants, des jeunes mariés en voyage de noces, des grand-mères promenant leur chien, des employés faisant du zèle quittant seulement le bureau d'un air las.

Des gratte-ciel immenses. Des néons lumineux. Des bouches de travaux. Des équipes de la compagnie d'électricité. Des chantiers en construction vingt-quatre heures sur vingt-quatre. Des spots d'un blanc aveuglant et des barrières de police bleues indiquant le tournage de film dans une rue transversale. Des Klaxon, les voitures pare-choc contre pare-choc. Des magasins de vins en face d'épiceries coréennes ouvertes toute la nuit. Des appareils de climatisation accrochés aux fenêtres qui gouttaient.

Bruit. Circulation. Crasse. Puanteur.

— Quoi ? ai-je demandé d'un air innocent.

— Ça.

Je me suis demandé s'il était sage de pousser le bouchon en répétant *quoi ?* Je ne savais que trop bien de quoi il parlait.

De plus, Mike a précisé :

— New York.

— Oh. Ça.

— Tu veux vraiment vivre ici toute ta vie, Beau ?

Oh-oh. Je savais bien que ce moment devait arriver.

— Oui, ai-je rétorqué avec la même fierté chauvine que si je m'appelais Donald Trump. J'adore cette ville. Elle me donne l'impression d'être au centre de l'univers.

— L.A. aussi.

— Non, L.A. évoque le centre de l'industrie cinématographique. Ce qui, d'ailleurs, Mike, ne fait vraiment pas partie de ton univers, alors je ne vois pas pourquoi tu…

— Ça fait partie de ton univers à *toi,* Beau. Réfléchis. Tu veux faire carrière à la télévision, tu devrais vivre à Hollywood.

Bon sang, quelle chaleur ! J'ai soufflé en l'air pour écarter mes cheveux collés sur mon front par la sueur. En vain.

— Je ne veux pas vivre à Hollywood, Mike, ai-je répondu d'une voix ferme, évitant de peu ce qui ressemblait à un tas de haillons sur le trottoir.

Quand le tas m'a insulté, j'ai compris qu'il s'agissait d'un être humain.

— Hé, mec ! Cool, a lancé Mike en m'entraînant à l'écart.

Mec ? Cool ? Il se prenait pour qui ? Keanu Reeves dans *Bill and Ted's Excellent Adventure ?* J'ai ouvert la bouche pour l'informer que ça se faisait peut-être sur la côte Ouest mais qu'ici, à New York, on ne conseillait pas aux sans-abri de rester cool.

Mais Mike a continué sur sa lancée.

— C'est dégueulasse.

— Qu'est-ce qui est dégueulasse ? ai-je demandé en regardant autour de moi.

A cette heure-ci, on trouvait pas mal de choses dégueulasses dans le quartier. Prostituées, poubelles qui débordaient, seringues par terre.

— Le mec.

Ah oui. Le mec.

Il était sale. Et il puait.

— Oui.

J'avais fini par m'habituer aux sans-abri, comme au niveau sonore, à la foule, aux files d'attente, au coût astronomique de la vie.

J'étais aussi habituée à obtenir ce que je désirais.

Je ne désirais pas quitter New York. Et je désirais que Mike y vive avec moi.

— Ça n'arriverait jamais sur la côte Ouest.

— Il n'y a pas de sans-abri ? Mike ! Je suis certaine que si. Il y en a partout.

— Mais on n'est pas obligé de les enjamber chaque fois qu'on sort de chez soi.

— Parce que tu ne sors de chez toi qu'en voiture.

— Qu'y a-t-il de mal à ça ?

— Rien. Si on aime.

— Si on aime quoi ? Conduire ?

— Je ne sais pas, Mike… J'éprouve la sensation que tout ça est surfait.

— La conduite ?

— Los Angeles.

Comme j'étais encore d'humeur musicale, j'ai entonné la chanson de Billy Joel *Say Goodbye to Hollywood*, « Dis adieu à Hollywood ».

Allusion subtile.

— Très drôle. Mais je parle sérieusement.

— Moi aussi. Je ne veux pas déménager à l'autre bout du pays.

— Moi non plus, je ne suis pas sûr d'en avoir envie.

— Mais tu es de la côte Est.

— Plus maintenant.

— Tu comprends ce que je veux dire. Tu as grandi ici. Pour toi, ce serait un peu comme rentrer à la maison.

— Je ne suis pas de Manhattan mais de Long Island. Grosse différence.

— Pourquoi ne pas attendre les résultats de ton entretien, Mike ?

J'espérais ne pas parler d'un ton trop suppliant.

— … les opportunités superbes abondent ici. Si tu détestes tant vivre à New York, tu — *nous* — pourrions faire le trajet depuis la banlieue.

— Tu penses à Jersey ?

— Seigneur non. Je pensais à Westchester.

— Jersey a des plages au moins.

— Bon, peut-être Jersey alors.

J'avais oublié ses toutes récentes affinités avec le sable et l'eau salée.

— J'ai besoin de sentir l'océan tout proche, a-t-il dit.

Lui qui a grandi à un jet de pierre d'une plage mais n'avait jamais rêvé de surf avant de partir vivre dans la Cité des anges.

— … Je ne peux pas vivre sans accès à la mer.

L'intro de *Surfin' USA* a remplacé la musique de Jerome Robbins qui trottait dans ma tête.

— Long Island possède de superbes plages, ai-je dit.

— Je ne veux pas retourner à Long Island. J'ai passé les dix-huit premières années de ma vie à tenter de *fuir* Long Island.

*Tu peux emmener ce garçon loin de Long Island…*, ai-je pensé, tentant de ne pas sourire en entendant l'accent prononcé qu'il s'était donné tant de mal pour perdre. Surtout quand il prononçait des mots comme « fuir » ou « café ». Quand je l'avais connu, la moitié du temps, j'avais du mal à le comprendre. Maintenant, j'étais habituée et je trouvais cet accent charmant.

Pas charmant au point d'aller vivre avec lui à Long Island et développer un accent moi aussi.

— Jersey aussi possède de superbes plages.

Pourquoi avais-je dit ça ? Je ne voulais pas vivre à Jersey. Je voulais vivre à New York.

— Oui. Jersey pourrait faire l'affaire. Parce que l'été à New York, j'ai vraiment du mal.

J'ai tenté d'écarter de mon esprit les images de terrasses, de cafés dans Greenwich Village, des pièces de Shakespeare dans Central Park et du marché bio dans Union Square. D'un match des Bronx Bombers au Yankee Stadium en mangeant des hot dogs. Des glaces italiennes des vendeurs de rue, du feu d'artifice au-dessus de la statue de la Liberté, de la bronzette allongée sur une couverture à Sheep Meadow dans Central Park le dimanche après-midi.

Tout ce qui allait me manquer si je m'installais à Jersey.

Mais tout valait mieux que le refrain de *California-USA*, qui me trottait dans la tête.

Au fond de moi, je savais que tout n'allait pas se dérouler exactement selon mes désirs. S'il fallait trouver un compromis, j'étais prête. Parce que si Mike me quittait, *lui* me manquerait nettement plus que n'importe quoi d'autre à New York.

La banlieue représentait un moindre mal. Je lui prouverai qu'on pouvait vivre heureux à New York. Ou du moins dans un rayon de quarante kilomètres.

— Super, ai-je dit, du même ton que j'aurais dit *voilà, c'est décidé.*

— Mmm, a-t-il répondu d'un ton prudent, à traduire par *rien n'est décidé.*

Mais, en tant que nouvelle émule de Donald Trump, je tenais à finaliser l'affaire.

— Nous devrions peut-être commencer à chercher un appartement ce week-end, ai-je suggéré négligemment en attendant que le feu passe au rouge.

— Ce n'est pas un peu prématuré, Beau ? Je n'ai même pas encore d'emploi.

— Tu en auras un tôt ou tard. J'ai étudié les annonces

dans *The Voice*, pour me faire une idée. En septembre on trouve un tas de sous-locations dans Manhattan, ce qui me donnerait le temps de donner mon préavis à Valérie. Nous pourrions sous-louer jusqu'au printemps avant de déménager à…

— Ouah, une minute. Pourquoi donnerais-tu ton préavis ? Je croyais que nous parlions d'un appartement pour moi. Toi, tu en as déjà un.

— Oui, mais…

J'ai respiré un grand coup avant de le regarder en face.

— Je pensais que nous pourrions vivre ensemble.

— Tu y as pensé ?

J'ai fait oui de la tête.

Le feu est passé au rouge mais aucun de nous n'a bougé. J'avais peur de reprendre ma respiration, alors quant à oser descendre du trottoir… Mike, lui, semblait pétrifié par une horreur sans nom.

Ça n'allait pas du tout.

Ce n'était pas du tout ce que j'avais prévu.

— Nous n'avons jamais parlé de vivre ensemble, Beau.

— Je sais… Mais je pensais que ça allait se produire.

— Qu'est-ce qui allait se produire ? Parler de vivre ensemble ou vivre ensemble ?

J'ai menti. C'était mal parti.

— Que nous allions parler de vivre ensemble. Et comme tu vas t'installer ici et chercher un appartement, autant en louer un ensemble.

— Oh, dit-il.

*Oh* tout court.

Comme *Oh non.*

*Oh non lâche-moi les baskets, pot de colle.*

— Les loyers sont tellement chers que c'est difficile de s'en sortir sans coloc…

— Exactement. A Los Angeles tu peux louer un…

Je l'ai coupé, me fichant qu'à L.A. on puisse louer une foutue maison en bord de mer pour le prix qu'on paie un bagel au saumon à la crème à New York.

— … Et s'il te faut une coloc, je suis la coloc idéale. Je ne fume pas, je ne monopolise pas la télécommande et je ne relève pas le rond des toilettes.

*Plouf.* Un autre mot plein d'esprit qui est tombé aussi à plat que les coiffures des années 70.

— Tu as déjà une coloc, a remarqué Mike.

— Je préférerais vivre avec toi. Valérie fume, monopolise la télécommande et laisse le rond des toilettes relevé.

— Valérie laisse le rond des toilettes relevé ?

— Seulement quand elle vomit, ai-je concédé.

Mais il ne souriait toujours pas.

— Beau, vivre à deux est une étape importante.

— Je sais. Mais nous sortons ensemble depuis une éternité, et…

Et j'ai supposé que la suite du programme c'était : pour toujours.

Soudain j'ai peur de parler, parce que, pour la première

fois, j'ai peur qu'il ne ressente pas la même chose que moi.

— Vivre ensemble, c'est différent. Il s'agit d'un engagement important.

— Je sais.

— Je ne m'en crois pas encore capable.

— Pas encore ? Tu crois que tu t'en sentiras capable… bientôt ?

Il a hésité.

— Je ne sais pas.

— Tu veux dire que tu ne seras peut-être jamais prêt ?

— Je ne sais pas, Beau !

Il paraissait exaspéré.

Les choses étaient loin de se dérouler à la perfection. En fait, si elles avaient empiré un tout petit peu, on aurait pu qualifier l'instant de rupture.

— Je ne sais pas quoi dire, Mike.

— Moi non plus. Mais je suis honnête.

Nous avons marché en silence cinq bonnes minutes.

Je sentais la nausée monter en moi. Je n'avais qu'une envie, rentrer à la maison. Seule. Et pleurer sur mon oreiller.

Mais Mike dormait chez moi et Valérie était probablement dans l'appartement. Une fois rentrée, je serai coincée.

Aussi coincée qu'en ce moment, dans la rue avec Mike.

La foule a diminué au fur et à mesure que nous nous sommes éloignés des théâtres. Encore quelques blocs vers la Huitième Avenue, et un taxi deviendrait envisageable, ai-je dit à Mike.

— Tu veux rentrer tout de suite ? Tu ne veux plus dîner ?

— Je n'ai plus faim.

— Allons prendre un verre et parler.

— Parler de ne pas vivre ensemble ?

Il a haussé les épaules.

— Comme tu veux. Je suis claqué, de toute façon. Arrêtons un taxi et rentrons dormir chez toi.

C'est exactement ce que nous avons fait.

# 9

*Présent*

Lovée sur le canapé du salon, je regarde l'émission de David Letterman en piochant directement dans le pot de glace au café zéro pour cent de matières grasses, quand j'entends une clé tourner dans la serrure suivi de bruit de pas sur le dallage de la cuisine.

— Beau ? appelle la voix de Mike. Tu n'es pas couchée ?

Je coupe le son de la télévision.

— Je suis là.

Ses clés tintent sur la table de la cuisine et un bruit sourd m'indique qu'il a laissé tomber sa serviette près de la porte. J'entends la porte du frigo s'ouvrir et se fermer et Mike apparaît, une bouteille de Poland Spring à la main.

— Salut, dis-je en lui faisant une place à mes pieds sur le canapé.

Il me plante un baiser sur le front. Ses vêtements sentent New York et son haleine est teintée d'alcool. Cela explique le baiser. Un verre ou deux le rendent toujours tendre.

— Pardon de rentrer si tard, dit-il en s'affalant dans

le canapé pour ouvrir sa bouteille d'eau. J'ai raté le train de 21 h 52 de trois minutes et j'ai attendu le suivant une heure.

— Quelle horreur.

Sur l'écran muet, je regarde David Letterman poser à Demi Moore une question qui la fait se tordre de rire.

— Oui. Comment vont les enfants ?

— Enfin endormis.

— Ils t'ont donné du fil à retordre pour aller se coucher ?

— D'après toi ?

Il hausse les épaules et avale une grande lampée d'eau minérale.

— Qu'as-tu fait aujourd'hui ?

— J'ai joué la partie de Candyland la plus longue de ma vie. Nettoyé un milliard d'éclaboussures. Changé des couches…

Répondu à un mail de l'ex-amour de ma vie.

— … Mikey a joué avec Chelsea. Puis nous sommes allés au bac à sable dans le parc, jusqu'à ce que Josh pique la pelle en métal d'un autre gosse et l'utilise pour taper sur la tête de Mikey.

Mike fait la grimace.

— Aïe. Pourquoi est-il si vilain ces temps-ci ?

— Tu veux dire, pourquoi se comporte-t-il mal ?

— Non, je veux dire, pourquoi est-il si vilain ? Pauvre Mikey. Ils font des jouets en métal maintenant ?

— Apparemment. A moins qu'il ne s'agisse d'une

antiquité de valeur, maintenant gravée de l'empreinte du crâne de Mikey.

— Super. Il va bien ?

— Quand le saignement s'est arrêté, il allait bien. Oh, et la mycose de Tyler a réapparu. J'ai appelé le médecin qui lui a fait une ordonnance. Après être passés la chercher, nous avons dîné chez McDonald's, puis je les ai emmenés à la piscine pour les calmer avant de les coucher.

— Ce devait être sympa.

Je ravale une remarque sarcastique. Chaque fois que j'évoque la piscine municipale, Mike semble m'imaginer me dorant au soleil entre un bouquin et une *piña colada*, avec des hommes bodybuildés qui accourent au moindre mouvement de mon petit doigt.

La réalité me rappelle plutôt la femelle babouin que j'ai vue au zoo du Bronx l'année dernière en accompagnant la classe de Mikey. Mon alter ego primate m'a fait pitié. Vraiment. Elle se tenait là, dans la fournaise, pitoyable, un nouveau-né tétant son sein avec voracité tandis que deux autres petits babouins s'accrochaient à elle, se collant et se trémoussant contre son corps.

Et autant pour la théorie de l'évolution. Enlevez la fourrure, dotez les babouins les plus âgés de voix pleurnichardes réclamant des barres chocolatées, ajoutez un *tankini* démodé de l'année dernière, une masse d'eau trop chlorée aux vagues relents d'urine, dans laquelle trempe la totalité de la population locale qui ne travaille pas à

New York et vous y êtes : vous partagez mon expérience quotidienne de la piscine.

— Oui, très agréable.

Mais mon ironie doit échapper à Mike car il garde une expression d'envie.

Il boit encore une gorgée de Poland Spring et me raconte sa soirée. Soirée de boulot et d'ennui, mais préférable à une bagarre perpétuelle avec trois gosses refusant systématiquement d'entrer ou sortir de leurs sièges auto, de rester assis dans leur box chez McDo ou d'enfiler leurs maillots de bain.

— Je vais me coucher, bâille-t-il en s'étirant. Tu viens ?

— J'ai envie de voir la fin de Letterman, dis-je en plongeant de nouveau ma petite cuillère dans le pot de crème glacée. Il va interviewer Sting.

— Je peux goûter ? demande Mike en louchant sur ma glace.

— Tu n'aimeras pas. C'est allégé.

— Tu as raison. Je n'aimerai pas.

Il fait la grimace, puis caresse ma jambe nue.

— … mais j'aime d'autres choses…

Moi aussi. Regarder le Letterman Show quand Sting est l'invité spécial, par exemple.

— Viens… Viens te coucher.

Nous avons une télé dans la chambre, mais ce n'est pas ce qu'il a en tête. Après quelques verres, il se transforme en *Bachelor* Bob Guiney, le dingue qui embrasse tout le monde.

Mais je résiste. Sting est trop sexy.

Et avec la quantité de café avalée chez McDo, ajoutée à celle contenue dans la glace, je n'ai pas du tout sommeil. Quand Mike m'abandonnera pour rouler sur le côté, je vais rester seule éveillée dans le lit à gamberger.

De plus, étant donné les événements de la journée, je risque de penser à l'autre Mike, or je préférerais éviter. J'ai consulté mon mail au moins six fois cet après-midi.

Il n'a pas encore répondu. Il est probable qu'il ne répondra pas.

Oh, à qui vais-je faire croire ça?

Il m'a écrit le premier et m'a demandé de lui répondre. Tôt ou tard, il va me donner une réponse.

Et ensuite?

Ensuite, je vais être tentée de lui répondre à mon tour, voilà tout.

— Allez viens, Beau.

La main de Mike remonte de mon genou sur ma cuisse. Il connaît la carte de mes zones érogènes bien mieux que je ne connais le plan du supermarché. Ma nuque frissonne, et pas à cause de la glace au café sans matières grasses.

Sting est sexy, mais Mike aussi.

D'accord, pas aussi sexy que Sting, mais la probabilité que je couche avec ma rock-star préférée est excessivement mince.

Avouons-le : elle est nulle.

La probabilité que je couche avec Mike est imminente si je me décide tout de suite, mais nulle si j'attends la fin de l'émission. Maintenant que je suis troublée, Mike peut être certain d'obtenir ce qu'il veut ce soir.

Si j'attendais juste un peu avant de le rejoindre ? Mais réveiller mon mari d'un sommeil profond quand il a bu quelques verres relève de la même probabilité que Sting sonnant à ma porte, sans sa femme Trudy, pour m'entraîner dans une folle nuit d'expérience tantrique.

En d'autres termes, aucun risque.

Je glisse un œil sur l'écran muet. La main de Mike, provocante, effleure le bord de mon caleçon. Un caleçon de Mike en fait — c'est ma version personnelle des pyjamas d'été. Ses doigts caressent d'une chorégraphie savante l'intérieur de ma cuisse et mon corps réagit aussitôt, malgré mon désir de découvrir pourquoi Demi Moore vient de tendre un doigt à Letterman — l'index ou le pouce, je n'ai pas bien vu.

— Viens, dit Mike d'un ton suggestif.

— Je peux toujours enregistrer Letterman avec le DVR, dis-je en tripotant la télécommande.

Ai-je déjà mentionné que le DVR est l'invention du siècle ?

Oui ? Pardon. Mais c'est vrai. Surtout à des moments comme celui-ci.

Pour tout dire, bien que j'aime faire l'amour tout autant que n'importe quelle autre mère de trois enfants, ces derniers temps, cela n'en vaut pas vraiment le temps et/ou l'effort. Au contraire de l'émission de David Letterman, nos rapports sexuels manquent de piment, ont perdu de leur créativité et ont tendance à être terminés en quinze minutes, voire moins.

Je hais l'idée d'en être réduite au point où je doive mettre en balance les bienfaits d'un moment tendre avec ceux d'une émission en différé. Comment en suis-je arrivée là ? Il fut un temps où il suffisait que Mike me regarde, ou me caresse la main, pour que je me métamorphose en primate en chaleur.

Mais après une journée ressemblant à s'y méprendre à celle d'une femelle babouin collée à sa progéniture, je n'ai pas une envie folle qu'on me tripote de nouveau ou qu'on s'accroche à mes seins — même si ce genre de tripotage est nettement plus agréable.

En ce moment, ma définition du plaisir inclut une soirée dans une maison silencieuse avec la télécommande, le divan et un pot de crème glacée pour moi toute seule.

Mais faire l'amour avec mon mari me rappellerait peut-être pourquoi je ne devrais pas faire ressurgir mes souvenirs avec un autre homme. C'est mal.

Non, pas mal.

Vilain.

Je suis une vilaine fille.

Je rejoins Mike en repoussant de mon mieux les souvenirs érotiques qui déferlent en moi.

Pendant que je range ma glace et me brosse les dents, il embrasse les enfants, un à un. Puis je m'étends sur notre immense matelas flambant neuf et l'observe ôter sans chichis costume, cravate, chemise, T-shirt, caleçon et chaussettes.

Il perd un peu l'équilibre quand il sautille d'un pied sur l'autre pour enlever ses chaussettes.

— Combien de verres as-tu bus ?

— Je ne sais pas. Quelques-uns. Pourquoi ?

— Je me posais juste la question.

J'aimerais bien avoir avalé un ou deux verres de vin moi aussi, plutôt que de la glace allégée. Peut-être me sentirais-je plus détendue et un petit moins anxieuse au sujet de ce mail que j'ai envoyé cet après-midi.

Pas tant anxieuse que coupable, en fait. Si Mike savait…

Mais il ne sait pas et ne saura jamais.

Si je reçois une réponse, je la détruirai aussitôt et oublierai tout ce qui concerne l'autre Mike.

Je cesserai de ressasser le passé, d'imaginer ce qui aurait pu se passer.

Parce que, bien sûr, c'est la question que je continue de me poser.

Que serait-il arrivé si j'avais fait un choix différent cet été-là ? Si j'avais épousé un autre homme ?

Je n'aurais pas mes fils… Pensée tellement atroce qu'elle devrait suffire à étouffer dans l'œuf ce genre de fantasmes.

Mais elle ne suffit pas.

J'imagine l'autre Mike ici même, nu. A quoi ressemblet-il maintenant ? Ses cheveux grisonnent-ils ? A-t-il pris du poids ? Perdu ses cheveux ?

Je pense à lui comme à un nouveau Dorian Gray, immunisé contre les effets du temps.

Je suis du regard mon mari qui se dirige nu vers la salle de bains. Je ne peux m'empêcher de noter le léger bourrelet autour de sa taille et, quand il se tourne, le soupçon de poignées d'amour au-dessus de ses fesses nues et blanches.

Je connais chaque millimètre de son corps. Je le vois nu chaque jour depuis des années. Je suis parfaitement consciente qu'il n'est plus un éphèbe de vingt ans avec des abdos en béton et des biceps sculptés. Mais je réalise rarement qu'il est devenu un homme d'âge mûr.

Aujourd'hui, je m'en rends compte.

Il ne prend pas la peine de fermer la porte.

Aucun de nous ne prend plus la peine de fermer la porte depuis des années. Nous ne pouvons rien faire que l'autre n'ait déjà vu, entendu — ou senti — un millier de fois. Au début, l'idée que nous partagions tout de l'intimité de l'autre nous émerveillait.

A l'époque, je ne pouvais imaginer cacher quoi que ce soit à l'homme que j'aimais.

Aujourd'hui, j'ai quelques secrets.

Par exemple, il ne sait pas que j'ai gardé ma carte de crédit du magasin de luxe Neiman Marcus. Alors que des années auparavant, nous avons décidé d'un commun accord de détruire nos cartes de crédit et d'utiliser du cash ou American Express.

Il ne sait pas que j'ai éraflé l'aile de notre vieille Trailblazer en reculant dans le parking des Applebee. Quand il a remarqué la rayure, j'ai feint l'innocence et l'ai laissé croire que quelqu'un avait dû l'abîmer dans un parking quelconque.

Il ne sait pas que la présence des deux parents n'est pas obligatoire aux réunions à l'école maternelle de Josh ; que notre ancienne machine à laver aurait pu être réparée au lieu d'être remplacée par un nouveau modèle à charge frontale ; que j'ai perdu l'une des boucles d'oreilles en saphir qu'il m'a offertes à un Noël précédent.

Il ne sait pas qu'aujourd'hui, j'ai reçu des nouvelles de Mike.

En l'entendant faire pipi dans les W.C. voisins, je sens mon désir diminuer.

Je ne peux pas m'en empêcher. Entendre quelqu'un faire pipi n'a rien de sexy. A moins d'être plus ou moins pervers.

Je me demande si l'autre Mike fermerait la porte de la salle de bains si nous étions mariés.

Je ne peux pas m'en empêcher non plus. De m'interroger.

Où serais-je en ce moment si j'avais épousé l'autre Mike ?

J'aurais poursuivi la carrière que j'ai laissée tomber pour

mes enfants ? Je serais peut-être même productrice exécutive à l'heure qu'il est.

Ou bien je serais quand même devenu ce clone de la mère dans *La petite maison dans la prairie*, mâtinée de Tante Marie pour la cuisine. Peut-être aurais-je tout de même mes fils, seulement, ils auraient un père différent.

C'est impossible. S'ils avaient un père différent, et la moitié de ses gènes, ils ne seraient pas ceux qu'ils sont maintenant. Ce ne seraient pas les mêmes enfants.

Je veux les mêmes enfants.

Je veux aussi le même mari. Vraiment. Je le veux.

J'entends le bruit de la chasse d'eau, puis Mike réapparaît dans la chambre. Sa présence familière me donne une sensation de sécurité, de confort. Je l'accueille dans notre lit et en chasse son homologue imaginaire.

Il éteint la lumière, se glisse à mes côtés et tâte le matelas à ma recherche.

— Où es-tu ? demande-t-il.

— De mon côté du lit.

— Si loin ? Je t'avais dit que ce lit serait trop grand.

Il me l'avait dit.

Je lui avais répondu qu'un lit ne pouvait être *trop grand* et que notre ancien lit était trop petit. J'avais avancé les arguments suivants :

Argument A : notre bataille nocturne quotidienne pour la couette, elle aussi trop petite ;

Argument B : la tendance des garçons à se joindre à nous chaque fois qu'ils faisaient un cauchemar, étaient malades, avaient besoin d'un câlin, ou avaient simplement l'impression de rater quelque chose.

Argument C : l'habitude agaçante de Mike de dormir un bras replié sous sa tête, avec son coude qui me frappait le visage au moindre mouvement de l'un d'entre nous.

Mike avait cédé et m'avait laissée acheter le plus grand des matelas dernier cri de chez Sears lors des derniers soldes — rien à débourser à l'achat, pas d'intérêts jusqu'à l'année prochaine. Il a coûté plus de deux mille dollars et nous n'avons toujours pas de tête de lit à sa taille, mais je m'en fiche. La nuit, je tiens à ce que personne n'empiète sur mon espace vital. En ce moment, j'ai vraiment besoin d'air, même dans mon sommeil.

Mais ce soir, l'intérêt d'être dans le même lit que Mike est de me lover contre lui. Je me faufile à l'autre bout du matelas moelleux jusque dans ses bras.

— C'est mieux, dit-il en m'embrassant. Tu as un goût de dentifrice à la menthe.

Lui sent le citron vert et le gin.

Il m'embrasse de nouveau. Sur les lèvres, puis dans le sillon derrière mon oreille, puis juste au-dessus de la clavicule. Le désir resurgit en moi. Il connaît aussi bien mon corps que je connais le sien et il sait comment me caresser, où me toucher.

Nous faisons l'amour avec passion ; plus que d'habitude. Tandis qu'il va et vient au-dessus de moi, puis en moi, je ferme les yeux et, pour la première fois de notre mariage, j'imagine un autre à sa place.

Le nom que je crie au moment crucial est le bon. Mais quand je finis par m'endormir des heures plus tard, à l'extrémité de l'immense matelas tout neuf, ce n'est pas le visage de mon mari qui hante mes rêves.

# 10

*Passé*

Musique du générique de *Mission Impossible* : *Tum-ta-ta-ta-tum-ta-ta-tum-ta-ta-ta-tum-ta…*

Dans exactement trente minutes, Gaile et moi devons avoir localisé une douzaine de sucres d'orge de Noël, parfum menthe blanche, à Manhattan, en pleine canicule estivale.

Pourquoi, vous demandez-vous, étions-nous chargées d'une tâche aussi dingue ?

Parce que l'invitée, très convoitée, du *J au carré* d'aujourd'hui, une star féminine de la pop dont je ne citerai pas le nom, avait stipulé dans son contrat que certains articles devaient se trouver dans sa loge.

Voilà pourquoi nous, les assistantes de production du bas de l'échelle, avions entrepris une chasse au trésor améliorée aux quatre coins de la ville. Se procurer les marques exigées d'eau minérale et de sauce pour crudités s'était révélé facile.

Mais accéder aux autres desiderata de notre diva avait été une autre paire de manches. Nous avions dû courir dans une boulangerie bien spécifique de Mulberry Street pour acheter des biscottes au chocolat blanc et amandes grillées, et dans une boutique diététique précise de l'East Village pour dénicher les pastilles homéopathiques qui protégeaient ses précieuses cordes vocales.

Nous avions dégoté une boîte de sucres d'orge de Noël, rassis, au rayon discount d'un drugstore de SoHo, mais hélas, parfum menthe verte. Nous foncions maintenant en direction du magasin « Tout à un dollar » de Chelsea, car la rumeur disait qu'il y avait eu un arrivage de confiseries de Noël à cause d'une faillite.

A la sortie de la bouche de métro, Gaile s'est baissée pour rattacher la bride de ses chaussures à talons hauts.

O.K., le nord c'est par où ?

J'ai cherché autour de moi la silhouette rassurante des buildings de Wall Street, anti-boussole rassurante de tout New-Yorkais. Où qu'ils se trouvent, ils indiquaient le sud. Sauf quand vous vous étiez à Brooklyn. Auquel cas vous n'aviez besoin ni d'une boussole ni des tours de Wall Street pour trouver votre chemin mais d'un guide détaillé. Du moins, c'était mon cas.

Cet été-là, je ne pensais qu'à connaître les rues de Manhattan, le seul quartier qui comptait, sur le bout des doigts. Personne de ma connaissance ne s'était résigné à vivre à Brooklyn, ou ne désirait y vivre.

Zigzaguant en direction d'Uptown, les yeux protégés du soleil brûlant de midi par mes lunettes dernier cri, j'ai rapporté à Gaile ma conversation avec Mike-le-phobique-de-l'engagement, la veille de son départ pour Los Angeles.

— Si on lui fait une proposition ici, il n'est pas certain d'accepter. Il dit que ça dépend des « à-côtés ».

— Des à-côtés ?

— Tu sais... salaire, couverture sociale, vacances, avantages divers.

— Oh, s'il te plaît. Qui peut prétendre aux « à-côtés » dès la sortie de la fac ?

J'ai expliqué à Gaile que, en dehors de notre milieu professionnel où des hordes de brillantes et ambitieuses débutantes ne demandaient qu'à mener une vie d'esclave pour un salaire de misère, les choses étaient différentes. Dans le monde réel — c'est-à-dire le milieu informatique de pointe — les titulaires d'un mastère se vendaient au plus offrant.

— Toi et moi devons supplier, mais Mike, lui, a le choix. Il peut s'offrir le luxe de poser des conditions au lieu de sauter sur la première offre qui lui est faite. C'est ça ? a demandé Gaile.

Elle a pris appui contre un abribus orné d'une affiche de Batman afin de rajuster, une fois de plus, ses chaussures à talons aiguilles de dix centimètres.

— Ceux qui supplient et ceux qui choisissent. Oui, ça résume assez bien la situation.

Je ne lui ai pas dit qu'elle ne connaissait que la moitié de la réalité. L'autre moitié étant que j'avais supplié Mike de vivre avec moi et qu'il avait très clairement refusé ma proposition.

— Mes pieds me tuent, a lancé Gaile, s'appuyant sur le visage masqué de Michael Keaton pour s'arracher à l'abribus.

— Les miens aussi.

Nous reprenons notre marche forcée vers l'ouest, direction la Neuvième Avenue.

— Regarde-moi, a-t-elle grommelé, je ne suis pas habillée pour ce marathon infernal.

— Moi non plus.

— Au moins, tu portes des talons plats.

J'ai jeté un œil sur mes baskets noires.

— Oui, mais toi, tu es jambes et bras nus.

Je portais une tunique ceinturée en microfibres sur un caleçon moulant en Lycra.

— Personne ne t'oblige à t'habiller ainsi, a lancé Gaile, fraîche et dispose dans sa robe sans manches à l'imprimé safari. Ta peau respirerait mieux momifiée dans du film plastique !

— Je n'avais pas prévu de faire de la randonnée aujourd'hui, par cette chaleur insupportable. Au studio, il fait dix degrés.

— Il faut superposer les couches, chérie, a déclaré Gaile dans son infinie sagesse stylistique. Tout le secret est là. Pour en revenir à ton mec… S'il ne décroche pas les « à-côtés » qui lui plaisent à New York, que va-t-il se passer ?

— Je crois que je suis censée déménager sur la côte Ouest pour me rapprocher de lui.

— Janelle a peut-être des relations là-bas qui t'aideraient à trouver un job ?

J'ai eu une vision soudaine de moi en nouvelle Marcy Carsey, productrice hors du commun de sitcom.

L'image de Mike — l'autre Mike, l'aspirant vedette de sitcoms — surgit soudain dans mon esprit.

Depuis notre rencontre, la semaine précédente, il ne cessait de faire irruption dans mes pensées. Probablement parce qu'un aussi beau mec était difficile à oublier. Tout comme son enthousiasme pour la vie new-yorkaise.

Dommage que mon Mike ne partage pas cet enthousiasme.

— Je ne veux pas d'un job là-bas, ni déménager. Je veux que *lui* déménage. C'est beaucoup plus logique.

— Tu vois, Beau, c'est le problème avec toi.

— Quel est le problème avec moi ?

— Tu es trop gâtée.

— Oui, oui, oui. Je suis trop gâtée. Tu me l'as répété des centaines de fois. Tout le monde me le répète.

Elle a ri avant de poursuivre.

— Un jour, ma vieille, tu vas avoir un réveil brutal.

— Que veux-tu dire ?

— Que les choses ne peuvent pas toujours se dérouler comme tu le veux.

— Les choses ne se déroulent pas *toujours* comme je le veux.

— Depuis quand ?

— Depuis maintenant. Avec Mike.

— Si tu l'aimes, tu devrais envisager de déménager.

— Je pourrais peut-être *envisager* de déménager, ai-je admis à contrecœur. Mais Los Angeles est si loin.

— Et alors ? Tu reviendrais ici de temps à autre.

— Je préférerais vivre ici que là-bas.

— Tu t'adapteras.

— Justement. Tu te retrouves avec des cheveux platine, un bronzage artificiel et des faux seins énormes sans avoir compris comment…

— Et alors ? Des faux seins énormes t'iraient très bien, a rétorqué Gaile, elle-même dotée de seins énormes mais authentiques.

— Je peux me procurer de faux seins énormes à New York.

— Nan. C'est à Los Angeles qu'on trouve les plus beaux faux seins énormes.

— Alors je resterai une planche à pain. Tôt ou tard, le look menue brindille reviendra à la mode.

— Je ne crois pas. C'est dépassé. La mode des courbes voluptueuses va durer.

Nous étions arrivées au « Tout à un dollar ». Devinez quoi ? Leur stock de sucres d'orge à la menthe blanche était épuisé.

— Notre diva va devoir s'en contenter, a grommelé Gaile dix minutes plus tard, quand nous avons repris le train, chargées de bons vieux — *vieux* au sens propre —

sucres d'orge à la menthe verte et de pastilles à la menthe blanche pour faire bonne mesure.

— Et si elle pique une crise ? Elle va nous faire virer toutes les deux, ai-je fait remarquer tout en tentant de ne pas respirer l'aisselle odorante de mon voisin, accroché lui aussi à la poignée suspendue.

L'air conditionné ne fonctionnait pas. Quant à l'éclairage, il a clignoté dès la première minute, ou la deuxième, avant de s'éteindre pour de bon. Je ne connaissais rien de plus désagréable que se retrouver dans le noir, entassée en compagnie de centaines d'inconnus suants et puants dans un métro surchauffé qui fonçait à travers des tunnels infestés de rats.

Etait-ce vraiment ce que je désirais le plus au monde ?

Je n'en étais plus aussi sûre.

— Peut-être *devrais*-je envisager de vivre à Los Angeles, ai-je fini par m'avouer à contrecœur quand nous avons débouché dans la rue, pour découvrir que des pluies torrentielles avaient remplacé le ciel d'un bleu éclatant.

L'air pur, le soleil et les faux seins énormes n'étaient peut-être pas si mal, après tout.

# 11

*Présent*

Les pieds dans la piscine en plastique des enfants, ma voisine Laura et moi dégustons des glaces à l'eau bleu, blanc, rouge qui fondent à toute allure.

— Ce qu'il nous faut, dis-je, c'est un orage. Pour nous rafraîchir.

— Chelsea, pose ce tuyau ! s'époumone Laura.

Sa fille poursuit Josh avec le tuyau d'arrosage, le criblant de jets haute pression.

— Que l'orage aille se faire voir ! ajoute-t-elle à mon intention. Ce qu'il me faut, c'est accoucher de ces bébés. Par cette chaleur, j'ai l'impression d'être un gros grain de pop-corn prêt à éclater.

Je voudrais la rassurer, mais elle *ressemble* vraiment à du pop-corn prêt à éclater.

Nous fixons toutes deux son ventre gonflé, drapé dans un maillot de bain future maman couleur argent qu'aucune femme enceinte n'oserait porter en public, mais utile par une canicule comme celle-ci.

C'est ma belle-mère qui me l'avait offert, et je l'avais

donné à Laura après la naissance de Tyler, sachant que plus jamais — si Dieu le voulait — je n'aurais besoin de vêtements de maternité. Pour compléter, j'avais ajouté la totalité de la layette de Tyler et un lot de jouets pour nourrissons pourtant encore de son âge. J'en avais éprouvé une vague culpabilité, mais un tel bazar encombrait la maison et il ne s'en rendrait jamais compte. Et avec ses jumelles, Laura allait avoir besoin de tout, en double.

— Regarde-moi, gémit-elle. Je suis énorme.

Effectivement, elle l'est. Je tapote son bras, tartiné d'un épais écran total. Rousse au teint pâle, le visage clairsemé de taches de rousseur, Laura s'enduit de crème solaire haute protection pratiquement toute l'année. Des jours comme celui-ci elle pousse jusqu'à l'indice quarante-cinq. Et pourtant, d'ici une heure, sa peau sera rouge et cloquée.

Moi, je m'enduis de Hawaiian Tropic à l'indice minimal pour brunir un peu. J'essaie de bronzer depuis la fin du mois de mai, mais chaque fois que je trouve cinq minutes à passer dehors, le ciel est nuageux, il fait trop chaud, le crépuscule tombe, ou alors l'un de mes fils a un besoin urgent de ma présence à l'intérieur.

Mais là, le ciel est bleu, les enfants sont bien occupés, le bébé fait sa sieste à l'intérieur, et je me dis qu'il fait bon vivre.

Etendue à côté de Laura, il m'est facile de me convaincre que j'ai le teint déjà un peu hâlé — et que je suis svelte comme un haricot. Parce que comparée à cette pauvre Laura, c'est la pure vérité.

Mais c'est de la triche. En réalité, je suis plus pâle et plus bouffie qu'un marshmallow. Mes jambes et mes bras sont un peu musclés et j'ai réussi à entretenir un minimum mes fesses et mes cuisses, mais, entre mon nombril et le slip de mon *tankini*, un vilain petit bourrelet plisse mon ventre, qu'aucune série d'abdos ne fera disparaître.

Peut-être parce que mes seules séries d'abdos en ce moment consistent à me baisser pour piocher des barres chocolatées dans le frigo.

Mais j'ai essayé. Vraiment. Entre Josh et Tyler, j'ai fait de la gymnastique, religieusement, dans l'espoir futile de retrouver ma silhouette pré-Mikey. J'y étais presque parvenue quand… oups ! Tyler s'est annoncé.

Aucun risque de *oups* dorénavant. Mike a subi une vasectomie en avril, à ma demande. A ma grande surprise, il n'en a pas fait toute une histoire. Entre un coup de bistouri et une nouvelle série de nuits sans sommeil, il n'a pas hésité.

Donc, plus rien ne s'oppose à ce que je récupère mon corps d'antan, qui ignorait la cellulite. Sauf si les sandwichs au beurre de cacahuète et les cônes glacés au chocolat que je dois terminer depuis presque une décennie produisent leur effet.

— Tu crois qu'il va me falloir combien de temps pour perdre mes kilos de grossesse ? demande Laura.

Je mens.

— Je ne sais pas… quelques mois peut-être ?

— Tu crois vraiment ?

Nan.

— Ouais.

— Je me demande…

Elle soupire.

— … Parfois j'ai l'impression que je ne verrai plus jamais le chiffre soixante-trois sur la balance.

Je renonce à lui rappeler que même si elle récupère jamais son poids, il ne serait pas réparti de la même façon. Je suis redescendue à cinquante-sept kilos, mais je ne me faufilerai plus jamais dans mes jeans du lycée. L'ensemble de mon corps est définitivement plus large, plus près du sol et plus mou.

Laura bouge dans sa chaise et ses lunettes de soleil tombent, atterrissant sous son siège.

— Non !

Je ne reconnais que trop bien ce cri de désespoir.

Je l'ai moi-même émis chaque fois que je laissais tomber un objet durant mon troisième trimestre de grossesse.

— Je vais les ramasser, dis-je sur le ton *pas de panique* d'une femme qui a elle-même quelques kilomètres à son actif en espadrilles (seules chaussures dans lesquelles ses pauvres pieds enflés peuvent se glisser en ce moment).

— Merci, soupire Laura en reposant ses lunettes sur son front, où elles servent principalement à retenir ses boucles rebelles.

Elle ne les porte que pour la frime ; la seule et unique fois où elle les a posées sur ses yeux, pendant vingt minutes top chrono, elle s'est retrouvée avec un look de chouette pendant une semaine.

— De rien, ma pauvre.

— Pauvre de moi. Pourquoi je tombe toujours enceinte à l'automne ? grommelle Laura, ignorant — ou n'ayant pas remarqué — une coulée de glace bleue sur sa jambe nue, qui se mêle harmonieusement à une varice.

Je cherche une parole encourageante mais n'en trouve pas. D'ailleurs, elle n'est pas d'humeur. Elle ronchonne de plus belle.

— Après non pas une, mais deux fins de grossesse en été, j'aurais dû retenir la leçon. Mais non. C'est moi l'idiote du village. Je remets ça, et avec des jumelles, en plus.

— Je sais, dis-je dans un murmure. Je suis désolée.

— Comment as-tu fait pour que tous tes enfants naissent en hiver ou au printemps, Beau ? Tu avais planifié ?

— Je ne l'ai pas fait exprès. Ça s'est fait comme ça.

Je pose mon bâton d'esquimau sur la table, à côté du téléphone sans fil et du Babyphone.

— Les choses se font toujours comme ça pour toi, n'est-ce pas ?

— Pas toujours.

J'en ai marre parfois que les gens me prêtent une existence idéale. J'ai des problèmes, comme tout le monde.

— Si un jour tu essaies de faire une fille, grogne Laura en déplaçant son corps avec difficulté, calcule bien ton coup une fois de plus.

Bon, alors cette remarque, j'en ai *vraiment* marre de

l'entendre. Mes amis ne cessent de me le dire, et c'est déjà assez pénible. Mais le pire, c'est que lors de promenades avec mes trois fils, de parfaits étrangers m'abordent parfois pour me demander si je vais essayer d'avoir une fille. Josh m'a même demandé un jour si j'aurais souhaité qu'il soit une fille. Lorsque j'étais enceinte de Tyler, si j'avais récolté un dollar chaque fois qu'on m'avait demandé si j'avais envie d'une fille, je serais riche.

Peut-être est-ce un effet de la chaleur. L'innocent commentaire de Laura m'irrite plus qu'à l'ordinaire. A moins que ce ne soit le syndrome prémenstruel. En tout cas, je rétorque :

— Tu plaisantes ou quoi ? Quelle personne saine d'esprit voudrait quatre enfants ?

— C'est exactement mon avis, répond Laura, le regard posé sur Chelsea et Mikey qui se jettent des verres d'eau sur la tête à grands cris. Kirk a eu du mal à me convaincre d'en faire un troisième. Et c'est la limite que j'avais fixée. L'idée d'une grossesse multiple ne m'avait jamais effleurée. Et regarde-moi.

Je culpabilise.

— Pense que tu vas en avoir deux pour le prix d'une grossesse et d'un accouchement.

— Superaffaire.

— De toute façon, nous n'aurons plus d'enfants. Mike a subi une vasectomie, tu le savais ?

— Ouais.

— Kirk pourrait peut-être en subir une quand les jumelles seront nées.

— Il ne voudra jamais.

— Pourquoi pas ?

— Qui sait ? Peut-être au cas où il se remarie avec une jeune femme sans enfant si je passe sous un bus. Mike doit se dire que si tu es écrasée par un bus, sa nouvelle épouse aura passé l'âge des maternités.

— Si je meurs écrasée par un bus, Mike a intérêt à ne pas se remarier. J'exige qu'il passe ses journées sur ma tombe à pleurer et porter mon deuil.

— C'est probablement ce qu'il ferait. Au contraire de toi.

— Que veux-tu dire ?

— Que si Mike se faisait renverser par un bus, tu ne resterais pas seule longtemps.

— Quoi ? Tu m'imagines en veuve joyeuse ?

Je me sens vaguement insultée. Et aussi intriguée.

— Je ne te vois pas rester célibataire, Beau. Tu te remarierais très vite. Les hommes ne cessent de te regarder. Si tu n'avais pas cette bague au doigt, ils te tourneraient autour comme des mouches.

Je ne peux m'empêcher de rire. Ce qui tourne autour de moi comme des mouches, ce sont mes enfants.

— Maman, j'ai fini ma glace, annonce Adam, le fils de Laura, en lui fourrant un esquimau fondant dans la main. Je suis tout collant. Tu peux me laver ?

— Lave-toi tout seul dans la piscine.

Laura fourre la glace dans sa bouche et lèche les gouttes, avant de passer à sa propre glace.

— J'ai tellement envie d'une double dose de margarita glacé.

Je ris.

— Je t'en ferai passer un pichet en fraude après ton accouchement.

— Avec du sel ?

— Avec du sel. Et des petites ombrelles de papier.

Elle rit.

— Je ne plaisante pas.

— Je sais. Mois non plus, dit-elle en me souriant.

— A quoi servent les amies, sinon à faire oublier les séquelles de l'accouchement à coups de tequila ?

— Il faudra peut-être attendre un peu, parce qu'après ces longs mois de sobriété, la tequila et le citron vert vont me donner des aigreurs d'estomac.

— Des aigreurs d'estomac ? Chérie, tu crois qu'après avoir accouché de deux bébés, de petites aigreurs de rien du tout vont te faire quelque chose ?

Nous rions en chœur. Cet accès de complicité féminine me donne l'envie soudaine de lui parler de Mike. L'autre Mike. Il n'a cessé de me trotter dans la tête ces derniers jours, depuis que je lui ai envoyé ce mail.

Il ne m'a pas répondu. Au début, je consultais ma boîte électronique sans arrêt, comme une obsédée, mais maintenant, je me restreins à seulement trois ou quatre fois par jour.

— Qu'est-ce qui ne va pas ? demande Laura.

— Que veux-tu dire ?

— Tu as l'air contrarié.

— Contrariée ? Moi ? Pourquoi serais-je contrariée ?

— Je ne sais pas. Tu t'es arrêtée de rire brusquement. Quelque chose te tracasse ?

Oui.

Mais par où commencer ?

Je n'ai même jamais parlé de Mike à Laura. N'est-ce pas étrange ? Je la vois presque tous les jours, mais je n'avais jamais réalisé combien notre relation tournait autour du présent : jeux des enfants, réunion de parents d'élèves, entraînement de foot, tuyaux sur de nouvelles baby-sitters.

Le passé n'est jamais à l'ordre du jour. Actuellement, elle est probablement mon amie la plus proche, mais je ne connais même pas son nom de jeune fille. C'est étrange. Etrange et déconcertant.

Je secoue la tête et observe les gosses qui courent partout, le Babyphone pour surveiller le bébé, la maison, le van familial garé dans l'allée.

C'est ma vie maintenant... Une vie qui n'a rien à voir avec la fille que j'ai été un jour. Je n'ai plus rien d'elle. Pour Laura, pour mes enfants, elle n'a même jamais existé.

— Maman, Adam se lave les mains dans la piscine ! piaille Chelsea.

— C'est moi qui lui ai dit de le faire.

— Beurk ! Alors je sors.

— Cette fois au moins, personne n'a fait caca dans la piscine, dis-je.

J'agite mes doigts de pied dans l'eau qui présente maintenant une pellicule violacée due aux résidus de glace à l'eau à la surface.

— Beurk. Tu te souviens ?

Nous rions à ce souvenir. Je me demande pourquoi, chaque fois que je bavarde avec une autre mère de famille, la conversation finit toujours par s'orienter sur les fonctions corporelles. Peut-être ai-je besoin d'élargir mon horizon, et mon cercle d'amies au-delà des voisins et de l'association de parents d'élèves.

Mais j'ai déjà d'autres amis.

Valérie, qui vit toujours à New York mais est prise par son job et la chasse au prince charmant.

Gordy, qui lui aussi vit toujours à New York mais s'active en ce moment pour organiser les festivals d'été dans le Berkshire.

Gaile, qui vit maintenant à Beverly Hills où elle produit des programmes de télé-réalité pour le câble et est mariée à un directeur de casting qui a trois enfants de deux ex-femmes.

Penser à Gaile m'amène naturellement à penser au mail, parce que c'est ainsi que je l'ai retrouvée.

Penser au mail me fait penser à Mike…

A peine ai-je pensé à lui que le téléphone sans fil sonne.

*C'est lui*, me dis-je en me ruant dessus, de peur qu'il ne réveille Tyler.

Mais cela ne peut être lui. La coïncidence serait trop étrange. Il appellerait à la seconde exacte où je penserais à lui ?

Quelles sont les probabilités qu'une telle chose se produise ?

— Beau ? C'est toi ? demande une voix masculine.

Une voix si familière qu'il est difficile de croire que je ne l'ai pas entendue en quinze ans.

Mon cœur s'arrête.

— Oui, c'est moi.

Et oui… c'est *lui*.

# 12

*Passé*

— Beau ? Où diable étais-tu passée ?

Je rentrais péniblement chez nous, quelques jours après le départ de Mike pour la côte Ouest.

— Je suis allée voir un film avec Gordy, ai-je répondu à Valérie en laissant tomber mon sac sur le sol. Je jure que c'est le meilleur film que j'aie jamais vu de ma vie.

Valérie a répondu depuis la kitchenette.

— Je croyais que *Say Anything* était ton film préféré de tous les temps.

— Alors c'est mon nouveau film préféré de tous les temps. Tu dois le voir, Val. Il s'appelle *Quand Harry rencontre Sally*, avec Meg Ryan et Billy Crystal.

— Mike a essayé de te joindre. Il a appelé deux fois.

Elle a émergé de la cuisine, en T-shirt géant et caleçon noir troué au genou. Comme à l'accoutumée, ses cheveux crêpés et laqués surmontaient son crâne à la verticale. Elle était munie d'une canette de Coca light et d'un paquet de bretzels complets allégés qu'elle m'a tendu.

J'en ai pris une poignée, mais je n'avais pas faim. J'avais

dévoré un grand cornet de pop-corn et les smarties de Gordy au cinéma.

— Qu'est-ce qu'il voulait ?

— Que tu le rappelles. C'est important. Il dit avoir de bonnes nouvelles.

— Il a décroché un job ?

— Je ne sais pas.

Elle m'a tendu le sans-fil.

— … Appelle-le. J'ai hâte de savoir. Il avait l'air surexcité.

J'ai composé le numéro, sans interrompre ma mastication. A l'autre bout du fil, la sonnerie a retenti une première fois. Je me suis servi une rasade de la canette de soda de Valérie. A la seconde sonnerie, j'ai consulté ma montre. Il n'était que 19 h 30 sur la côte Ouest. Trop tôt pour qu'il dorme, trop tard pour que, selon lui, il soit en train de dîner dehors.

— Allô ?

— Mike ! Je viens juste de rentrer. Qu'avais-tu à me dire ?

— Je viens de recevoir une offre.

— De qui ? La boîte de software ?

— De TI/PI recherche.

— Quel TI/PI ? C'est quoi ça, TI/PI recherche ?

— L'abréviation de Transmission Informatique/Protocole Internet.

Comme si ça éclairait ma lanterne ! Il aurait aussi bien pu me parler en swahili.

— Je n'ai aucune idée de ce dont tu parles, Mike.

J'ai répondu au regard interrogateur de Valérie d'un haussement d'épaules.

— Tu as entendu parler du World Wide Web ?

— Oh ! Tu parles de ce truc « Les USA pour l'Afrique » ?

— Quoi ?

— Tu sais, le clip avec Michael Jackson, Bruce Springsteen, Tina Turner et toutes ces autres stars de la chanson ?

— Il a rencontré Michael Jackson ? a croassé Valérie. Oh mon Dieu !

Je l'ai fait taire d'un geste.

— Tu parles de *We are the World*, Beau, a platement laissé tomber Mike.

— C'est ça…

Je suis restée silencieuse un moment.

— … Toi tu parles d'autre chose ?

— Oui. D'autre chose. Tu connais Bradley ?

Bradley Masterson était son prof à l'école — celui qui l'avait embarqué dans son projet.

— Bien sûr que je connais Bradley.

C'était la faute de Bradley si Mike n'était pas déjà de retour à New York. Je haïssais Bradley.

— L'un de ses collègues travaille sur un truc appelé le World Wide Web, un nouveau concept dans le *bla bla bla*…, une base de données hypertexte globale qui pourrait bien *bla bla bla*…

O.K., je l'admets. Je me suis bouché les oreilles, comme chaque fois qu'il se lance dans son jargon.

Quand il a repris son souffle, j'ai pris un ton enjoué.

— Ça a l'air super.

— Super ?

Etait-ce mon imagination ou l'adjectif choisi n'était pas à la hauteur ?

— Ça pourrait se révéler fabuleux, Beau.

— Et quels « à-côtés » te propose-t-on ?

Je voulais lui montrer que nous étions sur la même longueur d'onde.

— D'enfer.

D'enfer ? D'abord « mec », maintenant « d'enfer ». Dieu du ciel ! Plus vite je le ramènerais sur la côte Est, plus vite cet argot de surfer disparaîtrait de son vocabulaire. Tout valait mieux que « d'enfer ». Même le « super », pourtant un peu ringard. Même le « Waouh, génial » aux relents de Long Island.

— Tu as accepté ? ai-je demandé en retenant mon souffle.

— Il a décroché un job ? a couiné Valérie d'une voix aiguë.

J'ai hoché la tête en la faisant taire d'un geste de la main.

— Je voulais t'en parler d'abord, a dit Mike.

J'ai ri.

— Accepte. Sans hésitation, accepte. Tu commences

quand ? Peut-être puis-je te rejoindre en avion et nous rentrerons en voiture avec tes affaires.

Silence.

Pas un silence de bon augure, ponctué par le bruit des pages du calendrier qu'on tourne pour trouver une date. Un silence de plomb pendant lequel, de toute évidence, il cherchait comment m'annoncer une horrible nouvelle.

Avant qu'il n'ait ouvert la bouche, j'avais compris. Le job ne se trouvait pas à New York.

— C'est un job à Los Angeles, n'est-ce pas, Mike.

Ce n'était pas une question.

— C'est à Los Angeles ? a fait écho Valérie, déçue. Dis-lui que c'est hors de question.

Mais Mike m'a surpris.

— Non, ce n'est pas à L.A.

— Non ?

Mon cœur a bondi plus haut que la coiffure de Valérie. Bien sûr que ce n'était pas à L.A. ! Bien sûr que tout allait se mettre en place. Comme toujours, n'est-ce pas ? Pourquoi avais-je douté ?

— Quel soulagement. Pendant une seconde, j'ai cru que tu allais dire que…

— C'est dans la Silicon Valley.

O.K., je n'étais pas un génie de l'informatique — loin de là — mais même moi je savais que la Silicon Valley ne se trouvait pas dans le secteur de Manhattan.

— Ce n'est pas en Californie ? ai-je dit d'une voix lente.

— Si. Mais pas à L.A. C'est en Californie du Nord. Tu adorerais cette région.

*Ça m'étonnerait. Je n'aime que New York*, ai-je pensé avec entêtement.

Mais… est-ce qu'il me demandait de vivre avec lui ?

— Si j'accepte le job, tu pourrais venir quelques jours, après mon installation, et je te ferais visiter. A la longue, tu t'y plairais peut-être.

Peut-être ? Pourrais ? A la longue ?

Peut-on éviter davantage de s'engager ? Je n'attendais pas une demande en mariage, mais il se montrait vraiment trop vague quant à notre avenir en commun.

— Tu ne dis rien, a-t-il remarqué.

— Non. Parce que je crois que tu as envie d'accepter ce job.

— Soit ce job constitue une perte de temps pharamineuse. Impossible de le savoir. Soit…

Il s'est tu un instant.

— Soit… ? l'ai-je encouragé.

— Soit il s'agit d'une opportunité unique. Le genre d'opportunité qui ne se présente qu'une seule fois dans une vie.

— Et toi, quelle est ton opinion ?

— Je ne sais pas. Je ne sais pas quoi faire…

Il ne m'a pas demandé ce qu'il devrait faire. Dommage, parce que je le lui aurais dit. Avec joie.

— … Je crois que je vais me donner la nuit pour réfléchir.

— Bonne idée.

Avec un peu de chance, il rêverait de moi. Et de New York. Et de vivre à New York. Avec moi. Avec un peu de chance, il comprendrait que c'était le seul choix envisageable.

Il s'est remis à radoter à propos de son job et de trucs informatiques. J'ai fermé les yeux, tentant d'envoyer à son subconscient un maximum de vibrations sur la vie new-yorkaise en ma compagnie.

Il s'est interrompu pour reprendre sa respiration.

— Et les Yankees alors ? ai-je lancé d'un air espiègle.

— Ils sont nuls. Je suis un fan des Mets, tu as oublié ?

— Oh, c'est vrai. J'avais oublié.

Il a parlé des Mets à bâtons rompus dix bonnes minutes. Pas précisément fascinant mais mieux que les explications techniques concernant le World Wide Web. S'il acceptait ce job, je me demandais comment je supporterais ce charabia à plein temps.

Nous avons encore bavardé base-ball, avant d'échanger nos « Je t'aime » habituels et de raccrocher. Mes « je t'aime » étaient tissés de nouvelles vibrations silencieuses *New York-New York*. Les siens n'étaient pas très rassurants.

Quand on aime quelqu'un, on a envie de rester avec, non ? Pas d'accepter un job débile de recherche chez TI/PI à quatre mille kilomètres.

J'ai balancé le combiné sans fil sur la table de Formica avec un juron.

Valérie m'a dévisagée.

— Ça va ?

— J'ai l'air d'aller bien ?

J'ai fondu en larmes.

— Il veut accepter un job dans la Silicon Valley.

— Il veut que *tu* déménages pour la Silicon Valley ?

— Est-ce que j'ai *dit* qu'il voulait que je vienne ?

Je savais que j'étais vache. Je savais aussi qu'elle me comprenait. C'était ce qu'il y avait de super avec Valérie. Elle se formalisait de peu de choses.

— Tu veux dire qu'il veut partir pour la Silicon Valley, *sans* toi ?

Après un moment de silence, elle m'a tendu le paquet qu'elle avait dans la main.

— Bretzels ?

— Non merci.

J'ai reniflé et attrapé le paquet de cigarettes de secours au-dessus du micro-ondes. Je n'étais pas une vraie fumeuse — en gros, je ne fumais que lorsque je prenais un verre dehors, ou lorsque je déprimais.

J'ai inspiré une bouffée et me suis libérée de mes frustrations concernant Mike. Valérie, elle, s'est vengée sur le paquet de bretzels, m'offrant tour à tour paroles de consolation et tapotements salés sur l'épaule.

Chaque fois que Valérie déprimait, elle mangeait.

Chaque fois que *j'*étais déprimée, Valérie mangeait.

— Le pire, ai-je déclaré en allumant une nouvelle Salem Slim Light avec le mégot de la précédente, c'est que maintenant, cette chanson atroce *We are the World* refuse de me sortir de la tête.

— J'aime cette chanson.

— Ça ne m'étonne pas. Tu aimes aussi New Kids on the Block et Richard et Marx.

— Qu'y a-t-il de mal à ça ?

Je lui ai décoché un regard offusqué, assorti d'une grimace.

— Je me sens insultée, a-t-elle répliqué platement, sans sembler le moins du monde insultée.

Le refrain de *We are the World* me trottait dans la tête sur un air de fausset.

— Il a dit quand il donnerait sa réponse pour le job ?

— Non.

Je ne pouvais pas m'ôter cette fichue chanson de l'esprit.

— Je n'en peux plus. Il faut que j'écoute n'importe quoi d'autre, ai-je lancé brusquement. Tout sauf ça.

Dans la chambre, j'ai foncé droit sur la radiocassette, qui ne se trouvait plus sur les cageots tenant lieu de table de nuit mais sur le bureau, près de la corbeille à papier. J'ai alors remarqué par terre, à côté de la poubelle, un rectangle de carton bleu pâle.

Il avait dû tomber quand Valérie avait jeté les ordures l'autre jour.

Je me suis penchée pour le ramasser. Une seconde avant de l'examiner, j'ai compris de quoi il s'agissait.

Mike.

Pas mon Mike, mais celui de l'aéroport.

— Qu'est-ce que c'est ? s'est enquise Valérie.

Elle m'observait depuis le pas de la porte, une cigarette éteinte à la main.

— Rien. Une carte de visite.

Je l'ai tenue suspendue au-dessus de la corbeille à papier, mais je n'ai pu me résoudre à la jeter dedans.

— La carte de visite de qui ?

— D'un type. Je l'ai rencontré à l'aéroport la semaine dernière en attendant Mike.

— Mignon ?

Elle s'est penchée pour allumer sa cigarette à la mienne.

— Vraiment mignon.

— Libre ?

— Je crois.

— Et tu lui as demandé son numéro ?

— Non ! Il m'a comme qui dirait… forcée à le prendre.

— Pourquoi je ne rencontre jamais de mecs vraiment mignons et disponibles qui me forcent à prendre leur numéro de téléphone ? Tu te rends compte de la chance que tu as ?

— Si j'entends ça encore une fois…, ai-je soufflé avec exaspération. Je ne trouve pas que j'aie vraiment de la chance en ce moment Val, O.K. ? Mon mec veut me plaquer pour partir vivre à des millions de kilomètres d'ici. Je n'appelle pas ça *avoir de la chance.*

— C'est vrai…

Elle s'est tue une seconde avant d'ajouter :

— … Beau, ne reste pas ainsi avec cette carte à la main. Soit tu appelles ce beau mec disponible, soit tu me donnes sa carte pour que *moi*, je l'appelle.

— L'appeler ! Pourquoi je l'appellerais ? J'ai un petit ami. Et pourquoi *toi* tu l'appellerais ?

— Parce que je n'ai pas de petit ami. A cas désespérés, solutions désespérées.

— Ton cas n'est pas désespéré, Val.

— Bien sûr que si ! a-t-elle répliqué avec bonne humeur. Alors tu vas l'appeler ?

— Non ! Et toi non plus. Je vais jeter sa carte, ce que je croyais avoir déjà fait une première fois.

Je tenais toujours la carte au-dessus de la poubelle mais j'étais dans l'incapacité de la lâcher.

— Que veux-tu dire, tu croyais l'avoir fait ?

— Je l'ai jetée la semaine dernière. Elle a dû tomber quand tu as descendu la poubelle.

— Rien n'est tombé quand j'ai descendu la poubelle. Depuis ce problème de souris, je vérifie toujours par terre.

Ah oui. La souris.

J'ai frissonné au souvenir du matin où nous avions été réveillées par d'horribles trottinements et couinements. Une souris grignotait un emballage de pizza graisseux tombé des sommets de la poubelle pleine à craquer.

— Bien sûr que si, elle est tombée de la poubelle, ai-je insisté avec impatience.

— N'en sois pas si sûre. Peut-être que…

— Peut-être que quoi ? Qu'elle est réapparue par magie ?

— Des choses plus étranges se sont déjà produites, a-t-elle dit d'un ton mystérieux.

— Non.

— C'est un signe du destin. Hors de question que je l'appelle. C'est toi qui dois l'appeler, Beau.

— Je ne l'appellerai pas, ai-je dit en lâchant enfin la carte.

Valérie a secoué la tête.

— Je vais commander un plat chinois. Tu en voudras ?

— Non merci.

Je l'ai regardée quitter la pièce.

J'ai attendu de l'entendre passer commande à Dragon Panda, puis j'ai repêché la carte bleu pâle échouée sur un lit de mouchoirs en papier souillés de rouge à lèvres.

Je l'ai fourrée sous mon oreiller, juste au cas où…

*Juste au cas où quoi ?* me suis-je demandé.

Je ne connaissais pas la réponse. Je savais simplement qu'il m'était impossible de la jeter.

# 13

*Présent*

— C'est dingue, tu as exactement la même voix, s'exclame celle de Mike dans mon oreille.

Je m'agrippe au téléphone, arrache mes pieds du bassin des enfants et bondis de ma chaise.

— Tu, euh, toi aussi, dis-je en traversant le jardin à la hâte, abandonnant derrière moi enfants, Laura et Babyphone.

Mais il n'a pas vraiment la même voix. Elle est plus profonde, avec un accent différent. Une trace d'accent du sud, en fait.

Bizarrement, je me sens trahie. Il s'est construit toute une vie sans moi. Il a même un nouvel accent.

A quoi t'attendais-tu, Beau ? Tu croyais qu'il allait se pétrifier dans le temps et rester là où tu l'as abandonné quinze ans auparavant ?

— Comment as-tu…

— … eu ton numéro ? Tu es dans l'annuaire, dit-il en riant. Cela ne t'ennuie pas, n'est-ce pas ?

— Non ! D'où… Je… est-ce… enfin tu vis en Floride ? dis-je enfin péniblement.

— Oui. Depuis quelques années maintenant.

— Vraiment. Que fais-tu là-bas ?

— Pas grand-chose en fait.

Il a le rire facile, et un accent du sud confirmé.

— Oh. Alors tu ne, euh… je l'ai sur le bout de la langue : *tu n'es pas marié ?*

— Tu ne travailles pas ? dis-je à la place.

— Travailler ?

Il rit de nouveau. Il pouffe presque.

— Non, je ne travaille pas. Pas en ce moment.

Génial. Il est au chômage, ce que bizarrement, il a l'air de trouver amusant, et vit en Floride. Probablement dans un camping-car de troisième zone. Pourtant, je ne peux pas m'en empêcher : je me demande toujours s'il est marié.

— Et toi ?

J'observe d'un air absent Josh qui plonge la tête de Mikey sous l'eau à l'autre bout du jardin.

— Moi ? Oui, je suis toujours mariée.

Silence.

— Je voulais dire, est-ce que tu travailles ? dit-il.

— Oh ! Pardon, je croyais que…

Ma voix se brise.

— Je sais que tu es toujours mariée. Tu me l'as dit dans ton mail. C'est super.

— Oui ! Absolument ! C'est super !

Je lève les yeux au ciel, mortifiée, et note que la branche

de chêne que j'ai demandée à Mike de couper le mois dernier pend toujours dangereusement. Je m'en écarte, juste au cas où.

— Et tu as trois enfants ?

— Oui ! Trois enfants ! Ils sont super !

Et l'un est en train d'en noyer un autre tandis que ma voisine hypertrophiée tente de jouer les sauveteurs.

— Tu peux attendre une seconde, Mike ?

— Bien sûr.

Je pose le combiné sur le sol, m'assure qu'il est hors de portée de voix et de branches branlantes, et cours vers la piscine.

— Mikey, ça va ?

Mon fils aîné, arraché des griffes de son frère par Laura, crachote.

— … Josh va au coin sous cet arbre. Tout de suite. Sans discuter !

Puis je me tourne vers Laura :

— Merci.

— Pas de problème.

Elle se réinstalle dans sa chaise.

— Laura, c'est un appel très important. Je préférerais le prendre à l'intérieur. S'il te plaît, s'il te plaît, s'il te plaît, pourrais-tu t'assurer que mes enfants restent en vie pendant que je suis partie ?

— Bien sûr. Qu'est-ce qui ne va pas ? C'est Mike ?

— Oui, c'est Mike, dis-je, avec un soupçon de culpabilité. Tout va bien. Nous avons simplement besoin de discuter au calme.

— Vas-y.

— Merci. Je te revaudrai ça.

— Tu accepteras d'être mère porteuse pour moi ? demande-t-elle en enveloppant mon fils grelottant dans une serviette.

Je me jette de nouveau sur le téléphone et file droit vers la maison, piétinant en route ce qui reste de mon parterre de lys.

Mon cœur cogne dans ma poitrine. Je ne parviens pas à croire qu'après toutes ces années, je parle avec Mike.

Et… s'il avait raccroché ?

Je presse le combiné contre mon oreille et distingue le son d'une musique dans le lointain. Il est toujours en ligne. Dieu merci. Il est vital que cette conversation ne s'interrompe pas. Je ne sais pas pourquoi, mais ça l'est.

Je prend le temps de recouvrer mon calme et de retrouver une voix assurée.

— Excuse-moi. Je suis revenue.

— Bonjour.

— Bonjour.

La conversation se fait soudain plus intime. Comme si nous étions heureux de nous retrouver enfin seuls tous les deux.

— Ainsi… Tu es toujours mariée, répète-t-il.

— Oui.

J'attends. Comme il ne dit rien, je précise :

— … avec Mike.

— Et tu as trois enfants ?

— Trois garçons.

— C'est super.

— Tu as des enfants ?

— Non. J'ai toujours voulu en avoir, mais…

Il soupire.

— … tu sais comment ça se passe. Certaines choses ne semblent pas devoir se faire.

Oui.

Je sais comment ça se passe.

Certaines choses ne semblent pas devoir se faire.

Comme la paternité.

Et comme…

*Nous.*

J'interprète son silence comme l'expression d'un regret et me demande s'il a pensé la même chose.

Probablement pas. Notre liaison est de l'histoire ancienne. Je ne suis pas égocentrique au point de croire qu'il a soupiré après moi toutes ces années.

Peut-être pense-t-il que ce n'est pas juste que j'aie trois enfants et qu'il n'en ait aucun. Peut-être pense-t-il à sa femme chérie et aux années de traitement contre la stérilité qu'ils ont traversées.

« J'ai toujours voulu en avoir. »

S'il était marié, n'aurait-il pas plutôt dit : *nous* avons toujours voulu en avoir ?

C'est ce que je dirais. Je ne veux pas qu'il soit marié. Je ne veux pas qu'il ait une femme chérie. Je veux…

Je veux qu'il me dise qu'il a passé les quinze dernières années pétrifié dans le temps, à soupirer après moi. Après ce que nous aurions pu vivre ensemble. Voilà ce que je veux.

Et ce que Beau veut…

— Je suis divorcé, Beau.

En une seconde, j'ai la réponse à la question qui me torturait.

Je suis divorcé.

*Youpi*, je pense.

— Je suis désolée, dis-je, me reprochant mes pensées immatures.

Quel genre de fille se délecte des malheurs d'autrui ?

Une fille horrible, voilà quel genre…

Je lève les yeux vers le ciel afin de mendier mon pardon, et remarque au passage des toiles d'araignée à la jonction des murs et du plafond.

… Le genre d'horrible fille qui fantasme sur une relation adultère avec ladite personne infortunée.

Voilà. C'est ça. Mon fantasme. Je fantasme sur l'idée de revoir Mike et entretenir une liaison avec lui. C'est évidemment impossible, et pas seulement parce qu'il vit en Floride et moi à New York.

C'est impossible pour plein d'autres raisons.

Comme ce bourrelet peu gracieux de graisse sous mon nombril.

Ou le fait que je suis heureuse en mariage et ne saurait rêver d'infidélité.

D'accord, de toute évidence j'en ai *rêvé*.

Simplement, je ne passerai pas aux *actes*.

Non, madame.

Je m'imagine dans le rôle de Diane Lane dans *Infidèle*. Le film raconte l'histoire d'une mère de famille de Westchester qui trompe Richard Gere avec un sensuel amant français.

Jamais je ne pourrais me comporter ainsi.

Oui, je suis une mère de famille de Westchester.

Mais Mike n'est pas français.

Et je ne suis pas mariée à Richard Gere.

D'ailleurs, quelle femme saine d'esprit tromperait Richard Gere ?

Tout de même, mon fantasme prend corps. Je m'imagine vêtue de dessous coquins camouflant les bourrelets ventraux, cédant à Mike dans un loft de SoHo sur fond de draps froissés, au milieu de livres et de murs en briques apparentes.

— Beau ? Tu es toujours là ?

La réalité me rattrape. L'accent qui résonne à mes oreilles vient du sud, pas de Paris.

S'il savait à quoi je pensais…

— Je suis toujours là, dis-je, souhaitant presque que Tyler se réveille en pleurant afin d'avoir une excuse pour raccrocher.

— Ecoute, je ne sais pas pourquoi je t'appelle, dit-il

brusquement, avec un accent sincère. Je ne sais même pas pourquoi je t'ai envoyé un mail. Je crois… quand j'ai trouvé tes coordonnées, je n'ai pu m'empêcher de te contacter. Tu m'as répondu, et alors j'ai éprouvé le besoin d'entendre ta voix.

— Eh bien…, la voilà.

Je déteste mon rire, nerveux et enjoué. Je déteste ne rien trouver d'intelligent à dire. Je déteste glousser et ricaner bêtement comme une gamine de douze ans qui recevrait son premier coup de fil d'un garçon.

Un silence gêné s'installe.

J'étudie avec précision la toile d'araignée dans un recoin au-dessus de ma tête. Il ne faut pas que j'oublie de la nettoyer avant que Mike ne la remarque et ne reparle de virer Melina.

— Beau ? demande Mike.

— Oui ?

Après toutes ces années, j'aime entendre ses lèvres prononcer de nouveau mon nom. Lui ne voudrait jamais virer une pauvre femme de ménage immigrée parce qu'elle a oublié une toile d'araignée ou deux.

— Tu veux raccrocher ?

— Raccrocher ? Non ! Tu veux, toi ?

*S'il te plaît ne raccroche pas. S'il te plaît.*

— Je ne sais plus trop quoi dire. Je n'avais rien imaginé d'autre que d'entendre le son de ta voix.

Je ne suis plus la seule à rire nerveusement.

— Eh bien, comment est ma voix ?

— Superbe. Et la mienne ?

— On dirait que tu as trop longtemps vécu dans le sud. Ne me dis pas que tu manges des beignets et que tu as collé un drapeau sudiste sur ta voiture.

— Hé ! Ce sont des stéréotypes.

— Alors ?

— Gagné pour les beignets, perdu pour le drapeau sudiste.

Au bout du couloir, j'entends Tyler qui se réveille dans son berceau. Je voudrais qu'il se rendorme. Je ne suis pas prête à réintégrer la condition maternelle.

On dirait que Mike a lu mes pensées.

— Parle-moi de tes enfants, Beau.

Je lui parle de Mikey, profond et sensible ; de Josh, malicieux et plein de vie ; de l'adorable et tendre Tyler. Parler de mes enfants me détend. La tension se dissipe des deux côtés et Mike semble sincèrement intéressé.

— Tu es mère au foyer ?

— Eh oui.

— J'ai du mal à l'imaginer. Je pensais sincèrement que tu serais devenue productrice. Tu as des regrets ?

— Non. Pas vraiment.

Enfin, pas de regrets d'avoir cessé de travailler. Juste des regrets…

De l'avoir quitté ?

Non. J'aime Mike. *Mon* Mike. Mon Mike-jusqu'à-ce-que-la-mort-nous-sépare. Je sais que j'ai fait le bon choix. Vraiment.

La seule chose que je regrette, c'est la façon dont j'ai rompu avec l'autre Mike. Pour résumer, j'ai tourné les talons et pris mes jambes à mon cou. Et soudain, j'éprouve une sensation d'inachevé.

Je me bouche les oreilles pour ne pas entendre le bourdonnement de ce passé dérangeant — ni les geignements de plus en plus pressants de Tyler.

— Et toi ? Tu es entre deux jobs ?

— On peut dire ça. Je ne sais pas trop ce que je veux faire, je prends mon temps.

— Qu'as-tu… Oh flûte.

Un cri aigu en provenance du berceau de Tyler transperce mes tympans.

— … Ne quitte pas.

Je laisse tomber le téléphone et cours jusqu'à la nursery, où mon bébé clame avec véhémence qu'il en a terminé avec sa sieste. Il baigne dans sa couche et est ravagé par la faim.

La culpabilité me submerge.

Je coince mon enfant hurlant sous un bras et retourne prendre le téléphone.

— Je dois te laisser, Mike, dis-je à contrecœur.

— C'est Tyler qui pleure ?

— Oui, c'est lui.

Je suis impressionnée qu'il se souvienne de son nom.

— Bon, eh bien… c'était super de te parler, Beau.

— Toi aussi.

Je raccroche, berçant un Tyler inconsolable contre ma

hanche, souhaitant qu'il se taise afin que je puisse prolonger la conversation. Je n'ai rien de précis à dire, mais je ne suis pas encore prête à lui dire de nouveau adieu.

— Je t'enverrai un mail. D'accord ?

Je souris, soulagée.

— D'accord. C'est super.

Et c'est ainsi que tout a commencé. Ou plutôt *re*commencé.

# 14

*Passé*

Je suis arrivée avec quinze minutes de retard à La Margarita sur Bleeker Street.

Pas parce que j'étais restée coincée au boulot, ou que je n'avais pas trouvé de taxi, ou que le métro fonctionnait mal.

Mais parce que je n'étais pas certaine d'avoir le droit de faire ce que j'étais en train de faire.

Hier soir, sur une impulsion, j'avais donné rendez-vous au beau Mike de l'aéroport — pas un rendez-vous *rendez-vous*... je dirais... un rendez-vous amical.

Vingt-quatre heures plus tard, après mûre réflexion, mon impulsion était plutôt d'annuler. J'avais tenté de le joindre depuis le studio un peu plus tôt, une excuse nulle toute prête en tête, mais le téléphone s'était contenté de sonner. Pas de répondeur. Je ne pouvais même pas laisser de message.

Qui de nos jours ne possédait pas de répondeur ? Nous étions en 1989, bon sang, pas au haut Moyen Age.

J'ai envisagé de lui poser un lapin, mais Valérie a refusé.

Elle prétendait que le moins que je puisse faire, c'était de me montrer.

Elle m'avait aussi fait remarquer avec justesse qu'il ne s'agissait pas d'un rendez-vous amoureux. Mais d'une New-Yorkaise se montrant sympa avec un nouveau venu. Que la New-Yorkaise en question ait une liaison avec un autre homme et que le nouveau venu se trouve être un célibataire incroyablement séduisant ne changeait rien à l'affaire, selon Valérie.

— Il ne s'agit pas de tromper Mike, m'avait-elle assuré lorsque je l'avais appelée du studio. Il n'y a rien de mal à sortir, platoniquement, avec un ami de sexe masculin.

— Ce n'est même pas un ami. Juste un type que j'ai rencontré.

— Il pourrait devenir un ami. Et on n'a jamais assez d'amis.

C'était vrai. Tout le monde a besoin d'amis, m'étais-je dit.

Mais je ne pouvais m'empêcher de penser à Harry et Sally. Dans ce film que j'avais vu récemment, Harry prétendait qu'il était impossible à un homme et une femme d'être « simplement amis. » Et la fin du film prouvait la véracité de sa théorie.

D'accord, ce n'était qu'un film. J'avais vu *Batman* la semaine précédente et je n'attendais pas pour autant qu'un justicier en justaucorps et cape débarque chez moi dans un avenir proche.

— De plus, avait poursuivi Valérie, Mike et toi avez des

problèmes. Si ça se trouve, il va te plaquer et déménager à San Francisco. Autant avoir une option de rechange.

— Valérie ! Mike ne va pas me plaquer.

Elle s'est tue. J'étais certaine qu'elle pinçait les lèvres et haussait les sourcils.

Donc j'étais venue et avais trouvé mon ami platonique potentiel assis près d'une fenêtre en train de grignoter des tortillas chips et de la sauce mexicaine.

— Beau !

Il avait vraiment l'air heureux de me voir. Ou plutôt soulagé.

Il s'est levé et a serré mes mains dans les siennes avant de m'avancer une chaise.

— Je craignais que tu ne viennes pas.

— Pourquoi ? ai-je demandé d'un ton léger en me laissant tomber sur la chaise.

Je me forçais à me répéter que la faiblesse de mes genoux n'avait rien à voir avec ses fossettes ou nos mains entremêlées.

— Tu es en retard, a-t-il dit, relâchant mes doigts bien trop tôt. En plus, je suis parano.

Il était parano ? Il croyait que j'allais lui poser un lapin ? Heureusement, Valérie existait et ne l'aurait pas permis. Poser un lapin à un mec superbe et adorable comme celui-ci était la dernière chose que je souhaitais.

Encore qu'il ne s'agisse pas d'un rendez-vous *rendez-vous*.

Pas du tout.

Il s'agissait d'un rendez-vous dans le sens *rendez-vous chez le dentiste*.

Parler de poser un lapin suggérait un rendez-vous *rendez-vous*.

J'espérais qu'il ne s'y était pas trompé. Peut-être aurais-je dû préciser.

Comme il paraissait attendre une explication, j'ai menti.

— Je… euh… suis restée coincée sur la ligne N. Pourquoi es-tu si parano ?

— Quand je t'ai dit de m'appeler si cela ne marchait pas avec ton petit ami…

— Ou si je travaillais sur le casting d'un sitcom…

— Ou si tu travaillais sur le casting d'un sitcom, c'est vrai… je ne m'attendais pas à ce que ça se produise. Quand tu as appelé, j'ai réussi à me convaincre que j'avais rêvé.

— Oh… eh bien, non. Tu peux te détendre maintenant.

J'ai souri. Espérant qu'il ne percevait pas ma nervosité. Et ne s'imaginait pas qu'il s'agissait d'un vrai rendez-vous. Peut-être pourrais-je prétendre effectuer un casting de sitcom.

Mon esprit fonctionnait à toute vitesse.

— Tu sais, a dit Mike, presque penaud, je ne réagis pas toujours ainsi lors de mon premier rendez-vous avec une femme.

*Premier rendez-vous* ?

Donc, c'était un rendez-vous. Merde.

Tout ça, c'était la faute de Valérie.

Si elle ne m'avait pas dit de l'appeler, je n'en aurais jamais eu l'idée.

— Tu es si belle, a-t-il continué, horriblement sincère. A la seconde où je t'ai vue à l'aéroport, j'ai eu envie de te parler. Puis tu as dit que tu avais un petit ami et j'ai cru n'avoir aucune chance. J'étais persuadé que tu avais jeté ma carte à la poubelle.

— Pourquoi aurais-je fait une chose pareille ? ai-je demandé avec un léger frisson.

— Parce que tu as un petit ami.

— Oh. C'est vrai.

Encore *lui*.

En fait, toute cette histoire était davantage la faute de Mike que celle de Valérie. De Mike et de son offre d'emploi à la noix dans la Silicon Valley. Depuis qu'il l'avait évoquée pour la première fois, il m'avait rappelée au moins trois fois, prétendant qu'il hésitait encore. Il ne me demandait pas mon avis. Comme si toute remarque de ma part était accessoire.

Hier soir, ç'avait été la goutte d'eau. Il m'avait accusée de le pousser à refuser cette incroyable opportunité. J'avais avoué préférer qu'il vienne vivre à New York et il avait explosé, me traitant de fille capricieuse et déraisonnable.

Je lui avais raccroché au nez.

Puis, sur un coup de tête, j'avais sorti la carte de visite de Mike et composé son numéro. Je pensais que l'aspirant vedette de sitcom ne se souviendrait probablement pas de moi, mais je me trompais.

Prendre un verre ensemble ce soir était son idée.

Se retrouver à La Margarita était la mienne. A cette heure-ci on y proposait deux verres pour le prix d'un, or j'étais fauchée et je supposais que chacun allait payer sa part, puisqu'il ne s'agissait pas d'un vrai rendez-vous, étant donné que j'avais déjà un petit ami.

Autre avantage : je n'avais jamais pris un verre à La Margarita avec ledit petit ami. Il éprouvait une aversion inexplicable pour la nourriture mexicaine. Vivre dans une région bourrée d'immigrants mexicains aurait dû mettre un terme à cette aversion, mais non.

Ce Mike-là a certifié adorer la nourriture mexicaine. Avant que nous n'ayons eu le temps de creuser la question de mon petit ami, le serveur est apparu. Nous avons commandé des margarita glacés et des poulets *chimichanga* avec des haricots frits.

— J'aime les filles qui ne se privent pas de manger, a dit Mike avec un rire approbateur. Je suis enchanté que tu n'aies pas commandé une salade allégée quelconque.

— Moi ? Je ne commande jamais rien d'allégé si je n'y suis pas forcée.

— Tant mieux.

J'avais l'impression qu'une femme portée sur l'allégé hantait son passé, mais comment lui poser la question sans avoir l'air de me mêler de ce qui ne me regardait pas ?

Nos boissons sont arrivées en un temps record, autre raison pour laquelle j'adorais cet endroit.

— Santé, a dit Mike en levant son verre.

— A quoi buvons-nous ?

— A New York ! La ville la plus formidable du monde.

Waouh. N'était-ce pas parfait ? Je lui ai dédié un grand sourire.

— A New York.

Nous avons bu une gorgée en échangeant un sourire.

Ce qui a fait réapparaître les fossettes. Soupir.

Sans en avoir l'air, j'avais noté qu'il portait un T-shirt noir rentré dans un superbe pantalon orange.

Il était vraiment très séduisant et s'habillait avec un goût exceptionnel.

— Pourquoi m'as-tu appelé ? m'a-t-il soudain demandé, me prenant de court.

— Je ne sais pas, ai-je répondu avec sincérité. Je ne fais pas de casting pour Janelle, si c'est à ça que tu penses.

— Zut. Inutile que je te donne mes photos et mon C.V., alors ?

— Tu as apporté tes photos et ton C.V. ?

Il a explosé de rire.

— Je blaguais. Tu me prends pour un nul de ce genre ?

— On ne sait jamais.

Mais je ne le prenais pas pour un nul. Je *regrettais* qu'il ne le soit pas. Il m'aurait été plus facile d'abréger la soirée.

— Alors, si ce n'est pas pour me donner une chance de devenir célèbre… pourquoi as-tu appelé ?

Il semblait peu disposé à me laisser m'en tirer facilement.

— Je ne sais pas… peut-être parce que tu viens d'arriver à New York. J'ai pensé que tu pourrais te sentir un peu… solitaire.

— C'est gentil de ta part.

Re-fossettes.

Il n'incarnait pas franchement l'idée qu'on se fait d'un mec solitaire. Plutôt celle qu'on se fait d'un mec qui irradie le charme et la confiance en lui… Le genre de mec avec qui tout le monde a envie de faire connaissance.

O.K. C'était peut-être pour cela que je l'avais appelé. Parce que je ne pouvais résister à son charisme.

Ou parce que mon petit ami m'avait mise dans une telle colère que je me livrais à des représailles.

Qui pouvait savoir ?

Après deux margarita, qui s'en souciait ?

La conversation avec Mike coulait avec facilité et je m'amusais. C'était tout ce qui comptait.

Il m'a parlé de son enfance dans le Midwest, de ses années de fac dans une des meilleures universités du pays où il avait joué dans l'équipe de foot et étudié l'art dramatique.

— C'est plutôt rare, non ? ai-je demandé en me retenant de ne pas avaler le reste de mon second verre. Art dramatique et sport en même temps ?

Je pensais à Gordy, titulaire d'une licence d'art et ayant une profonde aversion pour toute activité non sexuelle impliquant sueur et baskets.

— Je préparais un diplôme de communication. La première année comporte un cours d'art dramatique obligatoire. Un jour, je me suis retrouvé avec une blessure au genou et une option en art dramatique.

— Tu étais tombé de scène ?

Il a eu un petit sourire.

— Non, je me suis blessé au foot et j'ai dû rester sur la touche, ce qui m'a donné le temps de me concentrer sur mes activités théâtrales.

— Tu es venu à New York pour devenir star ?

— N'est-ce pas la raison qui pousse tout le monde à venir à New York ? Non, je suis venu à New York parce qu'il fallait absolument que je quitte ce putain de Midwest.

— Pourquoi ?

— Tu es déjà allée dans le Midwest ? m'a-t-il demandé sèchement.

J'ai secoué la tête.

— C'est aussi horrible que ça ?

— Pire.

L'expression de son visage m'a fait rire.

— C'était trop… quoi ? Ennuyeux ? Conservateur ? Tranquille ?

— Tout ça, en pire. Et puis…

Il a hésité.

— Et puis quoi ?

— Et puis, j'ai traversé une rupture difficile. J'étais fiancé à ma petite amie de la fac et… ça n'a pas marché.

Nous y voilà ; l'info que j'avais voulu lui soutirer plus tôt. Etait-ce elle qui commandait des salades allégées ?

— Tu l'as quittée ?

Il ne me venait pas à l'esprit qu'une femme saine d'esprit plaque un mec comme lui.

— Le contraire.

— Vraiment ?

J'ai caché ma stupéfaction. Je savais bien que les femmes n'étaient pas les seules à se faire plaquer. Regardez le Dr Lloyd Dobler dans *Say Anything*, mon ex-film favori de tous les temps. Il offrait son cœur à la belle Diane Court et en retour, elle lui donnait un stylo.

Mais après que Lloyd lui a juré un amour éternel et exhibé la musculature nettement supérieure à la moyenne de la partie supérieure de son anatomie, avec une radiocassette hurlant du Peter Gabriel sous le bras, Diane a changé d'avis. Qui s'en étonnerait ?

Et qui n'aurait pas offert une seconde chance au séduisant mec plaqué assis en face de moi ?

— Quelques semaines avant le mariage, a précisé Mike en avalant une grande gorgée de son verre.

— Aïe.

— Oui. Alors…

Il a vidé son verre.

— … j'avais vraiment besoin de quitter cette putain de ville de Dodge.

— Pour t'éloigner d'elle.

— Principalement. Et je suis désolé de t'apprendre que c'est la première fois que je sors avec une fille depuis la rupture. Bon Dieu, qu'est-ce que ça fait du bien d'avoir franchi cette étape !

J'ai pris une profonde respiration. C'était maintenant ou jamais. *Jamais* aurait été préférable, mais la culpabilité m'étouffait.

— Mike, ai-je dit avec précaution, je suis désolée de *te* l'apprendre mais…

— Mais quoi ?

— Tu n'as pas encore franchi *cette* étape.

— Comment ça ?

— Nous ne *sortons* pas ensemble.

— Nous ne sortons pas ensemble ?

— Non.

Il a ri.

— Que sommes-nous en train de faire alors ? Ne me dis pas que finalement, c'est une audition, parce je n'ai apporté ni photos ni C.V., et je suis certain de ne pas avoir préparé de monologue. Encore que je vienne d'en réciter un.

J'ai gloussé, aidée par la tequila.

— Il ne s'agit pas d'un casting. Juste de dîner et de prendre un verre ou deux.

Peut-être plus qu'un verre ou deux. Il faisait chaud soudain ou c'était juste moi ? J'avais la sensation d'être rouge et en sueur.

— Dîner et prendre un verre sont les choses que je préfère quand je sors avec une fille.

Zut, les fossettes avaient refait leur apparition. Ouuuuuh… J'avais vraiment chaud, et il était vraiment sexy.

— Oui, mais dîner et prendre un verre avec une fille ne signifie pas forcément sortir avec elle, tu saisis ? Parfois cela signifie simplement… dîner et prendre un verre.

— Si c'est ce que tu veux, a-t-il dit avec un haussement d'épaules.

— C'est ce que je veux.

Il n'y avait qu'un minuscule problème.

Un dîner platonique et un rendez-vous pour prendre un verre *n'étaient pas* ce que je voulais. La Margarita s'était soudainement transformée en jardin d'éden et j'éprouvais une soif inextinguible du fruit défendu.

— Désolé du malentendu, a dit le fruit défendu.

— Pas de problème, a répondu Eve, plongeant son regard dans les yeux noirs insondables, pensant qu'elle avait toujours obtenu ce qu'elle voulait et que ce qu'elle voulait en ce moment c'était…

Arrête ! Mauvaise Eve !

Il s'est un peu agité.

— Tu as envie de partir ?

— Non ! Toi si ?

— Non. Mais je devrais t'avertir… Je ne sais pas si je suis capable de jouer ce jeu platonique avec toi. Je sens que quelque chose passe entre nous, tu comprends ce que je veux dire ?

— Tu veux dire comme… ?

Tous les mots qui me venaient à l'esprit semblaient ridicules.

Courant… complicité… attirance…

Impossible de prononcer un de ces mots sans rougir.

— Tu sais… comme un courant, a-t-il dit.

Sans rougir.

— Tu sens un courant entre nous ? ai-je demandé, refusant de reconnaître que je ressentais la même chose.

— Un courant à haute tension, terrifiant.

Un court instant, nos regards se sont rivés l'un à l'autre, déclenchant en moi une sensation particulière. Un courant passait entre nous et nous trouvions ça normal.

Je n'ai pas esquissé un geste pour partir, alors que j'aurais dû.

Un étrange picotement m'a parcouru les reins. La région hyper-réceptive de mon corps où naissaient les premiers frissons du désir.

Il a lâché mon regard et secoué la tête.

— Depuis combien de temps êtes-vous ensemble ?

— Comment ?

— Ton petit ami et toi.

— Oh.

Soudain, je ne me souvenais plus. Pas bon signe.

— Euh, un moment.

— Plusieurs mois ?

— Oui. Euh… Plusieurs années en fait.

— Plusieurs années ? C'est… c'est… super.

Il semblait plutôt vouloir dire que c'était la poisse. Tout d'un coup, j'avais envie d'avouer la même chose.

— Si je n'avais pas de petit ami, nous pourrions sortir ensemble. Ce serait sympa, non ?

*Zut, qu'as-tu dans le crâne, Beau ?* s'interrogeait la zone de mon cerveau obstinément immunisée contre la tequila et la tentation qui stockait des extraits de sermons du dimanche. *C'est mal. Tais-toi ! Tu m'entends ? Ne dis rien que tu puisses regretter.*

— Mon petit ami et moi traversons une crise, ai-je déclaré sous l'emprise de la zone de mon cerveau qui baignait dans la tequila, s'épanouissait dans le stupre et se nourrissait de vieux numéros de *Cosmopolitan* en guise de code éthique.

Il s'est penché en avant, intrigué.

— Quel genre de crise ?

Je sentais la coriandre et le citron vert dans son haleine et je me suis demandé quel goût auraient ses lèvres. J'ai marmonné une explication alambiquée mêlant l'offre d'emploi de Mike sur la côte Ouest et ma préférence pour la côte Est. Tout en déblatérant, je m'interrogeais sur ce que je ressentirais si je me penchais pour l'embrasser.

— Il est chirurgien esthétique ? a demandé Mike.

— Qui ? ai-dit en regardant autour de moi.

— Ton petit ami.

— Chirurgien esthétique ?

J'ai plissé le front.

— … Non il vient de terminer un mastère d'informatique.

Mike a hoché la tête, l'air perdu.

— … et il vit dans un tipi ?

Je me suis demandé s'il n'avait pas bu un verre ou deux avant mon arrivée.

— Un tipi ? Il ne vit pas dans un tipi. Il habite un appartement à Long Beach. Mais il voudrait déménager pour Silicon Valley, accepter cet emploi, alors…

— Attends… Tu parlais de Silicon Valley ?

Un sourire s'est lentement étiré sur son visage.

— Oui. Pourquoi ?

— Je pensais que tu parlais de silicone… tu sais…

— Non… Quoi ?

— Tu sais bien…

— Vraiment pas.

Maintenant, il riait carrément aux éclats.

— Les faux seins.

— Les faux seins ?

— Oui, tu sais… implants de silicone… implants mammaires… chirurgien esthétique.

— Oh !

J'ai moi aussi éclaté de rire.

— Et le tipi alors ?

— Le tipi ?

J'ai pouffé, imaginant Mike en tenue de chirurgien assis dans un tipi.

— Je ne sais pas… J'ai cru que tu avais dit un truc à propos d'un tipi.

Tipi…

Tipi…

Illumination.

— TI/PI, ai-je dit en éclatant de rire.

Il fallait être là pour comprendre.

Mais croyez-moi, je n'étais pas la seule à rire.

Quand nous avons cessé de nous gondoler avec des histoires de faux seins et de tipi, il nous a fallu quelques secondes pour nous remettre. Vous connaissez ces bonnes rigolades qui vous font monter les larmes aux yeux ? C'est ce qui nous est arrivé. Sans que nous cession de nous sourire. J'ai réalisé que durant la semaine précédente, mon Mike et moi n'avions pas partagé un seul aussi bon moment.

J'ai souhaité que ce Mike soit mon Mike et que l'autre Mike soit… eh bien, un ancien Mike.

Alors quand ce Mike m'a raccompagnée au métro, je lui ai proposé un nouveau rendez-vous. Pour boire un verre.

Et quand il m'a demandé si la prochaine fois on pourrait considérer que ce soit un rendez-vous *rendez-vous*, je n'ai hésité qu'une seconde avant de répondre oui.

# 15

*Présent*

Depuis six jours, Mike et moi nous envoyons régulièrement des mails.

*Souvent* serait peut-être un terme plus juste. Ou constamment.

C'est anodin ou terrible, selon le point de vue.

Terrible si on se souvient que je suis une femme mariée, mère de trois enfants et que j'ai vraiment autre chose à faire qu'entretenir un flirt électronique avec un ex.

*Electronique* étant le mot-clé.

Parce que tout ça est tout de même sans conséquence. Quinze ans et mille trois cents kilomètres nous séparent.

Mon comportement est l'équivalent contemporain des battements de cils d'une ménagère des années 70 devant l'employé du gaz.

En moins provocant.

Nous n'échangeons pas de lettres torrides bourrées de sous-entendus.

D'accord, il ne s'agit pas exactement de recettes de cuisine non plus.

Peut-être peut-on y lire quelques sous-entendus, mais totalement inoffensifs, je le jure. Voici un exemple :

Sujet : Bonjour
Date : 4 août, 7 : 53 heure de New York
De : DodoCrapulo64@websync.net
A : Beauandco@websync.net

Hé devine ? J'ai rêvé de toi cette nuit.

Sujet : Bonjour
Date : 4 août, 8 : 44 heure de New York
De : Beauandco@websync.net
A : DodoCrapulo64@websync.net

Oh-Oh. De quoi s'agissait-il ? Tu t'es réveillé en hurlant ? C'était un cauchemar ?

Sujet : Bonjour
Date : 4 août, 8 : 46 heure de New York
De : DodoCrapulo64@websync.net
A : Beauandco@websync.net

Je rigole. Non ! Je me suis réveillé en regrettant d'avoir interrompu mon rêve.

Sujet : Bonjour
Date : 4 août, 8 : 47 heure de New York
De : Beauandco@websync.net
A : DodoCrapulo64@websync.net

Pourquoi ne t'es-tu pas rendormi ? Puisque tu n'es pas obligé d'aller au boulot ni rien.

Sujet : Bonjour
Date : 4 août, 8 : 48 heure de New York
De : DodoCrapulo64@websync.net

A : Beauandco@websync.net

Non, mais nous ne sommes pas libres non plus. Si nous l'étions, je ne te verrais pas que dans mes rêves. <eg>

Je verse depuis si peu temps dans la sténo cybernétique que je n'ai pas la moindre idée de ce que signifie <eg>. Je crève de curiosité mais je refuse de l'avouer. Non seulement je n'ai pas envie qu'il se fiche de moi, mais j'ai aussi un peu peur de la réponse.

J'envisage diverses possibilités, loin d'être inoffensives.

Si <eg> signifiait *extase gémissante* ? Ou je ne sais pas moi… *évidence graveleuse* ?

Personne d'autre que mon mari ne devrait être autorisé à s'extasier sur moi en gémissant. Pas même sur Internet, pas même en rêve. Pas même si j'ai partagé nombre d'extases gémissantes avec la personne en question.

Ce ne serait pas si grave si dans le passé, je n'étais pas sortie simultanément avec Mike et mon mari. Si je n'avais eu avec Mike qu'une banale aventure sans lendemain, bien avant de rencontrer l'homme que j'étais destinée à épouser.

Mais j'étais sortie avec les deux Mike *en même temps*, avant d'être forcée de choisir. Si Mike — *mon* Mike, alias père de mes enfants — découvrait que je corresponds avec l'homme qui m'a presque volée à lui…

Non. Il n'en saura rien. Comment l'apprendrait-il ? Ce n'est pas moi qui vais le lui dire. Je n'en parlerai à personne.

Sauf à une personne.

Celle vers qui je me tourne chaque fois que les choses se corsent.

Avec <eg>, elles se sont corsées. Je profite d'un moment de répit — mes trois fils sont captivés par une vidéo de *Blue's Clues* — pour chercher dans mon carnet d'adresses le numéro que je n'ai jamais réussi à mémoriser. Alors que ce n'est même pas une communication longue distance.

— Bonjour. Bureau de Valérie Kenmore.

— Je peux lui parler s'il vous plaît ?

— De la part de qui ? répond d'un ton pincé la secrétaire de Valérie, comme si elle était un personnage essentiel de *Vie et aventures de Valérie Kenmore* et moi une simple figurante.

— De Beau.

— Beau… ?

Elle attend le nom de famille.

— Beau tout court, dis-je, vexée.

Quand même. Je ne crois pas qu'il existe des meutes de Beau de par le monde.

— Elle saura.

Elle sait.

*Et toc* pour la snob de secrétaire !

Je reste en attente deux secondes à peine avant d'entendre la voix de Valérie.

— Bonjour, lâcheuse ! Comment ça va ?

Sa surprise sincère déclenche en moi une vague de culpabilité. Je pourrais l'appeler plus souvent.

Au cas où vous ne l'auriez pas remarqué, je fais beaucoup dans la culpabilité ces jours-ci.

— Super. Et toi ?

— Rien de changé. Je reviens tout juste de Denver.

— Le boulot ?

— Des vacances.

C'est exactement ce que je disais. A une époque, j'aurais tout su des projets de vacances de Val. En fait, à une époque, Val et moi prenions des vacances ensemble.

Chaque printemps, sans exception. Nous partions un long week-end, en thalasso ou à l'hôtel. Quand je me suis mariée, j'ai juré que rien ne changerait. J'ai promis de partir en week-end entre filles, tous les ans, quoi qu'il arrive. Et bien que j'aie du mal à quitter Mike trois jours entiers, j'avais toujours tenu ma promesse…

Jusqu'à l'arrivée de Mikey.

Me séparer de Mike était difficile, mais me séparer de son homonyme nouveau-né s'était révélé impossible. Cette année-là, pour la première fois, j'avais invité Val à passer un week-end à la maison. Elle avait ronchonné, mais était venue.

Nous avions cancané, fait du shopping, regardé des films de filles tard dans la nuit en buvant du vin — toutes les délices auxquels nous nous étions adonnées des milliers de fois lorsque nous habitions ensemble ou partions en week-end.

Mais ce n'était plus la même chose. D'abord, nous ne connaissions plus les mêmes personnes ; dire du mal d'une étrangère n'est même pas drôle.

De plus, j'avais subi un lavage de cerveau par une militante de la Leche League, qui m'avait convaincue des méfaits du biberon. Résultat, j'emmenais Mikey faire du shopping avec nous pour pouvoir l'allaiter. Notre week-end entre filles avait tourné au ménage à trois. Un ménage à trois mouvementé. Comme les poussettes sont interdites dans les escalators, nous devions attendre les ascenseurs. La poussette n'entrait pas non plus dans les cabines d'essayage et nous devions essayer les vêtements à tour de rôle. Et à cause de mes kilos de grossesse persistants, je m'intéressais davantage aux portants de Baby Gap qu'à ceux de Neiman Marcus, au grand désespoir de Val.

Les soirées étaient encore plus problématiques. Donner la tétée à Mikey aux aurores me mettait tellement K.O. que passé le générique du plus passionnant des films, mes yeux se fermaient, surtout après deux gorgées de vin — le maximum autorisé si je voulais éviter que mon lait ne transforme ma progéniture en ivrogne.

L'année suivante, quand j'avais de nouveau invité Valérie à Mamaland, elle avait préparé son excuse. La tradition était rompue, à notre soulagement mutuel.

Dans le passé, aucune de nos différences majeures n'avait jamais entamé notre amitié. Valérie occupait un emploi sous-qualifié, était trop grosse et perpétuellement en mal d'amoureux. J'étais lancée dans ma carrière, mince, et pourvue d'un petit ami attitré (et même deux à un moment). Mais nous avions tant en commun.

Maintenant le fossé qui nous sépare est bien plus vaste que les malheureuses cinquante minutes de train entre mon pavillon de banlieue et son appartement de l'East Side.

Elle est manager marketing et accro du boulot ; toujours célibataire, toujours en guerre contre son poids, toujours à la recherche du mari idéal pendant que son horloge biologique entame ses derniers tours de cadran. Et toujours la première à admettre — sans la moindre amertume, ce qui m'a toujours épatée — qu'elle désirerait éperdument être à ma place.

Parfois, je pense à sa vie solitaire en frissonnant et me répétant *Merci, mon Dieu…*

Parfois aussi, surtout ces derniers temps, je pense à sa vie solitaire et je me dis que je l'échangerais bien contre la mienne une journée. Peut-être deux.

Si j'étais Valérie, je ferais la grasse matinée le week-end, personne ne me disputerait jamais la télécommande. Et je saurais probablement ce que signifie <eg>.

— Val, que signifie <eg> ? ai-je demandé, sans préambule, parce que les préambules sont totalement superflus avec Val, ce qui est une des raisons pour lesquelles je l'adore.

— E.g. est l'abréviation de la locution latine *exempli gratia*, qui signifie *par exemple*, répond-elle aussitôt.

— Pas cet e.g. là. Celui-là, je le connais. Je parle du <eg> entouré des signes inférieur/supérieur, qu'on utilise dans les mails.

— L'*emoticon* ?

— Le quoi ?

Elle rit.

— L'*emoticon*. Tu sais… par exemple quand on tape un sourire avec deux points et une parenthèse.

— Je vois. Comme ☺.

— … L'*emoticon* <eg> symbolise un sourire sardonique, ajoute Val. Pourquoi ?

Sourire sardonique.

Sourire sardonique ?

Quel soulagement. Sourire sardonique est bien plus innocent que extase gémissante.

Je réfléchis de nouveau au message de Mike — Non, mais nous ne sommes pas libres non plus. Si nous l'étions, je ne te verrais pas que dans mes rêves — et j'imagine le sourire sardonique naissant sur son visage séduisant tandis qu'il tape sur le clavier — rien d'innocent là-dedans.

— Crache le morceau, Beau. Qui te sourit sardoniquement ?

— Tu ne vas jamais me croire.

— Essaie toujours.

— Mike.

— Mike ?

Elle semble très déçue.

— … je m'attendais à quelque chose de plus excitant.

— Mais c'est excitant.

— Je suis désolée de te l'apprendre mais, échanger des mails avec son mari n'a rien de particulièrement excitant.

— Qui te parle d'échanger des mails avec mon mari ?

Silence.

Puis :

— Tu parles de *Mike*, Mike ?

— Je parle de *Mike*, Mike.

— Mon Dieu !

— Je sais. Il m'a retrouvée.

— J'ignorais que tu te cachais.

— Je ne me cachais pas. Mais… nous nous étions perdus de vue depuis ce fameux été. Tu sais comment les choses se passent. Je n'avais aucune idée de ce qu'il était devenu et soudain *vlan*. Il m'a cherchée sur Google.

Elle pouffe.

— Scandaleux ! Alors, où se trouve-t-il ?

— En Floride.

— Bien. Je craignais que tu ne répondes New York.

— Pourquoi ?

— Parce que s'il habitait New York, tu pourrais être tentée de le revoir et ce serait… ce ne serait pas bien. Tu ne chercheras point la femme de ton voisin sur Google.

Elle pouffe de nouveau.

— Heureuse que cela t'amuse autant.

— C'est plus fort que moi. Il est marié ?

— Divorcé.

— Donc libre.

— Oui, mais…

Mikey a surgi dans l'embrasure de la porte.

— Maman, je veux du pain perdu.

— Une seconde, mon chéri, retourne regarder *Blue.*

— Je l'ai déjà vu, maman. C'est l'histoire de monsieur Sel et monsieur Poivre qui emmènent bébé Paprika à…

— Mikey, s'il te plaît. Je suis au milieu d'une conversation très importante…

Il ne bouge pas d'un pouce.

— … si tu retournes tout de suite voir la télé, je te donne du chocolat.

— D'accord.

Je lui tends une poignée des bonbons au chocolat que je garde sous la main pour mes tentatives de corruption.

— … Tu en donnes la moitié à ton frère.

— Lequel ?

— A Josh. Ne donne jamais de bonbon à Tyler, tu m'entends ?

— Oui, maman.

— Est-ce que tu vas donner des bonbons à Tyler ?

Il n'y a que comme ça que ça marche.

— Non, maman.

— Est-ce que tu vas partager tes bonbons avec Josh ?

— Oui, maman.

— Et faire attention que Josh ne mette pas de chocolats dans sa poche pour plus tard ?

— Oui, maman.

— Bon, alors vas-y, dis-je, avant de m'adresser à Valérie.

— Du chocolat dans ses poches pour plus tard ? demande-t-elle en riant.

— C'est sa nouvelle habitude. Il stocke de la nourriture, comme un écureuil. Ce n'est pas un mal en soi, tant qu'il ne s'agit pas de chocolat et qu'il ne fait pas quarante degrés à l'ombre.

— Je ne sais pas comment tu fais.

— Comment je fais quoi ?

— Etre maman. Ça semble tellement stressant.

Et encore, elle n'a rien vu.

— Revenons à Mike. Alors, il est libre ?

— Il est libre. Mais pas moi, et il le sait. Alors ne t'inquiète pas.

— Beau, fais attention.

— Je fais attention. Je ne suis pas idiote.

— Non, mais dès qu'il s'agit de lui, tu deviens vulnérable. A l'époque où vous sortiez ensemble, tu subissais vraiment son emprise.

Au souvenir de la force de mon attirance pour Mike, je m'agite. Je ne me souviens que trop bien de ce que j'éprouvais dans ses bras, quand il m'embrassait, quand il m'aimait…

— J'étais jeune, dis-je à Valérie, en me versant une nouvelle tasse de café.

— Sans blague.

— Aujourd'hui, j'ai vieilli, je suis plus raisonnable.

— Nous avons tous vieilli, quant à être devenus raisonnables…

— Ça veut dire quoi ?

— Qu'on peut vieillir sans pour autant contrôler ses émotions envers le sexe opposé.

— Tu parles de moi, ou de toi, Val ?

— Des deux.

Elle me raconte sa dernière histoire d'amour ratée avec un homme dont elle n'avait même pas compris qu'il était marié.

— Une histoire vieille comme le monde. J'aimerais pouvoir dire que j'ai rompu à la minute où j'ai compris qu'il avait une femme et des enfants.

— Mais tu n'as pas rompu à ce moment-là ?

— Je n'ai rompu à aucun moment. C'est lui m'a plaquée.

— Ça m'attriste pour toi.

C'est faux. Je suis ravie que son amant marié l'ait plaquée.

— Je suis triste moi aussi. Malgré tout.

— Val…

— Je sais, Beau. Mais j'étais folle de lui. A tel point

que je m'efforçais soigneusement d'ignorer tout ce qui clochait dans notre liaison et tous les gens à qui je faisais du mal. Moi la première.

— Compris. Ne t'inquiète pas. Il ne se passera rien avec Mike. J'aime Mike. *Mon* Mike. Je ne vais pas le tromper.

— C'est pourtant déjà arrivé.

— C'était différent. Nous n'étions pas mariés. Nous n'avions pas eu trois enfants et construit toute une vie ensemble.

— Fais attention. En sa présence, tu perds toute volonté.

— Je ne suis pas en sa présence, nous correspondons par mail.

— Tu joues avec le feu.

— Val…

Je ris. Nerveusement.

— Je ne plaisante pas, Beau.

— Tout va bien, Valérie. Fais-moi confiance.

Silence. J'ai l'impression très nette qu'elle ne me fait pas confiance.

Changeons de sujet et parlons de quelque chose de plus terre à terre.

— Raconte-moi plutôt ton voyage à Denver.

Elle s'exécute. Tandis qu'elle parle, je surveille mes fils, m'assurant que la bave qui coule du menton de Tyler ne contient pas de chocolat. Puis je ramasse les emballages de chocolat argentés par terre, les miettes entre les coussins, la terre autour du ficus.

Ensuite, je fais les lits, nettoie les traces de dentifrice turquoise dans l'évier, vide les corbeilles de la salle de bains que Melina a oubliées hier.

Pendant que Valérie papote et que je me livre à mon train-train quotidien, je repousse les souvenirs inopportuns qui m'assaillent. Les souvenirs d'un Mike aux cheveux sombres et aux yeux noirs qui n'est pas celui que j'ai épousé.

— ... J'ai une réunion, achève Valérie à contrecœur.

De retour dans la cuisine, je prépare le pain perdu pour le petit déjeuner des enfants.

— Je dois te laisser moi aussi. Il faut que je... m'habille.

— Bienheureuse, dit-elle avec un rire envieux. Je donnerais n'importe quoi pour rester en pyjama après 7 heures.

— Viens me voir et je te jure que tu pourras le faire.

— Je viendrai peut-être.

Mais elle ne viendra pas.

— ... à moins que toi tu ne viennes à New York, Beau, le temps de déjeuner et voir un spectacle.

— Peut-être.

Mais je ne le ferai pas.

Malgré nos bonnes intentions, notre amitié ne retrouvera jamais la même complicité. Chaque fois que je téléphone à Valérie, la nostalgie m'envahit. La nostalgie mais aussi la certitude rassurante que nous nous connaissons toujours aussi bien.

Nous raccrochons sur la promesse de nous revoir avant la fin de l'été.

Je laisse tomber un morceau de beurre dans la poêle et la pose sur la plaque électrique, tout en pensant à Mike.

Au *mauvais* Mike.

Valérie a raison. En sa présence, je perds toute volonté. Il suffirait d'un regard, d'un effleurement pour que je retombe dans ses bras malgré moi.

Tout en battant le lait avec les œufs, je prends une décision. La meilleure chose à faire est désormais d'ignorer ses mails. A partir d'aujourd'hui, je les détruirai sans les lire. Il comprendra.

Je retourne les quatre premières tranches de pain quand le téléphone sonne.

C'est Mike.

Le *bon* Mike.

— Qu'est-ce que tu fais ?

— Le petit déjeuner des enfants. Et toi ?

— Moi, je regrette de ne pas être n'importe où ailleurs qu'ici. Le train est arrivé en retard et il n'y a qu'un ascenseur en fonctionnement dans tout le building. La journée commence mal et elle ne va pas aller en s'améliorant. Peut-être que je vais rentrer de bonne heure ce soir.

— Ce serait génial.

Je sais qu'il n'en fera rien. Il ne rentre jamais de bonne heure.

— Heureusement, il ne reste plus que deux semaines avant les vacances. Cette année, j'en ai vraiment besoin.

— Oui.

Je m'assieds pour boire mon café tiède.

— … j'aimerais tellement que nous partions, Mike.

— Je sais, Beau. Mais il y a trop à faire dans la maison et…

Et il a envie de rester un peu à la maison, parce qu'il y est trop rarement. Je le sais. Soudain, j'en ai tellement marre du train-train quotidien que je dois me retenir pour ne pas hurler.

J'éprouve un besoin désespéré de changer de décor. Si désespéré que je fais une dernière tentative.

— Si nous allions à Cape Cod, ou ailleurs, seulement une partie de la semaine. En rentrant, j'engagerais une baby-sitter et je t'aiderais à faire les travaux.

— Pas cette année, dit-il d'une voix contrite. Je sais que tu t'ennuies, Beau.

— Je ne m'ennuie pas.

— Si.

— Tu as raison. Je m'ennuie.

Il rit. Pas un rire méchant, plutôt un petit rire compatissant.

— C'est dur de passer tout son temps à la maison

avec les enfants. Et je sais que c'est dur pour toi d'être toujours au bureau.

— Moi aussi, j'aimerais m'évader de temps en temps. Si nous partions cet automne en week-end prolongé dans un endroit romantique pour notre anniversaire de mariage ?

— Vraiment ?

J'essaie de simuler l'enthousiasme, mais notre anniversaire de mariage est bien loin.

— Oui. On en reparlera. Accroche-toi, chou.

— Je m'accroche, dis-je dans un soupir.

Il faudra que je me décide un jour à lui dire combien je déteste quand il m'appelle *chou*.

— Je t'aime, ajoute-t-il. A ce soir. Oh, une chose encore…

— Mmm ?

— Melina.

— Mike… tu veux vraiment en parler maintenant ?

— Beau, ce matin, l'évacuation de la douche était presque bouchée par les cheveux. Qu'elle ne les enlève pas m'énerve encore plus que de les perdre. Elle est venue hier ?

— Oui. Elle a dû oublier de nettoyer notre douche.

— Et notre lavabo. J'y ai trouvé une grande traînée de dentifrice durci.

Je soupire.

— Nous devons lui parler, Beau.

— Je sais. Je vais le faire.

— Tu l'appelles et tu lui dis que si elle veut revenir la semaine prochaine, elle doit s'y mettre sérieusement.

— Je ne peux pas l'appeler.

— Pourquoi ?

— On lui a coupé le téléphone. Elle n'a pas pu parler à ses enfants au Guatemala depuis des semaines.

— Beau… Avec le salaire que nous la payons, elle pourrait s'offrir un billet d'avion pour le Guatemala par semaine.

— C'est faux. Elle est pauvre, Mike.

— Elle t'a fait subir un lavage de cerveau, ou quoi ? Pourquoi la protèges-tu tout le temps ?

Je soupire.

— Je ne sais pas.

En fait, je le sais, mais il ne comprendrait pas. C'est par complicité féminine et maternelle. Je déteste l'idée qu'elle ait laissé ses enfants dans un autre pays pour venir récurer nos toilettes.

D'accord, peut-être qu'elle n'a pas *récuré* nos toilettes depuis un moment. Hier, après son départ, j'ai trouvé une trace dans la cuvette des W.-C., que j'ai enlevée avant le retour de Mike.

Dommage que dans le même mouvement, je n'aie pas pensé à vérifier le lavabo et la douche de la chambre.

— Si tu ne lui parles pas, Beau, je lui parlerai moi-même.

— Non, je vais le faire. Quand elle viendra la semaine prochaine. Mais tu sais qu'elle ne parle pas anglais ?

— Alors comment t'a-t-elle parlé de ses enfants au Guatemala et de son téléphone coupé ?

— Elle connaît quelques mots et elle parle avec les mains. En général, nous parvenons à communiquer. Il ne me reste qu'à trouver comment lui dire de faire un petit effort.

— Pas un petit effort. *Mucho* effort.

— D'accord. *Mucho* effort.

Pourquoi tout est-il si compliqué ?

— … Je déteste vraiment ce genre de situation, Mike.

— Je sais. Tu ne cesses de fuir les confrontations, Beau. Il est temps que tu apprennes à faire preuve de fermeté. J'ai un autre appel. A ce soir.

— A ce soir.

La femme qui fuit les confrontations raccroche et se lève péniblement. Je me tourne vers la cuisinière. Le pain perdu gît abandonné au milieu d'un nuage de fumée noire.

— Merde !

Une petite voix fuse de la pièce voisine.

— Tu as dit un gros mot, maman.

Je me rue vers la cuisinière. Dans ma hâte, ma main effleure la flamme. Je grimace de douleur.

— Merde !

— Maman ! Tu as redit le gros mot ! me gronde Josh.

Je me passe la main sous l'eau froide en ravalant un juron.

— Maman est désolée, dis-je.

Josh apparaît sur le seuil de la cuisine.

— Merde est un gros mot.

— Je sais que c'est un gros mot, Josh, c'est pourquoi tu ne devrais pas le répéter.

— Je répète juste ce que tu as dit, maman.

Je serre les dents.

— Maman sait ce qu'elle a dit, Josh. Maman n'a pas pu s'en empêcher. Maman s'est fait mal.

J'entends le bruit de nouveaux petits pas. Mon fils aîné a rejoint son petit frère sur le pas de la porte, toujours vêtu de son pyjama à l'imprimé de balles de base-ball, les cheveux dressés sur la tête, ses grands yeux sombres qui ressemblent tant à ceux de son père remplis d'inquiétude.

— Qu'est-ce qui t'est arrivé, maman ? Ça va ?

Je ferme le robinet et enroule ma main cloquée dans un torchon.

— Ça va, mon chéri. Je me suis brûlée.

— Tu jouais avec les allumettes ?

Je souris et dépose un baiser sur les cheveux hérissés de Mikey, puis sur ceux de Josh.

— … Non, je ne jouais pas avec les allumettes.

— Tant mieux. C'est vilain.

— Et dangereux, aussi, ajoute solennellement Josh.

— Vous avez raison. C'est vilain et dangereux.

Comme jouer avec le feu, me dis-je avec remords, en jetant le pain calciné dans la poubelle.

# 16

*Passé*

Par chance, avant que Mike n'ait accepté le job dans la Silicon Valley, la boîte de software de Manhattan l'avait convoqué pour un troisième entretien. Ils lui avaient envoyé un billet d'avion pour New York et une réservation d'hôtel.

Il ne s'agissait pas du Plaza ou du Waldorf, mais d'un mini-appartement équipé de l'est de Manhattan. J'étais quand même impressionnée. Comme je l'ai déjà fait remarquer, dans mon milieu professionnel, un postulant débutant pouvait s'estimer heureux quand on l'autorisait à conserver un stylo. Il ne courait aucun risque de se retrouver dans un appartement équipé d'une kitchenette *avec* cafetière.

Durant tout le séjour de Mike, j'ai habité avec lui. C'était son idée, pas la mienne. Je n'ai pas protesté, mais je n'aurais pas osé le suggérer moi-même, puisqu'il paraît qu'il n'était pas prêt pour prendre une décision de cette importance.

Ironie du sort, Mike m'a appelée pour me parler de

l'interview le lendemain matin de mon non-rendez-vous avec l'autre Mike à La Margarita. Il semblait tellement emballé, autant par la compagnie de software que par nos retrouvailles imminentes, que j'ai instantanément compris l'incongruité de mon comportement de la veille. Je ne reverrai pas l'autre Mike. Pas question de risquer une relation sérieuse à cause d'une paire de fossettes.

D'ailleurs, je pensais qu'il y avait peu de chance qu'il me rappelle. Mais il avait rappelé — deux fois. J'avais laissé le répondeur prendre ses appels. Mon Mike était à New York, peut-être pour s'y installer, et c'était tout ce qui comptait.

— Tu sais ce que nous devrions faire demain ?

Allongés dans le lit, nus, bras et jambes entremêlés sous les couvertures, nous regardions *The Tonight Show*. C'était le soir de son arrivée. Evidemment, nous avions foncé directement de l'aéroport à l'hôtel.

— Non. Quoi ? a-t-il demandé en fourrant son nez dans mon cou.

J'ai passé mes doigts dans ses courts cheveux sombres.

— Je devrais me faire porter pâle. Nous pourrions passer la journée ici, au lit.

— Je ne peux pas. J'ai mon entretien ce matin, tu as oublié ?

— C'est vrai.

J'ai étouffé un bâillement.

— Tu as sommeil ? a-t-il demandé avec un sourire.

— Un peu.

— Je voudrais bien avoir sommeil, mais à mon horloge interne, il est à peine 21 heures.

Son horloge interne.

Mon horloge interne.

Que nos horloges internes ne soient plus synchronisées me perturbait. Avant, nous nous endormions et nous réveillions ensemble. Plus maintenant. Quand il venait à New York, je l'entendais errer dans l'appartement, longtemps après avoir glissé dans un demi-sommeil. Le lendemain, je m'éveillais, fraîche et dispose, tandis qu'il se levait péniblement vers midi.

J'ai étouffé un nouveau bâillement.

— Je peux quand même simuler une maladie demain matin et t'attendre ici. Ton entretien terminé, tu rentrerais à la maison pour fêter ça.

Il a ri.

— Fêter quoi ?

— Ton job. Tu vas l'obtenir, c'est certain.

— Comment le sais-tu ?

— Je suis médium.

J'ai déposé un baiser sur sa poitrine avant de me blottir contre lui.

Il a resserré son étreinte.

— Ah oui ? Alors dis-moi ce qui va se produire d'autre. Que me réserve mon avenir ?

J'ai saisi sa main et fait semblant de lire les lignes dans sa paume.

— Voyons voir. Tu vas vivre heureux et avoir beaucoup d'enfants.

— Où ?

— A New York.

J'avais été tentée d'ajouter : *avec moi.*

Mais j'avais ravalé ces mots. Je n'osais pas. Il était venu à New York et envisageait d'y travailler, mais cela ne signifiait pas qu'il avait changé d'avis au sujet de notre vie commune.

Il était redevenu sérieux.

— Je ne sais pas, Beau. Le job sur la côte Ouest est extrêmement attirant. Tandis qu'ici, rien ne prouve qu'on me fera une offre dès demain.

— Si. Ils ne t'auraient pas convoqué pour un nouvel entretien et ne te paieraient pas une suite d'hôtel s'ils n'en avaient pas l'intention.

— Et si je me plante complètement lors de l'entretien de demain ?

J'ai scruté son regard incertain.

— Tu ne le rateras pas, ai-je dit en laissant courir mon doigt sur sa joue. Tu es génial, Mike, ils vont avoir envie de toi…

Autant que moi j'ai envie de toi.

Il m'a embrassée, sur les lèvres cette fois, et tendrement.

— J'espère. Sinon Beau, il faudra que nous parlions.

J'ai froncé les sourcils.

— De ton déménagement à San Francisco, je sais.

Mike a acquiescé.

— Ce ne serait pas forcément définitif. Et il n'y a pas de raisons que cela change quoi que ce soit entre nous. Nous vivons loin l'un de l'autre depuis le début et cela ne nous a pas éloignés l'un de l'autre.

— C'est différent aujourd'hui.

— Pourquoi ?

— La distance est plus importante. Et puis nous savions que l'été nous réunirait. Tout l'été, chaque été.

— C'est vrai.

— Nous étions censés être ensemble cet été.

— Je sais. Mais ce truc avec Bradley a littéralement explosé, Beau. Tu n'es pas très férue de nouvelles technologies, mais ce projet peut changer la face du monde. Et ce poste de chercheur dans la Silicon Valley en fait partie.

— Tu as dit qu'il pourrait aussi se révéler une énorme perte de temps.

— C'est vrai. Impossible de le prévoir. Fais-moi confiance. Tu sais que je suis fou de toi.

Mon cœur s'est arrêté, comme chaque fois qu'il me regardait ainsi ou me disait des mots de ce genre.

— Je suis folle de toi, moi aussi.

— Vivre à l'autre bout du pays ne signifie pas renoncer à nous. Tu me rendras visite. Peut-être que tu adoreras l'endroit et que tu auras envie d'y vivre.

— Et s'il ne me plaît pas ?

— Peut-être que j'aurai envie de revenir sur la côte Est.

— Et si tu n'en as pas envie ?

— Dans ce cas, nous trouverons une solution. Tu planifies trop, et trop à l'avance. Peut-être que le job à New York va marcher.

— Il va marcher, ai-je répété avec fermeté, à moitié persuadée que j'allais provoquer les choses par ma simple volonté.

— Et si ça ne marche pas, nous trouverons une solution.

J'ai soupiré.

— Je ne supporte pas l'idée que nous vivions de nouveau séparés, Mike.

— Je sais. Beau, cela ne m'emballe pas non plus. Je déteste être séparé de toi. Je ne cesse de penser à ce que nous ferions ensemble… et je flippe à l'idée que tu rencontres quelqu'un d'autre.

Mon cœur s'est de nouveau arrêté de battre dans ma poitrine.

— Pourquoi penses-tu ça ?

Existait-il une quelconque possibilité qu'il soit au courant ?

Il ne s'était rien passé de bien méchant. J'avais pris un verre et dîné avec un autre mec. Et alors ? Ce n'était même pas un rancard. Nous ne nous étions même pas embrassés.

*Mais tu en avais envie*, me dis-je. Tu désirais qu'il t'embrasse. Tu *voulais* qu'il t'embrasse. S'il avait essayé, tu l'aurais laissé faire.

Heureusement qu'il n'avait pas essayé.

Ma définition de l'infidélité, c'était embrasser une autre homme. Pas de baiser, pas d'infidélité.

Mike avait dit cela sans arrière-pensée. Quand même…

— Je ne te tromperai jamais ! me suis-je exclamée avec véhémence.

Peut-être avec un peu trop de véhémence car il a fait une drôle de tête.

J'ai poursuivi avant qu'il n'ait le temps de réagir :

— Même quand nous nous étions accordé le droit de sortir avec d'autres personnes, je ne l'ai jamais fait.

Léger mensonge, d'accord.

Au tout début, lorsque chacun retournait à sa propre vie à la fin des vacances, nous nous étions autorisés d'un commun accord à sortir avec d'autres personnes. C'était le seul comportement adulte possible. Nous avions décidé de ne jamais en parler, sauf si nous rencontrions quelqu'un qui pouvait briser notre union.

Cela ne lui était jamais arrivé. A moi non plus.

Mais j'avais accepté des rendez-vous. J'étais allée au cinéma et en boîte avec d'autres garçons, plusieurs fois avec certains, et j'en avais embrassé plus d'un. Mais c'est Mike qui continuait d'occuper toutes mes pensées. Je l'avais aimé dès notre première rencontre et j'étais sûre qu'il en était de même pour lui.

On ne fiche pas en l'air une relation de cette qualité. Pourquoi ? Tenter de recréer avec un autre ce qu'il y avait entre Mike et moi aurait autant de sens qu'une chanteuse débutante reprenant un vieux tube comme… disons *American Pie*. Ou un réalisateur en herbe fan de Hitchcock tournant un remake de *Psychose*.

Quand l'original est devenu un classique, personne ne pourra jamais l'améliorer. Point barre.

— Beau, a soufflé Mike au creux de mon épaule, nous trouverons une solution. Fais-moi confiance. Dans tous les cas.

J'aurais voulu le croire. Lui faire confiance. J'aurais voulu croire que nous étions en train de devenir *nous* pour de bon.

Mais…

J'ai pris une profonde respiration.

— … Tu ne veux même pas vivre avec moi, Mike. Sous prétexte que tu n'es pas prêt.

Il s'est raidi de tout son être. Si j'avais pu, j'aurais ravalé mes paroles, mais il était trop tard.

— Beau, ne me mets pas la pression là-dessus.

— Je ne te mets pas la pression, je fais un simple constat.

Il n'a rien répondu.

— … Mike, je ne dis pas que nous devrions vivre ensemble aujourd'hui même…

— Ah non ? Pourtant, c'est exactement ce que tu dis.

— Non.

— Si. Et je ne te comprends pas. Pourquoi une telle précipitation ?

— Ce n'est pas de la précipitation. Je ne te comprends pas non plus. Pourquoi te fais-tu tant prier ?

— Je ne me fais pas prier. Mais pourquoi prendre en même temps deux décisions aussi importantes ? Une chose à la fois. Je commence par planifier ma carrière avant de penser à autre chose.

— Mais notre relation dépend de la décision que tu vas prendre au sujet de ton job.

— Pas du tout.

— Si. Le lieu où tu choisiras de vivre aura un impact sur notre couple.

— Ce n'est pas une obligation.

— Si. Si tu vis à des milliers de kilomètres, notre relation s'en ressentira.

— Tu ne seras satisfaite que lorsque nous vivrons sous le même toit, n'est-ce pas ?

— C'est faux.

Je me suis écartée avec brusquerie et lui ai fait face.

— Tu ne m'écoutes pas. Je voudrais simplement savoir si tu envisages cette possibilité à long terme, ou bien si nous perdons tous les deux notre temps.

— Je te fais perdre ton temps ? Notre relation est une perte de temps ?

— Non ! Je n'ai pas dit ça. Je…

— Tu…

— Mike, écoute. Nous sortons ensemble depuis…

— Je sais depuis combien de temps nous sortons ensemble, Beau.

— Ne m'interromps pas, s'il te plaît. Après toutes ces années, c'est maintenant ou jamais, Mike.

La tête toujours sur l'oreiller immaculé, il m'a fixée avec un battement de cils.

— Waouh.

Oui. Waouh.

J'ai eu l'impression que je venais de lui poser un ultimatum.

Par inadvertance, en fait.

Oups.

— Je suis fatigué, a dit Mike, avant de rouler sur lui-même et de me tourner le dos.

Il ne pouvait pas être vraiment fatigué. Son horloge interne n'affichait que 21 heures.

Son horloge.

Mon horloge.

De toute évidence, nous n'étions pas synchro.

# 17

*Présent*

Dîner typique à la maison : la télé est restée allumée en bas et on entend hurler la chaîne des dessins animés. Mes fils aînés, assis devant le couvert à moitié mis, se battent pour un set de table en vinyle. Tandis que moi, aux fourneaux, un Tyler grognon calé sur une hanche, je mélange dans une casserole du fromage en poudre orange avec des pâtes trop cuites en forme de scoubidous.

Soyons clairs. Je suis une bonne cuisinière, quand je *cuisine*. Mais je ne vais pas gaspiller l'énergie et l'argent nécessaires à la préparation de mon célèbre veau *saltimbocca* ou de mon poulet chasseur pour trois gosses jamais contents qui préfèrent les calories à l'état brut et le fromage de synthèse à 69 cents.

Les rares soirs où Mike rentre à temps pour le dîner, je lui fais parfois la surprise d'un vrai repas maison. Ou je lui sers les calories à l'état brut et le fromage de synthèse à 69 cents. Il est trop intelligent pour protester. Je lui rappelle souvent qu'il est tout aussi apte que moi à ouvrir un livre de cuisine et concocter un repas fabuleux — ce qui ne lui est jamais arrivé.

Au beau milieu du chaos, on entend soudain la porte d'entrée s'ouvrir et se refermer. Evénement sans précédent. Tout le monde se tait, sauf Bob l'éponge.

— Papa est rentré, s'exclame Josh.

Je vérifie l'heure sur la cuisinière. Même pas 18 h 30.

— Papa n'est pas rentré, Josh.

Des bruits de pas résonnent, suivis par le tintement de clés dans l'entrée. Soit papa est effectivement rentré, soit un inconnu vient de pénétrer chez nous. Un inconnu qui possède un jeu de clés.

Pour être franche, les deux scénarios paraissent aussi peu crédibles l'un que l'autre. C'est vrai, Mike a dit qu'il rentrerait de bonne heure ce soir, mais je ne suis pas née de la dernière pluie. Si je croyais à ses promesses, je m'attendrais à trouver la photo de classe de Mikey, prise en septembre, accrochée au-dessus de la cheminée.

Pourtant, les garçons ont jailli de leurs sièges et foncent dans la pièce voisine pour l'accueillir.

Les miracles existent donc ?

J'abandonne les pâtes au fromage et traîne Tyler dans l'entrée où Mike retire déjà sa cravate.

— Tu es vraiment rentré de bonne heure.

— Je suis vraiment rentré de bonne heure.

— Je n'arrive pas à le croire.

— Je te l'avais dit. Qu'y a-t-il pour dîner ?

Il se penche pour nous embrasser, moi puis Tyler.

— Maintenant que tu es là, un plat à emporter.

Il rit.

— Pas de problème.

Pas de problème ? Il déteste les plats à emporter presque autant que les pâtes au fromage de synthèse.

— Tu es de bonne humeur aujourd'hui.

Le bébé tend les bras vers son papa.

— Je suis toujours de bonne humeur.

Je soupire ostensiblement.

— Si, réplique-t-il, toujours en souriant.

A ma grande surprise, il me libère de Tyler, qui le réclame à grands gestes. D'habitude, il commence par se changer, se rafraîchir et passer un quart d'heure aux toilettes avant de prendre l'un des garçons… Et jamais les trois en même temps.

Incrédule, je l'observe qui s'installe dans le divan en berçant Tyler. Il cale Josh sur le genou opposé, Mikey en sandwich entre les deux.

— Que se passe-t-il ?

— Que veux-tu dire ?

Je me laisse tomber dans un fauteuil.

— Tu rentres de bonne heure, d'une humeur de rêve. Tu as décroché une augmentation ?

— Nan.

— Une promotion ?

— Non, non.

— Tu as gagné au loto et quitté ton boulot ?

Il rit.

Je remarque soudain une poussière épouvantable sur le guéridon et, maintenant que j'y prête attention, dans l'air. On la perçoit clairement dans la lumière de fin de journée qui se déverse par la fenêtre.

Maudite Melina. Elle a aussi fait l'impasse sur le salon.

— C'est quoi, le loto ? s'enquiert Josh.

— Un gaspillage d'argent, lui répond Mikey. C'est ce que dit grand-mère à grand-père quand il en parle.

— Je n'ai ni gagné au loto, ni lâché mon boulot, assure Mike. Je rentre juste à la maison de bonne heure, pour le plaisir de retrouver ma famille. C'est ce que j'ai envie de faire tous les soirs.

— Pourquoi ce soir est-il spécial ?

Je sens qu'il y a quelque chose de spécial. Mike n'est jamais de très bonne humeur lorsqu'il rentre à la maison. Il risque même de ne pas remarquer la poussière. Même s'il la remarque, ce soir, il ne menacera pas de virer Melina.

— J'ai une surprise pour les enfants et toi.

Lesdits enfants explosent en cris et questions.

— Une surprise ! Ouais !

— J'adore les surprises !

— Quel genre de surprise ?

— C'est des bonbons ?

— Je peux avoir le plus gros ?

— On l'aura quand ?

— Dans quelques jours, dit Mike qui se dégage en riant.

— Pourquoi il faut attendre, papa ? proteste Mikey.

— Ouais, c'est pas juste. C'est même pas moi qui ai cassé la tasse rose préférée de maman, cet après-midi.

— Si c'est toi, Josh. Papa, c'est lui !

— Je l'ai pas fait exprès. C'était un accident. Hein, maman ?

Je soupire.

— C'était un accident. En quoi consiste la surprise, Mike ?

— Tu répètes sans cesse que tu as besoin de prendre l'air.

Ma gorge se serre.

— Oui…

— Eh bien, tu vas prendre l'air.

Je pousse un cri et bondis pour l'enlacer tandis que les enfants entament une danse de joie.

— Nous allons à Cape Cod ?

— Pas à Cape Cod…

— Où ?

Il fouille dans les poches de sa veste et me tend une feuille de papier blanc froissée par-dessus les têtes bondissantes de Mikey et de Tyler.

— Qu'est-ce qu'il y a écrit, maman ?

— Attend, Mikey, j'essaie de lire…

Ce sont des billets d'avion électroniques achetés cet après-midi. Quatre billets New York-Tampa, en Floride.

*Floride.*

Ma première pensée, que Dieu me vienne en aide, est

que Mike Dodocrapulo vit quelque part en Floride. Où exactement, je ne sais pas. Je ne lui ai jamais demandé.

La Floride est un Etat immense.

Il habite peut-être à des heures de Tampa. A Key Ouest, ou au fin fond de l'Etat ou…

Ou à Tampa.

— Nous allons en Floride ?

— Oui.

Il a l'air tout content. S'il savait…

Mais il ne sait pas.

— C'est génial.

Je fais un effort pour paraître enthousiaste, tandis que les enfants sautent partout en poussant des cris.

— Ce sont mes parents qui ont acheté les billets. Ils y tenaient. Quand j'ai appelé ma mère cet après-midi pour lui demander si elle accepterait de recevoir quelques invités la semaine prochaine, elle m'a donné son numéro de carte de crédit pour acheter les billets. Ils ont hâte de voir les enfants. Toi aussi, évidemment.

— C'est… c'est… merveilleux.

Je fixe les billets.

— … Oh Mike, Tyler a besoin d'une place lui aussi. C'est dangereux de le tenir tout le vol sur les genoux. Nous paierons son billet nous-mêmes et…

— Il a déjà un siège.

— Non, il n'y a que quatre billets.

— Oui. Pour toi et les garçons.

Boumbadaboum.

— Tu ne viens pas ? dis-je, incrédule.

Je n'ai pas voyagé sans lui depuis des années. Je m'imagine seule dans l'avion, avec trois jeunes enfants, et je retiens un hurlement.

— Je ne peux pas, Beau. Je n'ai pas de vacances avant la semaine suivante, tu te souviens ?

— Mais… les garçons et moi partons en Floride *sans toi* ?

En Floride.

Où vit Mike.

— Je pensais que tu serais contente.

L'étincelle dans ses yeux sombres diminue plus vite que le soleil d'août derrière la vitre.

— J'étais contente… parce que je m'attendais à des vacances en famille. Pas à être expédiée avec les enfants chez ta mère pour une semaine.

Je reconnais que je n'aurais pas dû dire ça.

J'adore ma belle-mère. Et Mike veut me faire plaisir.

Mais je ne peux pas m'en empêcher. Je suis…

Sous le choc.

Et…

J'ai peur.

Peur d'être tentée, une fois là-bas, de revoir un vieux copain.

— Pardon, dis-je précipitamment. C'est juste que… je préférerais aller à Cape. Avec toi.

— Cape Canaveral ? s'écrie Mikey, qui a étudié le

programme spatial à l'école cette année. C'est en Floride. On pourra monter dans une fusée maman ?

— Non, Mikey. C'est dans le Massachusetts.

— Je veux aller en Floride. Papa a dit que nous allions en Floride. Je veux voir grand-mère et grand-père et monter dans une fusée. Pourquoi tu ne veux pas aller en Floride, maman ?

— Ce n'est pas que je ne veux pas aller en Floride…

Je m'adresse principalement à mon mari qui reste étrangement silencieux.

— Mais moi, seule avec les enfants… Tu vas me manquer, Mike. Tu vas nous manquer.

— Moi aussi, je veux monter dans la fusée, annonce Josh. Et je veux de la barbe à papa. O.K. ?

— Je croyais te faire plaisir, dit Mike, adouci. Tu disais que tu avais envie d'aller à la plage.

— Je sais, mais… je n'ai pas besoin de toujours obtenir ce que je désire.

Si. Tu as toujours obtenu ce que tu voulais. Tu es pourrie-gâtée.

— Eh bien, ce n'est pas exactement ce que tu voulais, Beau. Tu ne pars pas seule avec les enfants. Mes parents t'aideront. Tu disposeras d'un peu de temps pour toi, cela te fera du bien.

L'idée de ce que je pourrais être tentée de faire de mon temps libre m'alarme.

— Non. Cela ne me fera pas du bien, Mike. Ce n'est

pas juste que je me retrouve en Floride avec… du temps libre… pendant que tu restes ici à travailler.

Il m'enlace.

— Tu le mérites. Tu n'as jamais de break avec les enfants. Pars en Floride. Laisse ma mère s'occuper d'eux, elle adore ça. Va faire du shopping ou n'importe quoi d'autre qui te fait plaisir.

— Je suis heureuse, dis-je, les yeux remplis de larmes.

Je me déteste. Je me déteste d'avoir échangé des mails avec Mike, d'avoir autant pensé à lui.

Pire que tout, je déteste le comportement que j'ai eu cet été-là, quinze ans auparavant.

— … Pourquoi crois-tu le contraire ? dis-je à Mike, luttant pour ne pas ciller.

Si je cille, les larmes vont couler, et je ne veux pas qu'il me voie pleurer.

— Hé… Pourquoi tu pleures ?

Oui, j'ai cillé.

— C'est… Je suis tellement heureuse. Je pleure de joie. Je t'aime tant ! Mike.

J'enfouis mon visage dans son épaule, submergée par le chagrin, la culpabilité et le remords.

Il rit.

— Je t'aime aussi. Pars en Floride avec les garçons et amuse-toi. Tu le mérites.

Non, je ne le mérite pas…

Et je ne le mérite pas, *lui*.

# 18

*Passé*

Quand le téléphone sonne, le lendemain du départ de Mike pour Los Angeles, je décroche sans réfléchir.

— Beau ! C'est toi !

Mon cœur a fait un bond.

— Oh ! Bonjour Mike !

Oui. Ce Mike-*là*.

J'ai posé mon numéro de *People*, qui affichait en couverture un gros plan de Rebecca Schaeffer, l'interprète de *My Sister Sam,* assassinée quelques semaines plus tôt par un admirateur fêlé.

— Waouh, a dit Mike. Je ne m'attendais pas à ce que tu décroches. Je pensais tomber sur le répondeur. Ou sur ta coloc.

— Pourquoi ?

Je réfléchissais à toute vitesse.

Zut. Pourquoi a-t-il fallu que je réponde au téléphone ? J'aurais dû filtrer l'appel, me douter qu'il pouvait s'agir de lui. Valérie m'avait prévenue qu'il avait laissé plusieurs messages ces deux derniers soirs.

— Comme tu n'as répondu à aucun de mes appels, je suis devenu un peu parano. J'allais même cesser de te téléphoner, mais quelque chose m'a poussé à faire une dernière tentative.

— Oh…

— Tu aurais préféré que je n'appelle pas, c'est ça ?

Mal à l'aise, je proteste.

— Non, dis-je, bien déterminée à mettre fin à ce… à cette… à cette chose qui se passe entre nous.

J'allais me montrer détachée, terre à terre, ferme.

— … En fait je suis ravie que tu appelles.

— Pourquoi ? Tu as un faible pour les détraqués qui te harcèlent ?

D'accord, j'ai éclaté de rire. Malgré l'article que je venais de lire dans *People*. Je n'avais pas pu m'en empêcher. Ce mec était trop drôle.

— Oui, les détraqués qui me harcèlent sont exactement mon type.

— Super. Laisse-moi te harceler en personne. Quand es-tu libre cette semaine ?

*Je ne suis pas libre cette semaine… ni jamais.*

Voilà ce que je voulais dire.

Alors pourquoi ne l'ai-je pas dit ?

Pourquoi me suis-je contentée de répondre vaguement que j'allais être très prise au boulot cette semaine ?

Ce qui lui a permis de me proposer un rendez-vous aujourd'hui, puisque nous étions samedi. Ou le lendemain, dimanche.

Je ne suis pas parvenue à trouver une excuse. Je le jure, j'ai essayé… mais je n'ai rien trouvé.

Bon, peut-être n'aurais-je pas dû chercher une excuse. Peut-être aurais-je dû me montrer directe et l'envoyer balader.

Mais ne lui devais-je pas de lui expliquer pourquoi je ne pourrais jamais le revoir ?

Je me suis dit que oui. Je me suis dit qu'accepter de prendre un verre avec lui ce soir ne signifiait pas grand-chose.

Même si prendre un verre un samedi soir ressemblait à s'y méprendre à un rancard.

Mais il ne s'agissait pas d'un rancard. En gros, j'allais lui expliquer — autour d'un verre, un samedi soir — pourquoi, à l'avenir, il ne devait plus me revoir, ni m'appeler, ni me harceler.

Nous avions à peine raccroché que Valérie est rentrée, traînant deux sacs de chez Key Foods.

— Je viens de faire un truc vraiment, vraiment dingue, lui ai-je lancé.

— Tu as balancé des ballons remplis d'eau par la fenêtre ?

— Quoi ? Non !

— Parce que c'est ce que je voulais faire tout à l'heure. Les gens nous remercieraient, par cette vague de chaleur délirante. Regarde-moi !

Je l'ai observée. Elle était rouge, son visage brillait de sueur, ses cheveux étaient plaqués sur sa tête et pendouillaient comme des baguettes.

— Tu as besoin d'une boisson fraîche. Et moi, j'ai besoin de te raconter ce que j'ai fait.

— Qu'as-tu fait ?

Elle m'a suivi dans la cuisine, à peine assez grande pour nous deux, et a commencé à ranger les courses dans le réfrigérateur.

— Je viens d'accepter de sortir avec Mike ce soir.

Devant son regard impavide, j'ai clarifié la situation.

— Mike, le mec que j'ai rencontré à l'aéroport.

— Le Mike de la carte de visite ? Le Mike mignon et disponible ?

— Celui-là même.

Elle m'a poussée un peu pour se servir un verre d'eau.

— Ce n'est pas juste. Je n'ai pas eu de rancard depuis des mois et toi, tu as un petit ami *et* un rendez-vous.

— Tu ne vois pas où est le problème, Valérie ?

Elle a ouvert le robinet d'eau froide.

— Je tuerais pour avoir un problème de ce genre.

Qu'elle minimise ainsi tous mes problèmes commençait à m'agacer un peu. Ma vie n'était pas la perfection même. J'avais des tonnes de problèmes — même si l'excès de poids et une vie amoureuse insipide n'en faisaient pas partie. Valérie se comportait comme si ces deux derniers problèmes étaient les seuls dignes de compassion.

Mais elle était ma seule interlocutrice possible, alors je lui ai rapporté ma conversation téléphonique avec Mike.

— Si je ne travaillais pas ce soir, j'irais à ta place, a-t-elle dit.

Elle ne plaisantait qu'à moitié.

— Tu travailles un samedi soir ?

— Je fais du baby-sitting. Pitoyable, non ?

Pitoyable, j'avoue. Mes problèmes ne me paraissaient soudain plus aussi sérieux.

Valérie, toujours bonne fille, a suggéré :

— Si tu le rappelais pour lui dire que tu dois annuler ?

— Sous quel prétexte ?

— Dis-lui : « Il vient de se passer quelque chose. » Ça a marché pour Marcia Brady dans le feuilleton *Chez les Brady*.

— Non, ça ne marche pas. Cela lui revient dans la figure, tu ne te souviens pas ? Doug remarque l'ecchymose sur son nez et la plaque.

— Tu es sûre ?

Je l'ai regardée de travers.

— C'est la plus facile des questions du Brady Quiz, Valérie.

Il faut préciser que je suis la spécialiste absolue des sitcoms des années 70.

Elle a haussé les épaules.

— Bon, alors tu n'as plus qu'à te rendre à ce rendez-vous, n'est-ce pas ?

En effet.

La vérité, c'est qu'en secret, je désirais y aller. Rien ne semblait plus morose que de rester seule chez moi un samedi soir d'été. Je le savais de source sûre parce que cela m'était arrivé un peu trop souvent ces derniers temps.

Alors j'ai retrouvé Mike au piano-bar de la Deuxième Avenue, comme prévu. Prévu par moi. Ce quartier représentait un terrain neutre, ni dans mon secteur, ni dans le sien. A la fin de la soirée, nous serions obligés de rentrer chez nous par des chemins différents. Pas de partage de taxis entraînant des situations gênantes.

Autre avantage d'un piano-bar, si la conversation faiblissait après que je lui ai annoncé qu'il entretenait de fausses idées à notre sujet, nous pourrions quand même nous divertir. Par exemple, en entonnant en chœur *My Favorite Things*.

En chemin vers le piano-bar, je m'efforçais de penser à Mike. *Mon* Mike. Je revivais les derniers jours que nous avions partagés.

Les rires soudains, la tendresse soudaine.

Les « adieux dignes de ce nom » auxquels il tenait tant — un vieil euphémisme pour nos derniers ébats amoureux avant d'être de nouveau réunis.

La nostalgie avec laquelle il m'a embrassée « une dernière fois » une bonne douzaine de fois sur le chemin de l'aéroport, en me répétant qu'il m'aimait.

J'ai censuré notre dispute, celle que nous avons eue juste avant de dormir la première nuit. J'ai préféré la mettre sur le compte du décalage horaire pour lui ; de l'épuisement et de la mauvaise humeur pour moi. A la lumière du jour, les choses étaient revenues à la normale entre nous. Tant que nous évitions d'évoquer notre avenir — ce que nous avions fait à partir de ce moment — tout se passait bien.

— Je te promets que nous trouverons une solution, m'avait-il dit à l'aéroport, juste avant d'embarquer. Fais-moi confiance, Beau. O.K. ?

Je lui faisais confiance. Vraiment. Je savais au fond de mon cœur qu'il n'allait pas renoncer à ce qu'il y avait entre nous pour un job idiot sur la côte Ouest.

Son troisième entretien avec la boîte de software de New York s'était déroulé à la perfection. Il suffisait d'attendre. Si on lui offrait le job — ce qui était une évidence — il ne le refuserait pas. J'en étais certaine.

Même s'il ne l'avait pas encore clairement formulé ainsi.

Si j'écoutais mon cœur, ce que j'avais bien l'intention de faire, il était clair que mon avenir était avec Mike. Il ne restait qu'à établir les détails.

Oh, et à envoyer promener cet autre Mike. Qui comme un moustique agaçant ne cessait de bourdonner autour de moi.

Mais quand je l'ai retrouvé au bar, il ne ressemblait pas à un moustique agaçant.

Il ressemblait à Johnny Depp. Il était même mieux que Johnny Depp. Mes genoux en tremblaient d'émotion.

Comprenez-moi bien. Mon Mike est séduisant, lui aussi. Mais ce Mike-là a quelque chose. Quelque chose de… je ne sais pas… quelque chose de plus. Du sex-appeal peut-être.

Ou le charme du mauvais garçon. Ou c'est simplement l'attrait du fruit défendu.

Quoi qu'il en soit, dès que je l'ai vu au bar, j'ai su que j'avais un problème.

C'était Johnny Depp.

C'était un problème P majuscule, rimant avec le B de Beau. Et le P de promise. Ce que je n'étais pas. Donc, en théorie, j'étais libre de prendre un verre avec qui me semblait bon.

Quand même, j'aurais dû insister pour que nous nous installions au bar. Au bar, immense, bondé et impersonnel.

Mais je n'avais pas insisté. Je devais être trop occupée à me répéter que je ne faisais rien de mal — je l'avoue, à reluquer ses fesses — pour remarquer qu'il choisissait le recoin le plus sombre de la salle, m'exposant à la tentation.

Nous nous sommes assis à une table pour deux un peu à l'écart, à la lueur des bougies.

C'est la faute des bougies.

C'est la faute du vin.

Ou celle de ces fossettes qui me faisaient perdre toute volonté.

Quand, au milieu de la soirée, il s'est penché pour m'embrasser, je l'ai laissé faire.

En fait, je lui ai rendu son baiser.

Avec le recul, je ne me souviens pas de quoi nous avons parlé ce soir-là. Seulement qu'il ne s'agissait pas du tout de ne jamais se revoir.

Je suis fière de pouvoir dire que malgré non pas un mais trois verres de vin, je ne suis pas rentrée avec lui.

Je ne l'ai pas non plus invité à venir chez moi.

Mais je l'ai embrassé.

Pas juste une fois.

Je l'ai tant embrassé que j'ai perdu le compte de nos baisers. J'ai commencé à table et cessé dans la rue, juste avant de monter dans le taxi qui me ramenait chez moi.

Ce qui me frappe, au souvenir de cette soirée, c'est la signification si profonde qu'un baiser peut avoir quand on a vingt-quatre ans. Plus profonde que n'importe quoi d'autre au monde — sauf peut-être accoucher d'un enfant — n'en aura jamais à l'avenir.

Un baiser, un seul baiser, peut tout changer en un instant.

C'est ainsi que tout a commencé entre nous. Les lèvres de Mike ont touché les miennes et ma vie s'en est trouvée bouleversée. Cela peut sembler fou, mais j'ai su à cet instant que ma vie ne serait plus jamais la même.

Moi, Beau, la fille née sous une bonne étoile, qui avait toujours obtenu ce qu'elle désirait, étais parvenue à la croisée des chemins.

Pour la première fois de ma vie, j'étais partagée entre deux hommes.

Mais je n'aurais jamais deviné que ce ne serait pas la dernière fois.

# 19

*Présent*

Je ne vais pas dire à Mike que je viens en Floride.

C'est ça. Tout comme je ne voulais pas répondre au téléphone ce fameux été 89. Ni prendre un verre avec le Mike à la carte de visite par un samedi soir torride d'été. Ni embrasser un autre que mon petit ami. Ni…

Mais je m'égare…

Le fait est qu'on ne peut pas me faire confiance pour me conduire correctement. Même maintenant que je suis devenue une adulte responsable.

Au cas où vous ne l'auriez pas encore compris, c'est ma façon d'avouer que j'ai fini par mentionner, via le mail, que je me rendais en Floride avec mes enfants la semaine prochaine.

Je mentirais si je prétendais avoir l'intention d'en rester là.

Je mentirais si je prétendais avoir été surprise qu'il me réponde immédiatement pour me demander si on pouvait déjeuner ensemble. Ou faire autre chose.

C'est l'*autre chose* qui m'a vraiment fichu les jetons.

« Je serai à Clearwater Beach. Où vis-tu ? » ai-je tapé, les doigts tremblant tellement que j'ai dû m'y reprendre à trois fois avant de réussir à taper le point d'interrogation.

« Je vis à Palm Beach Ouest », m'a-t-il répondu immédiatement. « Je peux venir te voir. »

« Cela ne te fait pas un peu loin ? » ai-je répondu.

Je ne me voyais pas franchement invitant des inconnus à se présenter à la porte de mes beaux-parents. Même si je leur explique qu'il s'agit d'un vieil ami, ils pourraient se montrer suspicieux. Et il y avait toutes les chances qu'ils se croient obligés d'en faire part à Mike.

Je frissonne à l'idée que mon mari téléphone pour prendre de mes nouvelles et s'entende répondre par sa mère :

— Beau ? Non, elle s'est absentée. Elle est sortie avec un homme.

Tout de même…

« Ce n'est pas trop loin », insiste Mike. « Je n'ai rien d'autre à faire. Comment puis-je te contacter ? As-tu un portable ? »

Evidemment. Qui n'en a pas ?

Mais je ne me résous pas à lui en donner le numéro. J'aurais l'impression d'une trahison, même si en théorie je ne fais rien de mal.

A moins qu'on ne considère que correspondre par mail avec un ex — et, je l'avoue, planifier de le rencontrer — soit *mal*.

Pourtant, il faut que je pose des limites. Mon numéro

de portable en est une. Peut-être parce que mon mari travaille comme un fou afin de gagner de quoi payer nos factures, y compris celle de mon portable.

Je vais être difficile à joindre pendant mon séjour. Pourquoi ne me dis-tu pas où et quand je peux te retrouver et je viendrai ?

C'est plus logique. Peu importe que ces lignes sortent tout droit de *An Affair to Remember.*

Il ne s'agit pas d'un rendez-vous coupable, n'est-ce pas ?

Seulement parfois, j'en ai l'impression.

« D'accord », répond Mike après quelques instants qui me mettent les nerfs à vif. « Mardi midi, en bas du grand escalier du Don Cesar, niveau jardin. »

Le grand escalier ?

Laissez tomber *An Affair to Remember.*

Nous sommes passés à *Titanic.*

J'espère qu'il ne s'agit pas d'un présage.

Où se trouve le Don Cesar ?

Tu n'as jamais entendu parler du Don ?

Jamais.

Hihihihi. Fais-moi confiance. Tu le trouveras. A mardi.

Je le trouve, avant mardi… grâce à Google. Il ne s'agit pas d'un restaurant comme je le croyais.

Non, le Don Cesar est un hôtel. Pas n'importe quel hôtel.

Un hôtel immense, de renommée mondiale. En plus, il est rose.

J'ai trouvé le Don.

Mais je ne fais pas confiance à Mike.

A moins que ce ne soit à *moi* que je ne fasse pas confiance.

A l'aéroport, Mike nous embrasse, moi et les garçons, au moins vingt fois chacun.

Je le regarde tirer un mouchoir de sa poche pour essuyer la mixture de biscuits et de bave qui coule du menton de Tyler.

— Je déteste partir sans toi.

— Moi aussi je déteste l'idée que tu partes sans moi, dit-il, cherchant du regard une poubelle où jeter le mouchoir.

Je l'en débarrasse et le fourre dans la poche de mon short.

— Peut-être ne devrions-nous pas partir.

Les garçons, à qui rien n'échappe, se mettent à crier de dépit.

— Ne vous inquiétez pas, les rassure Mike. Vous allez partir, et passer des moments merveilleux.

Ces derniers mots s'adressaient à moi.

— Je sais. C'est juste que…

C'est juste que tu m'envoies pratiquement chez le type qui m'a presque volée à toi.

— Je sais. Allez, chou. Ne te sens pas coupable de laisser mes parents s'occuper des enfants et de prendre du temps pour toi. Tu as besoin d'un break. Je veux que tu prennes du bon temps. Sors faire du shopping, déjeuner, offre-toi un massage…

Un massage.

Le mot déclenche un souvenir érotique.

Je m'exhorte à penser massage prodigué par une masseuse diplômée, et non par un ex-amant.

— J'ai soif, geint Josh. Je veux un jus de fruits.

— Tu auras à boire dans l'avion.

— Du jus de fruits ?

— Ce que tu veux.

— Je veux du jus de fruits.

— Tu auras du jus de fruits. Tout le monde en salle d'embarquement maintenant, dit Mike après un coup d'œil à sa montre.

— Je déteste ces règlements débiles dans les aéroports, lui dis-je. Je voudrais que tu puisses nous accompagner jusqu'à la porte d'embarquement.

— Maman, tu as dit *débile*, relève Mikey.

— C'est pas gentil, s'immisce Josh. Mais c'est pas un vilain mot comme *merde*. Maman a dit *merde* l'autre jour.

— Joshua ! s'exclame Mike d'un ton sévère.

— Moi, je n'ai rien dit. C'est maman. Je disais juste que…

— Ecoutez-moi bien.

Mike s'accroupit pour regarder ses deux aînés dans les yeux.

— Vous allez vous tenir tranquilles pendant le voyage et être gentils avec maman. C'est compris ?

— Oui, papa, répondent-ils à l'unisson.

— Ce sont aussi les vacances de maman. Vous me comprenez ?

Nouveau chœur de « Oui, papa », aussitôt suivi d'un « J'ai soif » de Josh.

— Tu auras à boire dans l'avion.

Je fouille au fond de mon sac pour m'assurer de la présence du Benadryl destiné à assommer les trois enfants.

Mike plante encore quelques baisers sur les joues des garçons avant de se redresser.

— C'est l'heure d'y aller, chou, dit-il en me regardant. Amuse-toi bien.

Je hoche la tête, incapable de parler. Je voudrais lui dire que je l'aime, qu'il est le meilleur mari et le meilleur papa du monde, mais la boule qui se forme soudain dans ma gorge m'empêche de prononcer le moindre mot.

Je passe la sécurité je ne sais trop comment, jonglant avec trois enfants, une poussette-canne et un surplus de bagages à main. La fouille et les détecteurs de métaux terrorisent Mikey ; Josh clame sa soif à la ronde tandis que Tyler hurle de façon incontrôlée.

Il me faut cinq bonnes minutes pour rassembler nos bagages, remettre ma ceinture, mes bijoux et chaque chaussure à son pied, et localiser une tétine à fourrer dans la bouche de Tyler.

Quand je me retourne pour faire un dernier signe d'adieu

à Mike, je ne le vois pas au cœur de la foule rassemblée derrière la vitre de séparation.

Je le cherche du regard un long moment, jusqu'à ce que les enfants me tirent par le bras.

Avec un soupir, je mène mon troupeau vers la porte d'embarquement.

— J'ai soif, répète Josh pour la millionième fois.

— Pourquoi as-tu si soif?

— Je crois que c'est à cause de tout ce pop-corn.

— Quel pop-corn?

Il me regarde comme si je lui avais demandé comment il s'appelait.

— Le pop-corn dans mes poches, maman.

— Avant de partir, il a rempli ses poches de pop-corn pour avoir un goûter dans la voiture, m'explique gentiment Mikey.

— Mais j'ai oublié de mettre du jus de fruits avec, alors j'ai soif.

Dents serrées, je répète :

— Une fois dans l'avion, tu auras…

— Je parie qu'ils ont du jus de fruits là-bas, dit Josh.

Je regarde dans la direction qu'indique son index. Le bar de l'aéroport, où des adultes libres de leurs mouvements sirotent des cocktails.

Les souvenirs m'étreignent aussitôt, avec une telle intensité que je me fige, le regard fixe.

Le bar a dû être remodelé souvent en quinze ans. Mais

un bar d'aéroport reste un bar d'aéroport, et celui-ci a une signification toute particulière pour moi.

— On peut avoir du jus de fruits là-bas ? insiste Josh.

— Non ! dis-je avec brusquerie — tant de brusquerie que Tyler, surpris, crache sa tétine pour hurler.

— Qu'est-ce qui ne va pas, maman ? demande Mikey d'un air inquiet.

— Rien, mon chéri… Allez, montons dans l'avion.

Josh ouvre la bouche pour protester.

— Ils ont plein de jus de fruits dans l'avion, dis-je avec précipitation.

Mère célibataire depuis moins de dix minutes, je sais déjà que c'est une éventualité inconcevable.

Pas question… hors de question… que je mette mon mariage en danger en partageant davantage qu'un déjeuner avec Mike en Floride.

Si j'éprouve la moindre tentation, je me lève et je pars.

*Pas si simple, Beau*. Il y a quinze ans, tu n'as pas réussi à te lever et partir.

Si, j'ai pu. J'ai fini par le faire.

Mais ce fut dur.

Mais maintenant, tout est différent puisque je suis mariée. Les vœux que j'ai prononcés le jour de mon mariage sont très sérieux. Pour le meilleur et pour le pire, dans la richesse et dans la pauvreté, jusqu'à ce que la mort nous sépare.

Le plus sûr consisterait à ne pas me rendre au rendez-vous de Mike au Don Cesar.

Sûr, oui. Mais également impoli.

Non, il faut que j'y aille.

Nous allons déjeuner ensemble, gentiment, platoniquement, puis chacun reprendra son chemin, je m'en fais la promesse. Un déjeuner et rien de plus.

Quoi qu'il arrive.

# 20

*Passé*

— Que fais-tu au juste, Beau ?

Gaile a surgi dans la minuscule kitchenette, près du plateau en forme de J où se tourne une émission.

— Du thé pour Rob et Fab, lui ai-je dit en versant l'eau bouillante sur le mélange spécial d'herbes exotiques que le manager de Milli Vanilli m'a donné avant qu'ils ne montent sur scène. C'est pour leurs voix.

— Je ne parle pas de ça, a-t-elle répondu avec impatience. Je vérifiais que tout le monde dans le public portait son sombrero quand je l'ai vu. Au premier rang, dans l'un des fauteuils réservés.

— Oh.

Inutile de prétendre que je ne comprenais pas de quoi elle parlait, ni qu'elle avait confondu un inconnu coiffé d'un sombrero avec Mike. Je le lui avais présenté la semaine précédente, quand il était venu me chercher à la sortie du studio, et Gaile se vantait de ne jamais oublier un visage.

— Je lui ai donné une de mes invitations, ai-je avoué en haussant les épaules.

J'ai vidé un sachet individuel de biscuits au chocolat dans une assiette pour Janelle, qui réclamait toujours sa dose de sucre après les enregistrements.

— Pourquoi ?

— Il est fou de Milli Vanilli.

Faux.

Mike se trouvait là parce qu'il était fou de moi et, je l'avoue, parce qu'il s'agissait d'un sentiment mutuel. Deux semaines s'étaient écoulées depuis notre premier baiser et nous avions passé tous nos moments de liberté ensemble.

— L'autre jour, tu m'as dit que tu ne le reverrais plus, m'a rappelé Gaile. Que tu culpabilisais vis-à-vis de Mike. Ton petit ami Mike… Tu te souviens de lui ?

Non, je ne l'ai pas oublié.

Je remue le thé avec vigueur afin d'occuper mes mains et m'empêcher de piquer un des biscuits dans l'assiette. J'ai du mal à résister au chocolat, mais le regard acéré de Janelle aurait remarqué à coup sûr la disparition d'un biscuit.

— Je voulais cesser de voir Mike pour de bon. Mais je… n'ai pas pu.

— Tu te conduis mal, Beau.

— Envers qui ?

— Tout le monde, y compris toi. Tu vas faire du mal à quelqu'un.

Je lui aurais bien dit que ça ne la regardait pas, mais

Gaile n'était pas du genre à se taire. Quand elle pensait quelque chose, elle le disait. J'appréciais cette qualité chez elle… la plupart du temps. Le reste du temps, elle était simplement une enquiquineuse de première.

Je l'ai écoutée rabâcher un moment que je ne me comportais pas en adulte responsable, qu'il était temps que je grandisse et me comporte de façon appropriée — comme si le comportement approprié à adopter tombait sous le sens.

Elle a fini par s'interrompre pour reprendre sa respiration.

— Tu parles comme « Allô Macha ». Tu devrais laisser tomber ton job et faire ta propre émission radio.

Elle a fait mine d'ignorer mes paroles.

— Tu as besoin qu'on te mette du plomb dans la cervelle, Beau. C'est mal, ce que tu fais.

— Je sais, ai-je avoué, penaude, mais c'est plus fort que moi. Je me répète que je dois rompre avec Mike, mais…

— Quel Mike ?

La vérité, c'est que je n'en sais rien.

Mais à Gaile, je réponds :

— Ce Mike-là ?

Elle a approuvé d'un signe de tête.

— … Il me plaît vraiment, Gaile.

— Alors tu dois rompre avec l'autre Mike.

— Je ne peux pas faire ça. Nous sommes ensemble depuis une éternité. Je l'aime. Mais il… il n'est pas là.

Et peut-être ne serait-il jamais là. La boîte de logiciels ne lui avait toujours pas fait de proposition ferme, mais l'avait assuré qu'il comptait toujours parmi les candidats retenus. La veille, il m'avait appelée pour dire qu'il ne pouvait plus repousser sa décision à propos du job en Californie.

Je l'avais supplié de patienter encore quelques jours.

Puis nous nous étions dit *Je t'aime* avant de raccrocher.

Puis j'étais allée dîner dans un restau mexicain avec Mike.

Mon sentiment de culpabilité avait duré le temps du *guacamole*. Quand, au dessert, nous avions partagé une glace, mon petit ami californien était on ne peut plus éloigné de mes pensées.

Chaque fois qu'il risquait de s'immiscer dans mon esprit, je me répétais que je ne le trompais pas vraiment. Ma dernière définition en date du verbe *tromper* impliquait des relations sexuelles. Or je n'avais eu aucune relation sexuelle avec le nouveau Mike. D'ailleurs je n'avais jamais eu de relation sexuelle avec personne d'autre que l'ancien Mike.

C'est ce que j'avais expliqué à Gaile, qui avait semblé peu impressionnée par la nouvelle.

— Ce n'est qu'une question de temps avant que tu ne couches avec lui, a-t-elle déclaré avec la conviction inaltérable de Willard Scott annonçant des pluies orageuses.

— Pourquoi dis-tu ça ?

— Parce que tu n'as pas la moindre volonté, Beau.

— Si, j'ai de la volonté, ai-je protesté, engouffrant sans réfléchir l'un des biscuits au chocolat de Janelle.

Oups.

— … Tu ne trouves pas qu'on devrait coucher avec plus d'une personne dans sa vie ? ai-je continué. Imaginons que j'épouse Mike de Californie. Et si je me réveillais un beau matin du siècle prochain en me demandant ce que j'ai raté ? N'est-il pas préférable d'assouvir mon désir maintenant, pendant que je suis encore libre ?

— Ce serait préférable… si tu étais libre. Tu as une fâcheuse tendance à oublier que tu ne l'es pas.

Elle avait raison. Plus je fréquentais Mike, plus je m'épatais moi-même d'être capable de vivre l'instant avec tant de frivolité. Concernant les scrupules, j'étais peut-être née avec un défaut génétique.

Ou peut-être, me dis-je en reposant le couvercle sur la théière en porcelaine avant de la disposer sur le plateau, étais-je simplement une peste trop gâtée, habituée à obtenir ce qu'elle désirait sans se soucier des sentiments des autres.

— Beau. Tu prétends être amoureuse d'un Mike, tandis que l'autre te plaît, c'est tout. La décision paraît évidente, non ?

J'ai secoué la tête.

— Si je m'y autorisais, je pourrais probablement tomber amoureuse de ce Mike-là aussi.

— Sait-il que tu entretiens une liaison sérieuse avec un autre homme ?

J'ai hésité.

— Je crois.

— Beau…

— D'accord, il ne le sait pas vraiment. Je lui ai dit que nous avions des problèmes. Ce qui est vrai.

— Mike est d'accord pour que tu sortes avec d'autres mecs ?

— Mon Mike ? Pas vraiment.

— Cesse de l'appeler « mon » Mike. Comme tu te comportes avec chacun d'eux comme s'il était « ton » Mike, on ne s'y retrouve plus.

Elle n'avait pas tort.

— Soyons claires. Mike de New York croit que tu as rompu avec Mike de Californie ?

— Plus ou moins.

— Et Mike de Californie croit toujours que vous entretenez une relation exclusive ?

— Oui.

Gaile a secoué la tête.

— Beau, tu dois dire à Mike de Californie que tu as envie de sortir avec d'autres hommes. Et à Mike de New York que tu n'as pas rompu avec Mike de Californie. Tu ne peux pas avoir le beurre et l'argent du beurre.

— Tu parles comme ma grand-mère.

— Alors ta grand-mère doit être une femme d'une infinie sagesse.

— C'est vrai.

Et ce n'était certainement pas d'elle que je tenais ce gène

défectueux concernant les scrupules. Je n'imaginais pas ma grand-mère Alice sortant en douce avec un autre Herman derrière le dos de papy… Même si un autre Herman un tant soit peu séduisant se trouvait dans le secteur.

Mamie Alice et papy Herman faisaient partie de ces rares couples du troisième âge qui s'embrassaient encore pour se dire bonjour et au revoir, se promenaient en se tenant la main et riaient chacun des blagues de l'autre, bien qu'ils les aient entendues mille fois.

J'aurais voulu vieillir comme eux, en restant follement amoureuse.

Mais je ne sais pas de qui.

— Imagine que je rompe avec ce Mike, puis que l'autre décide d'accepter le job sur la côte Ouest ? Qu'est-ce que je deviendrais ?

— Tu pourrais toujours aller vivre avec lui sur la côte Ouest…

— Il ne veut pas que je vive avec lui, lui ai-je rappelé.

Elle était évidemment au courant de toute l'histoire.

— Pas forcément avec lui. Près de lui. Ou alors tu sortiras de nouveau avec ce Mike-là.

— Il ne m'attendra pas, Gaile. C'est un type super. Une autre fille lui mettra le grappin dessus en un clin d'œil.

Elle a haussé les épaules.

— Peut-être n'êtes-vous pas faits l'un pour l'autre.

— Peut-être que si.

— Alors c'est peut-être toi et Mike de Californie qui n'êtes pas faits l'un pour l'autre.

— Peut-être que non…

Je déglutis.

— … mais j'ai toujours pensé que nous l'étions. Je suis amoureuse de lui pratiquement depuis l'enfance.

— Ça ne signifie pas que c'est pour toujours.

Les dernières mesures de *Girl You Know It's True* me parviennent du plateau.

J'ai soulevé la théière avec un soupir et me suis dirigée vers la loge des invités en lançant à Gaile que nous reparlerions de tout ça plus tard.

Elle m'a rattrapée et m'a serrée contre elle.

— Beau, je ne voulais pas être méchante, mais je crois que tu dois faire un choix.

— Je sais. Et je vais le faire, je te le promets.

J'ai apporté le thé aux vertus adoucissantes pour les cordes vocales à Rob et Fab et, après les avoir félicités pour le magnifique spectacle dont je n'avais rien vu, j'ai rejoint Mike dans le hall où le public grouillait toujours.

Il portait son sombrero de paille signé *J au carré* et serrait dans ses mains une cassette gratuite du dernier album de Milli Vanilli.

— Comment était l'émission ?

— Super, a-t-il dit après m'avoir accueillie d'un baiser rapide.

— Vraiment ?

— Non. C'était carrément horrible. Janelle était incapable de se souvenir du nom de l'invité vedette et je parie que la chanson était en play-back.

— Désolée.

— Pas de quoi. C'était marrant. Merci pour la place. Et j'ai le droit de garder le sombrero. A quoi je ressemble ?

— A un type qui devrait tenir un margarita à la main, dis-je en riant.

— J'aimerais bien. Tu finis à quelle heure ?

— Pas avant au moins deux heures. Nous avons une réunion.

— J'ai deux billets pour le match des Yankees contre les Red Sox ce soir. Ça te dit ?

Je savais ce que Gaile aurait voulu que je réponde. La même chose que mon petit ami. Pas seulement que les Yankees étaient nuls.

— Je ne sais pas…

Même avec ce sombrero débile, il était craquant. Il devenait de plus en plus difficile de le voir sans avoir envie de pousser les choses encore plus loin.

— Je travaille demain, je dois me lever tôt…

Oui, mais il s'agissait des Yankees, l'une des plus grandes équipes de base-ball de tous les temps.

— Les Yankees ne sont pas nuls ?

— Cette année, peut-être, a-t-il admis. Mais ils vont redevenir géniaux. Et tu pourras te vanter de les avoir vus jouer au Yankee Stadium. Il s'agit d'un moment historique.

— Je sais…

— Tu m'as dit que tu n'avais jamais assisté à un match important.

— C'est vrai.

Il y avait beaucoup de choses que je n'avais jamais faites, comme coucher avec un autre homme que mon petit ami.

Une petite voix intérieure m'a rappelé que je n'étais nullement obligée de les faire.

J'ai fixé les yeux sombres de Mike et dit à la petite voix intérieure d'aller se faire voir.

— Viens au match avec moi, Beau.

Son doigt courait sur ma joue.

— Je ne sais pas…

Pourquoi tant d'histoires ? Il ne s'agissait que d'un match.

— D'accord.

Nous allions passer une gentille petite soirée platonique au stade, puis chacun reprendrait son chemin, je m'en étais fait la promesse. Un match, rien de plus.

Quoi qu'il arrive.

# 21

*Présent*

Le Don Cesar est un palace rose scintillant, bien plus grand et plus rose en vrai que sur les photos trouvées sur Internet.

Pourquoi Mike me donne-t-il rendez-vous dans un endroit pareil alors qu'il est au chômage ?

Essaie-t-il de m'impressionner ?

Espère-t-il que je vais payer l'addition ?

Peut-être, puisque c'est moi qui suis venue en Floride, ce qui pouvait passer pour une proposition… Même si, au final, c'est lui qui m'a invitée.

S'il s'attend à ce que je paie la note, et que je la paie effectivement, comment expliquer le relevé bancaire à mon mari ? Dans un endroit comme celui-ci, le contenu de mon porte-monnaie ne doit pas suffire à payer un seul cocktail.

Et j'aurais bien besoin d'un cocktail — ou de plusieurs.

Je laisse la Caprice Classic blanche de mon beau-père au voiturier, puis j'erre dans le hall luxueux, relève mes lunettes de soleil sur mon front et fais de mon mieux pour ne pas rester bouche bée.

Je vis assez près de Manhattan pour connaître quelques endroits plus qu'élégants. Mais ça…

L'endroit est si exotique, si exquis, si typiquement californien que j'en reste sans voix.

Palmiers en pot et fleurs fraîches à foison. Murs pastel, luxueuse ébénisterie d'acajou et lustres de cristal italien. Une vue époustouflante sur eaux d'un bleu cobalt de la baie de Boca Ciega. Un grand piano, sur lequel un pianiste joue une mélodie douce et nostalgique qui me donne l'impression d'être une héroïne échappée de *Gatsby le magnifique* dans sa robe des années folles.

En laissant errer mon regard sur le décor qui évoque une ère romantique révolue, une seule pensée occupe mon esprit : qu'est-ce que je fous ici ? Je devrais me trouver dans une banlieue de New York, à quatre pattes sous une chaise haute en train de ramasser des marshmallows au chocolat égarés.

Je ferme les yeux. C'est là que je vais me retrouver quand je vais les rouvrir.

Mais mon regard se pose sur une employée à la mine inquiète.

— Vous vous sentez bien, madame ? demande-t-elle gentiment. On dirait que vous avez un malaise.

— Oh… je… ça va.

Je regarde autour de moi d'un air vague.

— Je peux vous aider ? insiste-t-elle, incarnation vivante de l'hospitalité sudiste.

— Je… euh… les… les toilettes, je balbutie.

Elle m'indique la direction.

J'ai demandé les toilettes à tout hasard. Mais une fois à l'intérieur, la nervosité me donne une nouvelle envie de faire pipi. J'ai déjà fait deux fois pipi en une demi-heure chez mes beaux-parents, ce qui a conduit la mère de Mike à me demander si je souffrais d'une infection urinaire.

Je lui ai assuré que non, mais elle a quand même ajouté le médicament adéquat à sa liste de courses.

— Par prudence, a-t-elle dit. Pars faire ton shopping à Westshore, sans t'inquiéter des garçons. Herman et moi nous en occuperons très bien.

Je déteste l'idée de lui avoir menti sur ma destination. Je hais l'idée qu'elle soit une sainte du baby-sitting. Et qu'elle ait insisté pour que j'emprunte leur deuxième voiture au lieu d'en louer une.

Je voudrais que quelqu'un me dise que je n'ai aucune excuse pour me balader seule, un mardi après-midi, à mille cinq cents kilomètres de chez moi.

Mais personne ne me dit rien.

Tout le monde, y compris Mike, lorsqu'il a appelé tout à l'heure, et mes fils, quand je les ai embrassés pour leur dire au revoir, ont insisté pour que je ne m'inquiète de rien et me fasse plaisir.

C'est pourquoi, une fois tirée à quatre épingles, prête à

partir, j'ai presque souhaité me retrouver à la maison dans mes vêtements de maman.

Dans le miroir des toilettes pour dames, je détaille mon maquillage, mes vêtements, mes cheveux.

Je suis superbe.

Zut.

La journée de la veille à la plage a légèrement hâlé ma peau, sans la faire rougir. L'eye-liner et le mascara agrandissent mes yeux verts. Ma robe d'été couleur corail met en valeur mes bras, longs, nus et hâlés tout en voilant le soupçon de bourrelet post-grossesse de mes hanches. Le soleil et le chlore ont éclairci mes cheveux d'ordinaire raides et châtains, qui tombent librement dans mon dos avec, grâce à l'eau filtrée de chez mes beaux-parents, de jolies ondulations.

En résumé, je ne ressemble en rien à la mère que je suis.

Non, je ressemble à une femme qui a l'intention de se comporter comme une…

Vilaine.

Je fronce les sourcils et fixe la femme dans les yeux, pour lui faire comprendre qu'elle a intérêt à se comporter décemment. La femme me répond d'un froncement de sourcils.

Puis elle consulte sa montre, fouille dans son sac pour éteindre son portable et tourne le dos au miroir.

Traînée.

Mais je dois me forcer pour sortir d'un pas normal et non pas courir hors des toilettes.

Une part de moi voudrait regagner en courant la Caprice Classic de mon beau-père, mais le reste meurt d'envie de piquer un sprint vers le grand escalier pour me blottir dans les bras de Mike.

— Je peux vous aider, madame ? demande un autre membre du personnel avec sollicitude.

Je réponds avec un sourire.

— Oui…

*Demande-lui comment regagner le parking !*

— … Pouvez-vous me dire, s'il vous plaît, comment me rendre…

Au parking.

Dis-le.

Dis-le !

— … au grand escalier ?

Je sais. Je n'ai pas pu m'en empêcher.

Je *veux* le voir. J'ai *besoin* de le voir.

Le voir fera taire tous les doutes que je pourrais avoir sur le choix que j'ai fait.

Oui, je le fais pour mon mari. Pour mon couple.

C'est vrai.

La dernière fois que j'ai vu Mike, j'étais une gamine insouciante et velléitaire. Aujourd'hui, je suis devenue une femme adulte.

Peu importe qu'à l'idée de cette rencontre, je sois aussi surexcitée qu'une gamine insouciante et velléitaire.

En approchant à pas lents du grand escalier, je me répète que mon futur proche exclut de se blottir ailleurs que dans les bras de mon mari lors de mon retour à New York.

Je vais partager un déjeuner rapide et agréable avec un vieux copain, avant de sauter dans mon imposante voiture de grand-mère pour regagner la résidence de retraités où m'attendent mes enfants. Point.

Pas de flirt. Pas de pelotage. Pas de vin, de hors-d'œuvres ni de dessert. Rien qui ne risque de prolonger ces… ces… retrouvailles.

Je débouche à l'angle. Il est là.

Le fameux grand escalier.

Il me faut un moment pour comprendre que l'homme d'âge mûr séduisant qui se tient au pied est Mike.

Mon Dieu.

Mon Dieu !

C'est vraiment lui.

Comme il ne m'a pas encore vue, je reste bouche bée sans aucun complexe.

Il est beau.

Vraiment beau.

Vraiment beau pour un homme d'âge mûr. Dans le style Richard Gere, ou Harrison Ford ; c'est-à-dire encore plus beau qu'avec quinze ans de moins.

A ma grande surprise, je suis… surprise. Surprise qu'il ait vieilli.

Un instant, j'ai oublié que le Mike avec qui j'ai rendez-vous aujourd'hui n'est pas le Mike de mon passé. J'oublie parfois que lui aussi a vieilli. Ce qui le rend moins dangereux.

Je me détends un peu et l'observe.

Ses cheveux bruns sont striés de gris mais abondants. Hâlé, rasé de près, il paraît en forme. Seul un soupçon d'estomac pointe sous son polo Ralph Lauren rose — oui rose ! — au-dessus de la ceinture de son pantalon de toile.

Il a vécu tant de choses depuis notre dernière rencontre. Il s'est marié, a divorcé. Il a travaillé, s'est retrouvé au chômage. Mais il est loin d'avoir l'air usé par la vie. Et son apparence détendue et élégante est loin d'évoquer un chômeur.

Je m'efforce de retrouver l'usage de mes jambes.

Il tourne la tête et m'aperçoit.

— Beau ?

— Hello.

Mon Dieu.

Il approche, je m'approche, nous nous approchons... et tombons dans les bras l'un de l'autre.

Je ne m'y blottis pas. Pas tout à fait.

Mais je passe les bras autour de son cou et me serre contre lui. Il sent si bon — un mélange de sel et de citron vert.

— Tu es là, je n'arrive pas à le croire, murmure-t-il à mon oreille.

Il s'écarte et me tient à bout de bras.

— ... Laisse-moi te regarder.

Je le détaille moi aussi, de près, cette fois. Un fin réseau de rides cerne ses yeux et les coins de sa bouche… le soleil, les rires ou peut-être simplement l'âge.

Ses rides me plaisent. Il les porte bien.

— Tu es superbe, dit-il. Trois enfants, quinze ans de plus, et encore plus belle que la dernière fois que je t'ai vue. Comment est-ce possible ?

Je ris. D'un rire inhabituel et léger — en fait, je glousse. C'est plus fort que moi. Les années ont disparu et je suis une gamine qui glousse.

— J'étais inquiet en t'attendant.

Il me guide vers une destination inconnue.

Je m'en fiche. Je ne devrais pas, mais je m'en fiche. Dans l'état où je suis, il pourrait faire ce qu'il veut de moi.

— Pourquoi inquiet ? Je ne suis pas en retard. Si ?

— Non, pile à l'heure. C'est moi qui étais en avance. Mais j'avais réussi à me convaincre que tu ne viendrais pas.

— Pourquoi ne serais-je pas venue ? dis-je en riant.

Riant de quoi, aucune idée. Mais cette gaieté insouciante qui jaillit sans retenue devrait déclencher un signal d'alarme dans mon cerveau.

— Parce que tu es mariée et que tu as trois enfants, répond très simplement Mike.

Toute trace de gaieté insouciante jaillissant sans retenue s'évapore.

— Oh… Je… bien sûr, je suis mariée et j'ai trois enfants, mais ça ne signifie pas que nous ne pouvons pas déjeuner ensemble.

*Nous sommes là pour déjeuner, n'est-ce pas ?*

Je n'ai pas parlé à haute voix mais mon regard doit refléter ma question car il pose sa main sur mon bras.

— Je sais bien que nous pouvons déjeuner ensemble, Beau. Mais je n'étais pas certain que tu en aies envie après… après ce qui s'est passé.

— Tu parles de notre rupture ?

Autant ne pas tergiverser.

Nous avons ralenti le pas.

Il hoche la tête.

— Ça n'a pas été joli-joli, n'est-ce pas ?

— Non. Et c'est entièrement ma faute. Je suis désolée.

— Moi aussi.

Nous échangeons un regard.

— Si nous prenions un verre, finit-il par dire.

— Tu lis dans mes pensées, dis-je avec un rire.

Cette fois, pas un gloussement mais un rire nerveux.

Nous nous attablons au Maritana Grill, le légendaire restaurant quatre étoiles du Don Cesar. Mike ne précise pas que le restaurant est quatre étoiles et légendaire, mais je l'ai lu sur Internet. Aussi suis-je impressionnée d'entendre le sympathique maître d'hôtel l'accueillir par son nom et encore plus de découvrir que Mike a réservé une table… et qu'on nous attribue la meilleure.

J'ai déjà fait des entorses à ma résolution de ne pas flirter et de ne pas toucher Mike, alors quand il commande une bouteille de vin, je ne proteste pas.

Je l'observe faire tourner le vin dans son verre, le goûter, et donner son approbation. Il semble familier des bonnes choses de la vie. Serait-il riche ?

Une fois seuls, nos deux verres pleins prêts pour un toast, je me lance :

— Que faisais-tu avant de perdre ton job ?

— Je n'ai pas perdu mon job.

— Oh ! Je croyais que c'était le cas.

— Non.

— Tu n'as pas dit que tu étais sans emploi ?

— Par choix, dit-il.

Oh !

Je m'interroge sur l'étendue exacte de ses ressources.

Mais je ne trouve aucun moyen poli de me renseigner.

— A quoi buvons-nous ? dis-je.

— A nos retrouvailles.

— A nos retrouvailles, dis-je en écho.

Je fais tinter mon verre contre le sien et avale une gorgée de vin. Il me monte droit à la tête.

J'ai l'estomac vide. Ce matin, je n'ai pas osé manger les toasts enrichis au son que ma belle-mère propose tous les jours au petit déjeuner.

J'en avais pris hier, avec une tasse de café. Peu de temps après, je courais sur la plage, pliée en deux, à la recherche de toilettes. J'avais amèrement regretté mon choix.

Mes beaux-parents, qui ingurgitent des fibres en quantité chaque matin, accompagnées de jus de pruneau et de Metamucil par crainte de la constipation, étaient très inquiets à l'idée que j'aie attrapé « un microbe » dans l'avion.

— Ça va ? demande Mike.

— Oui. Pourquoi ?

— Tu semblais pensive.

— Oui, mais…

*Mais plutôt mourir que te dire à quoi je pensais.*

Mais le cours de mes pensées a anéanti le romantisme ambiant. En tout cas pour moi.

Si, à un moment quelconque, le romantisme menace de nouveau, je n'aurais qu'à repenser à ce sujet.

— J'ai peine à croire que tu aies parcouru tout ce trajet pour déjeuner avec moi et repartir ensuite, lui dis-je.

— Non.

— Non ? Non quoi ?

— Non je ne vais pas repartir tout de suite après. J'ai réservé une chambre.

Une sonnette d'alarme se déclenche dans mon cerveau. Il serait temps.

— Tu as réservé une *chambre* ?

— Pas une chambre en fait. Plutôt une suite.

— Une suite ?

Mince, je me suis transformée en perroquet. Mais c'est plus fort que moi. Je suis sciée. Par tout ça. L'hôtel. Nos retrouvailles. Et le fait qu'il s'agit apparemment pour lui de davantage qu'un simple déjeuner.

Mais je le savais déjà, non ? Pour moi, déjeuner consiste

à terminer les sandwichs beurre de cacahuète-confiture des enfants. Et un sandwich à la dinde arrosé d'un thé glacé au IHOP les jours fastes, si les enfants restent suffisamment longtemps en place. Déjeuner n'implique pas… un voiturier, une table réservée dans un grand restaurant, un vin fin. Et encore moins une suite dans l'hôtel le plus chic que j'aie jamais vu.

— C'est ma suite préférée ici, continue Mike après avoir avalé une nouvelle gorgée de vin. La suite présidentielle. Je ne pensais pas qu'elle serait disponible à si courte échéance, mais quelqu'un a annulé sa réservation.

— La suite présidentielle ? je répète faiblement, parce qu'il s'attend à ce que je dise quelque chose et que je ne trouve rien d'autre à dire.

— Oui, tu devrais voir ça. C'est vraiment quelque chose.

Non, je ne devrais pas voir ça. Vraiment pas. Je devrais aller retrouver ma voiture, voilà ce que je devrais…

— Vous avez choisi les hors-d'œuvre ? s'enquiert le serveur.

Mike me regarde.

Je jette un regard éperdu sur le menu dont je n'ai pas lu une ligne.

— Tu veux que je commande pour nous deux ? demande Mike.

— Oh… oui.

Et il se lance avec assurance dans une liste qui commence avec du thon braisé et s'achève par du caviar béluga. Dire que c'est ce même homme qui refusait autrefois de goûter aux sushis.

Le serveur, aimable et chaleureux, reprend nos menus avant de disparaître.

— Tout le monde est incroyablement serviable ici, dis-je.

— New York n'est pas le pays des merveilles, Alice.

Je proteste.

— Les New-Yorkais aussi sont sympas.

Il me lance un drôle de regard.

— Quoi ? C'est vrai.

— Les gens du Sud le sont davantage.

— C'est pourquoi tu vis ici ?

— En partie.

Maintenant que j'ai commencé, je continue.

— Que faisais-tu exactement avant de quitter ton job ?

— J'avais monté une boîte avec d'autres types, mais nous l'avons revendue, répond-il vaguement. Parle-moi de ta vie à toi.

Je manque m'étouffer avec ma gorgée de vin.

— Ma vie ? Toute ma vie ?

— Seulement les quinze dernières années. Tu as épousé Mike… quand ?

— Euh…

Presque quinze ans auparavant. Peu après notre dernier déjeuner et notre dernière nuit explosive ensemble, juste avant notre séparation.

Mais je n'ai pas envie d'en parler.

— Tu ne m'as toujours pas parlé de ton job.

— Tu n'as pas envie que je t'en parle.

— Si.

— Non. Pas plus que je n'ai envie de t'entendre raconter que tu as épousé quelqu'un d'autre.

Stupéfaite, je le regarde dans les yeux. Les yeux de quelqu'un qu'on a profondément blessé et qui ne s'en est jamais tout à fait remis.

— … Nous avons le temps. Parlons d'autre chose pour l'instant, suggère-t-il.

— De quoi ?

— De ces poissons, dit-il en désignant l'énorme aquarium tout proche.

Je ris.

Mais il ne plaisante pas. Nous parlons des poissons. Puis de cuisine. Puis de la Floride.

Cela peut sembler fou, mais c'est une conversation intéressante. Nous rions beaucoup, exactement comme au bon vieux temps.

Trop tôt à mon goût, le serveur débarrasse ce qu'il reste de mes profiteroles au chocolat, avec liqueur Godiva gelée, et de la tour au mascarpone chocolaté saupoudré de cannelle de Mike.

— Seigneur, dis-je en me levant de table. Je n'ai jamais tant mangé de ma vie.

— Si.

Je lève les yeux, surprise par le ton de sa voix, puis par l'expression tendre et nostalgique de son visage.

— Tu as toujours eu bon appétit. Je n'ai jamais rencontré une femme capable de manger autant que toi.

Je cherche un moyen de l'arracher à ces réminiscences.

— Et ta femme ?

Efficace. Une ombre passe sur son visage.

— Je n'ai pas envie de parler d'elle.

— Depuis combien de temps es-tu divorcé ?

— Un an.

— Je suis désolée.

— Ne sois pas désolée. Je me porte mieux sans elle et elle sans moi. Tiens, si on allait marcher sur la plage.

Marcher sur la plage ?

Je pensais que c'était fini. Qu'une fois le déjeuner terminé, j'allais rentrer.

Surprise, je me laisse entraîner sur l'une des vastes terrasses qui donnent sur la plage. Les rayons chauds du soleil se reflètent sur les planches de surf et la plage de sable blanc envahie d'adeptes des bains de soleil.

— Enlevons nos chaussures, dit Mike en ôtant ses mocassins de cuir blanc.

Chaussures adaptées à la Floride, me dis-je en pensant aux lourdes chaussures noires de mon mari. Je ne l'imagine pas en mocassins, encore moins en polo rose.

— Tu viens ?

— Le sable ne va pas être trop chaud ?

— Pas si nous marchons au bord de l'eau. Viens.

J'hésite.

J'ai vu trop de films romantiques avec des couples marchant pieds nus sur la plage.

Je devrais lui dire que je dois partir.

Je devrais le remercier pour l'invitation à déjeuner et lui promettre d'envoyer un mail.

Je devrais…

— Viens, Beau, insiste-t-il.

Une étincelle inquiétante brille dans son regard.

Je devrais penser transit intestinal.

Mais je n'y arrive pas.

Les seules pensées qui me viennent à l'esprit tournent autour de Mike — ce Mike-là, pas mon mari — et notre passé commun.

Mon Dieu, j'étais folle de lui à l'époque. Et il était fou de moi.

J'étais tellement sûre que nous finirions par vivre ensemble…

— Beau ?

— D'accord.

D'un seul mouvement, je me débarrasse de mes sandales — en même temps que de mes derniers scrupules.

# 22

*Passé*

C'est finalement arrivé. J'ai couché avec Mike. Mais pas la nuit du match des Yankees.

La nuit d'après. Et encore la suivante.

Eh oui. On aurait dit que je ne pouvais plus m'arrêter. Impossible d'élargir davantage ma définition de l'infidélité. J'avais quand même essayé, mais inutile de tergiverser. Coucher avec un autre homme est la définition même de l'infidélité.

Nous n'aurions pas dû, je le savais bien. Encore qu'à la décharge de Mike, il faut préciser que lui ne le savait pas. Pas au début. Il n'a pas su que j'étais censée entretenir une relation monogame avec un autre homme. Jusqu'à ce que je le lui avoue.

Un jour, à l'aube, dans son appartement de Chinatown, alors que nous étions enlacés, nus dans les bras l'un de l'autre dans son lit une place, je suis passée aux aveux.

Il s'est légèrement écarté.

— Je croyais que tu avais rompu.

Je ne distinguais pas son visage dans le noir, mais il semblait consterné.

— Je n'ai jamais dit ça.

— J'ai dû le supposer. Tu as dis qu'il restait en Californie à cause de cette histoire de tipi et que tu ne voulais pas y vivre.

— Oh.

C'est ce que j'ai dû dire. Ou du moins laisser entendre.

— Eh bien… nous n'avons pas rompu.

— Tu trompes ton petit ami alors ?

— Si on veut.

— Si on veut ?

— D'accord. Oui. Oui, je le trompe.

— Et moi, je suis le briseur de ménage.

Pourquoi parlait-il ainsi ?

Il est resté un long moment silencieux. Je me suis demandé à quoi il pensait.

Et je m'interrogeais sur Mike de Californie. Il avait laissé un message sur mon répondeur, disant qu'il arrivait à New York le lendemain, raison pour laquelle j'avais jugé nécessaire de soulever le sujet avec ce Mike.

Je ne savais pas si mon Mike d'origine revenait de Californie pour prendre ses affaires chez ses parents et déménager sur la côte Ouest, ou pour accepter un job à New York et y chercher un appartement.

Je ne le savais pas parce que j'avais eu son message par l'intermédiaire de Valérie. Elle m'avait apporté le matin même au studio des vêtements de rechange car je n'étais pas repassée chez nous depuis plusieurs jours.

Valérie, au contraire de Gaile, ne me jugeait pas et ne me faisait pas de sermon. Elle s'était contentée de me donner les vêtements, et de me livrer le message de Mike, avec son habituelle efficacité. Elle avait aussi l'air mélancolique. De toute évidence, elle aurait souhaité être à ma place. Jongler avec deux hommes en même temps et transporter ses sous-vêtements à travers New York dans un sac devait lui sembler incroyable.

— Comment t'a paru Mike sur le répondeur ?

— Il avait l'air pressé.

— Pas soupçonneux ?

— Non.

— Il veut que je le rappelle ?

— Il ne l'a pas dit. Il dit juste de ne pas venir l'attendre à l'aéroport, qu'il prendra un taxi jusque chez nous.

— Quand ?

— Demain soir. C'est tout ce que je sais.

Il me faudrait donc rentrer directement en sortant du studio, au lieu de retrouver Mike de New York comme je l'avais prévu. Mon cœur se serrait à l'idée de me séparer de lui plus d'une nuit. En quelques jours, j'étais devenue accro.

Mais il m'avait brutalement ramenée au présent.

— Je t'ai déjà dit que ma fiancée me trompait ?

— Non.

— C'est la raison de notre rupture.

— Je ne savais pas. Je suis désolée.

Je lui ai caressé les cheveux mais à mon contact, il s'est reculé. Il s'agitait, tentant de mettre davantage d'espace entre nous, ce qui se révélait impossible dans son lit une personne.

J'ai voulu le rassurer.

— Mike…

— Quel idiot de m'attacher à quelqu'un aussi vite, a-t-il coupé avec amertume.

— Oh, Mike, je t'en prie. Ne…

— Je ne crois pas pouvoir supporter de me faire de nouveau plaquer. Surtout après ce que j'ai vécu au printemps dernier.

— Tu veux dire te faire plaquer par moi ?

— Qui d'autre ?

— Mais… je ne vais pas te plaquer, Mike.

Silence.

— Non ?

— Non, dis-je fermement, tout en me demandant si je savais ce que je faisais.

— Alors tu vas le plaquer *lui* ?

— Oui.

— Tu vas le plaquer ? Vraiment ?

— Oui, dis-je, surprise de ma propre décision… mais sachant que c'était la chose à dire. Et à faire.

J'allais rompre avec Mike.

Evidemment.

Je me suis alors rendu compte que c'était évident depuis longtemps.

Pourquoi ai-je eu besoin de tant de temps pour le comprendre ? Nous menions déjà des vies séparées. Nous n'avions pas les mêmes désirs et apparemment même pas celui de vivre dans la même ville. Notre couple existait encore parce que nous avions passé de nombreuses années ensemble… mais jamais *réellement* ensemble.

Tout d'un coup, j'en avais assez d'une relation longue distance. J'en avais assez des adieux amers, de compter les jours sur le calendrier, des notes pharamineuses de téléphone, assez de n'acheter et ne recevoir que des cadeaux d'anniversaire pratiques à emballer et expédier par la poste.

J'étais presque soulagée de dresser avec une soudaine clairvoyance la liste des imperfections de notre relation. Mike lui aussi devait en être conscient.

Donc, c'était la fin.

Il serait libre de courir après son job dans la Silicon Valley, et moi je serai libre de courir après…

Eh bien… après Mike. Ce Mike-là. *Il* était tout ce que je désirais.

Et il était *là*.

— Tu es sûre de vouloir rompre avec lui ? a-t-il murmuré dans le noir.

— Certaine. Je veux être avec toi.

Le jour, la nuit. J'étais prête pour ça. Prête pour la stabilité.

— Et moi je veux être avec toi, Beau. Tout ça va peut-être trop vite…

— Je ne trouve pas.

Encore qu'il avait peut-être raison.

Un coup de foudre pouvait-il se transformer en histoire sérieuse ?

— Mais, a-t-il ajouté, je me sens bien.

— Moi aussi. Je… je crois que je…

Il m'a embrassée.

— Je sais ce que tu vas dire.

Je lui ai rendu son baiser.

— Comment le sais-tu ?

— Parce que je crois que moi aussi.

— Tu crois que tu quoi ? ai-je demandé en retenant mon souffle.

— Que je suis amoureux de toi.

J'ai laissé échapper mon souffle, en même temps que mes dernières appréhensions et les mots qui hantaient mon esprit depuis des jours.

— Moi aussi, je suis amoureuse de toi, Mike.

J'ai posé ma tête sur son torse nu. En sombrant dans le sommeil, je me suis dit que cela ne pouvait être mal. De toute ma vie, jamais je ne m'étais sentie autant en sécurité, autant à ma place. Aucun de nous deux n'émettait la moindre intention de partir. Nous avions tout le temps d'être ensemble.

Oui,

C'était ce qui était bien.

La chose était entendue.

Demain, à la minute où Mike premier arriverait à New York, je romprai avec lui… s'il ne rompait pas le premier.

Ce qui ne m'aurait pas surpris.

J'étais tellement convaincue que c'était fini entre nous que je n'ai même pas imaginé qu'il puisse se battre… ou que dans moins de vingt-quatre heures, je douterais des sentiments que j'éprouvais à l'instant même.

# 23

*Présent*

Nous marchons longtemps sur la plage.

Sans nous tenir la main. Ni le bras.

Nous marchons… c'est tout. Et nous parlons.

Du passé.

Pas du passé que nous n'avons pas partagé — c'est-à-dire les quinze ans passés loin l'un de l'autre.

Non, nous parlons du passé que nous avons partagé. *Notre* passé.

Qui recèle plus d'un souvenir mémorable et qui nous fait bien rire… du moins pour un temps.

Puis les choses deviennent sérieuses.

Elles deviennent sérieuses quand Mike me demande de but en blanc :

— Beau… as-tu des regrets, à propos de la façon dont les choses se sont terminées ?

Des regrets ?

J'éprouve la vague sensation de poser un pied sur des sables mouvants.

— … regretter quoi ?

Comme si je ne le savais pas.

— D'en avoir épousé un autre, par exemple...

J'ouvre la bouche pour répondre, mais il m'en empêche.

— ... ou que nos chemins aient divergé cet été-là.

Dit ainsi, cela paraît presque inoffensif. Comme s'il s'était agi d'une décision mutuelle. Alors que c'est *moi* seule qui avais choisi de prendre un autre chemin. C'est *moi* qui lui avais dit que je l'aimais, puis l'avais repoussé.

La culpabilité me submerge.

— Et *toi,* tu regrettes ?

— Oui.

— Oh.

Je ne m'attendais pas à une réponse aussi directe.

Je croyais peut-être qu'il allait m'assurer que cela avait été la meilleure solution pour tous les deux. Ou me remercier de l'avoir rendu libre de... de poursuivre ses rêves. D'en épouser une autre, de vivre heureux et oisif en Floride, en mocassins blancs et polo rose.

— Je ne t'ai jamais oubliée, Beau.

Il s'arrête et pose ses mains sur mes épaules pour me forcer à lui faire face.

— Mike...

— Je suis sérieux. Depuis quinze ans, je me demande quelle aurait été notre vie ensemble.

— C'est faux, dis-je en tentant de me dégager. Tu t'es marié. Tu devais être amoureux de ta femme.

— Oui, au début. Mais pas comme je t'aimais toi.

— C'est parce que nous étions jeunes.

— Peut-être. Mais aussi parce que nous nous complétions parfaitement bien. Tu le sais. Je n'ai pas inventé ce qu'il y avait entre nous.

Ce que je lis dans ses yeux est bien plus troublant que l'odeur de la pluie qui imprègne soudain l'air salé.

Je me force à contempler le ciel où s'amoncellent les nuages et la mer montante, devenue grise et frangée d'écume.

Il attend.

Que j'avoue ou non, il sait.

Mais j'avoue. Je lui dois bien ça. Je lui dois même plus que ça.

— Non, dis-je en tournant lentement les yeux vers lui. Tu n'étais pas le seul. Mais…

— Ne me dis pas que tu n'as jamais imaginé ce qu'aurait été ta vie si tu m'avais choisi *moi* plutôt que lui, Beau.

Je mens.

— Non, je ne me suis jamais posé la question, dis-je d'un air nerveux.

Il ne relâche pas sa prise, impossible à repousser.

Non, pas impossible à repousser, me dis-je. *Tu pourrais te dégager si tu le voulais vraiment. Mais tu ne veux pas.*

— Tu es heureuse en mariage ?

— Bien sûr.

— Pas le moindre regret ?

Je ne trouve plus mes mots. Mille pensées tourbillonnent dans ma tête.

— Pourquoi es-tu ici avec moi, Beau ?

Il *sait*. Il sait qu'une partie de moi ne l'a jamais oublié non plus.

Mais je n'ose pas l'admettre. Rien ne m'y oblige. Admettre mes sentiments ambigus me mettrait bien trop en danger.

Un coup de tonnerre menaçant éclate dans le lointain et un vent chaud fait se lever les vagues.

C'est surréaliste. J'ai l'impression d'être entrée par erreur sur un plateau de cinéma. Ma vie — ma vraie vie — n'est pas si dramatique. Ma vie. Ma vie ce sont mes enfants, mon mari, ma maison, avec ses futures toilettes sous les escaliers et ses toiles d'araignée.

— Nous devrions rentrer, dis-je.

Ma panique monte à la même vitesse que la marée.

— … Il va y avoir un orage.

— Beau, attends…

— Non… Je dois y aller…

— Avant, dis-moi pourquoi tu es ici. Dis-moi pourquoi tu es ici avec moi.

— Je ne sais pas pourquoi je suis ici avec toi, Mike. Mais je sais que je ne devrais pas y être. Je dois…

— Non, tu n'es pas obligée de partir.

— Si. Il va y avoir une tempête.

Je tente une nouvelle fois de me dégager.

Je ne tente pas assez fort.

— Vas-y. Dis-moi que tu ne veux jamais me revoir, dit-il. Si c'est vrai, dis-le.

— Pourquoi devrais-je le redire ? Je te l'ai déjà dit une fois.

— Pourtant tu es là.

Je déglutis. Il a raison. Je suis là.

— Je ne suis pas venue en Floride pour toi, mais pour voir mes beaux-parents.

— Rien ne t'obligeait à m'annoncer ta venue. Je ne l'aurais jamais su.

J'ouvre la bouche pour argumenter, mais je me tais. Parce qu'il a raison.

— Quand je t'ai envoyé un mail, tu n'étais pas obligée de répondre. Tu aurais pu te contenter de l'effacer.

— Je sais, mais…

— Pourquoi as-tu répondu, Beau ? Pourquoi m'as-tu prévenu que tu venais en Floride ?

— Je ne sais pas.

— Moi, je le sais. Parce que tu voulais me voir. Ne me dis pas le contraire.

— Oui, je voulais te voir. Mais c'est tout. Simplement te voir. Pas…

— Pas quoi ?

Il se penche plus près. Dangereusement près.

— Non, dis-je.

Mais cette fois, je n'essaie même pas de me dégager.

Je ferme les yeux, me détestant de ressentir ce que je ressens. J'ai honte de l'avouer, mais je ne veux pas qu'il me lâche, qu'il cesse de se pencher plus près. Je ne veux pas…

Ses lèvres effleurent les miennes.

Je rouvre les yeux d'un coup.

— Non. Non.

Il recommence. Je réponds à son baiser, tout en posant mes mains contre sa poitrine pour le repousser. Fort.

— Beau…

— Non.

— Pardon.

Mon cœur bat la chamade. Je n'ai jamais embrassé un autre homme que mon mari… enfin, pas depuis qu'il est mon mari.

Je savais que Mike allait m'embrasser. Ce n'était pas bien. Je savais que ce n'était pas bien, et pourtant…

Je l'ai laissé faire.

Je l'ai laissé faire parce que je n'ai aucune volonté. Parce que je suis pourrie-gâtée, faible, parce que je suis une fille qui glousse déguisée en épouse responsable et en mère.

Je me déteste, et je le déteste.

Je m'enfuis en courant.

— Beau, attends !

Non. Je n'attendrai pas. Je cours le long de la plage, mes sandales à la main, sans me soucier des coquillages et des cailloux qui blessent mes pieds, ni de la pluie qui commence à tomber, ni des éclairs qui éclatent autour de moi.

Je cours, je cours, loin de lui, loin de mon comportement honteux. Loin de la tentation.

Vers quoi ?

Vers une Caprice Classic blanche et trois jeunes enfants

en plein décalage horaire, un mari dont la conception des vacances consiste à installer des toilettes sous un escalier, une femme de ménage qui m'oblige à faire le ménage à sa place, et des amies dont la vie tourne autour des premières dents, des couches et de la troisième démarque chez Baby Gap.

Pourtant je continue de courir. Je voudrais me retourner, mais je ne me retourne pas. Je ne peux pas.

J'ai peur de le voir lancé à ma poursuite… et plus peur encore qu'il n'ait pas bougé.

# 24

*Passé*

La sonnerie de l'Interphone a retenti bruyamment.

— C'est lui, a lancé Valérie.

J'ai cessé d'arpenter la pièce pour consulter l'écran de l'Interphone. Je savais bien qu'il devait arriver. J'avais passé la journée à souhaiter sa venue afin d'en finir et pouvoir passer à autre chose.

Alors pourquoi, maintenant qu'il était là, étais-je surprise ? Je n'étais donc pas vraiment prête ?

— Tu lui ouvres ou tu veux que je le fasse ? a demandé Valérie, son sac de voyage déjà sur l'épaule.

Elle allait passer la nuit chez Gordy afin de nous laisser seuls, Mike et moi.

— Ouvre-lui.

J'ai serré et desserré les poings en respirant profondément.

Elle a appuyé sur le bouton.

— Monte, Mike ! a-t-elle lancé dans l'Interphone.

— Comment je suis ?

— Superbe, comme d'habitude, a-t-elle répondu en

détaillant ma tenue : pantalon à pinces rose, tunique à col montant fermé par une broche et veste boléro grise avec des épaulettes.

— J'ai l'air nerveuse ?

— Un peu.

Elle m'a étreinte rapidement.

— … Il faut que tu le fasses, Beau.

— Tu es sûre ?

— C'est la seule chose à faire. Tu l'as dit toi-même.

— Mais tu en es sûre ?

— Et toi ?

— Valérie ! Tu n'es pas censée répondre ça. Tu es censée m'assurer que je dois suivre les élans de mon cœur et rompre avec lui.

— C'est exactement ce que tu devrais faire.

— Tu n'as pas l'air convaincue.

— Toi non plus.

J'ai recommencé à faire les cent pas dans la chambre avec la sensation d'être prise au piège.

— J'ai promis à Mike de rompre. Je lui ai promis que je resterai avec lui.

— C'est ta seule raison de rompre ? Tu romps parce que tu le lui as promis ? Ou parce que c'est ce que tu veux ?

— C'est ce que je veux.

J'ai prononcé ces mots avec bien moins de conviction que je n'en ressentais.

Valérie m'a étreinte encore une fois avant d'ouvrir la porte.

— Je penserai à toi. Je sais que tu prendras la bonne décision.

— Je croyais l'avoir déjà prise.

Mais elle avait déjà disparu.

Juste avant que lui ne fasse son entrée.

Il a pénétré dans la pièce et m'a serrée à m'étouffer.

— Je suis fou de joie de te voir.

Je ne m'attendais pas du tout à ça.

J'avais fini par me convaincre que puisque mes sentiments avaient changé, les siens aussi. Mais un seul regard suffit à me faire comprendre qu'il n'était pas venu rompre… et que, zut, il ne s'attendait certainement pas à ce que je mette fin à notre relation.

— Qu'es-tu venu faire à New York ?

Le visage enfoui au creux de son épaule, je prolongeais l'étreinte afin d'éviter de voir l'expression déconcertante de son visage.

— J'accepte le job. Je voulais te le dire moi-même.

— Quel job ?

Je me suis écartée et ai relevé les yeux à contrecœur. J'ai découvert dans les siens quelque chose d'inattendu.

— Le job de New York. Le mec m'a appelé il y a quelques jours. Ils m'ont retenu, Beau. Pour de bon.

New York.

Il venait vivre à New York.

— Ils te proposent mieux que le poste de chercheur dans la Silicon Valley ? ai-je demandé, incrédule, le cœur battant.

— Non.

— De meilleurs avantages sociaux ?

— Non. Mais c'est une offre décente. Et à New York, c'est ce qui compte.

J'ai secoué la tête, épatée.

— Je n'arrive pas à le croire. Tu disais que tu ne voulais pas…

— Je sais. Je n'avais pas envie de vivre ici et je n'en ai toujours pas envie. Mais j'ai compris que si je ne faisais pas de concessions, j'allais te perdre. Et je ne veux pas te perdre, Beau, je t'aime.

— Je t'aime, moi aussi…

Bouleversée, j'ai essuyé mes yeux pleins de larmes avec ma main.

— … mais je n'aurais jamais imaginé que tu refuserais un job que tu désirais tant.

Il a haussé les épaules.

— Ce n'est qu'un job. Qui sait même s'il en serait sorti quelque chose ? Beau, qu'est-ce qui ne va pas ? Tu n'es pas contente ?

Je secouais toujours la tête. Je me suis forcée à sourire.

— Bien sûr que si, je suis heureuse.

— Tu es heureuse, mais…

— Mais tu es certain de ta décision ?

— Certain.

Et il en avait vraiment l'air. Il faisait ça pour moi. Il m'aimait assez pour abandonner ses rêves pour moi.

Et je l'aimais aussi. Vraiment. Mes sentiments ne

pouvaient s'évanouir d'un seul coup. Maintenant qu'il était là, debout devant moi…

Eh bien, je l'aimais toujours.

Mais est-ce que je l'aimais assez pour renoncer à Mike ?

— Alors qu'en dis-tu ? Tu m'accompagnes pour chercher un appartement dans le New Jersey ?

— Tu veux dire… t'aider à trouver un appartement ?

— Un appartement assez grand pour deux, à long terme. Pas tout de suite, mais peut-être un peu après mon installation…

— Tu essaies de me dire que tu voudrais que nous vivions ensemble ?

— J'essaie de te dire que je suis prêt à essayer.

Il m'a embrassée. D'un baiser tendre, passionné et rassurant, familier. Je me suis perdue dans ce baiser. Quand nous avons repris notre respiration, je me suis entendue murmurer :

— Je ne peux pas croire ce qui m'arrive.

Il a ri.

— Moi non plus. C'est super.

— Qu'est-ce qui t'a fait changer d'avis ?

— Ton absence, Beau. Une fois rentré chez moi, la solitude m'est tombée dessus. J'ai compris que dans le nord de la Californie, je serais tout aussi solitaire. Avec un super boulot, mais solitaire. Tu me manquerais toujours. Et j'en ai vraiment, vraiment marre que tu me manques. Tu m'as beaucoup trop manqué.

Je ressentais la même chose.

Et je trouvais qu'il avait déjà vécu beaucoup trop longtemps dans les environs de San Fernando. Quelques semaines sur la côte Est devraient suffire à bannir les petits écarts de vocabulaire de Mike.

— A part en camp de vacances, nous n'avons jamais vécu au même endroit ni eu une vie de couple normale.

— Je sais.

*Mais et Mike ?* criait une voix dans ma tête. *Tu as promis à Mike…*

Je lui ai promis quelque chose que je n'aurais jamais dû lui promettre.

Comment m'étais-je convaincue que j'étais tombée amoureuse d'un autre du jour au lendemain ? Tous les magazines le disaient : les romances coups de foudre ne duraient pas. Je n'éprouvais pour l'autre Mike qu'un simple coup de cœur, pas un amour véritable.

— Nous devons parler, Beau. Nous avons beaucoup de choses à organiser.

Malgré mes scrupules, l'excitation en moi pétillait, fraîche et pleine de promesses, comme le champagne nuptial.

Mike et moi avions un passé commun et, si je le désirais, nous aurions un avenir commun.

Peut-être fallait-il un passé commun pour avoir un avenir commun.

Mais peut-être que non.

Peut-être un amour profond pouvait-il éclore entre moi et l'autre Mike.

Qu'est-ce que je voulais ?

Quel Mike je voulais ?

Que Dieu me vienne en aide, je n'en savais rien.

— A quoi penses-tu, Beau ?

— Que tout arrive très vite.

— Vraiment ? Je trouve qu'il était temps.

Avant que les choses n'aillent plus loin, j'aurais dû me montrer honnête et lui dire que j'éprouvais des sentiments pour un autre homme.

— Sauf si…, dit-il.

Son regard me sondait.

J'ai de nouveau attiré son visage contre le mien pour l'embrasser avec fougue.

J'ai eu peur de ce qu'il allait me demander. Peur de ne pas être capable de répondre. Pas encore, pas ce soir-là.

La décision que je croyais avoir prise s'était évaporée, me laissant plus déchirée que jamais.

— Tu m'as tellement manqué, Mike.

C'était la seule chose dont j'étais certaine.

— Toi aussi. Je ne veux plus jamais que nous soyons séparés.

# 25

*Présent*

— Je ne veux plus jamais que nous soyons séparés.

— Moi non plus, dis-je avec ferveur à mon mari.

Il m'attire contre lui, écrasant le pauvre petit Tyler accroché à ma hanche.

Notre vol a subi un retard de quelques heures — et été assez agité — ce qui n'est que justice. Car depuis que j'ai fui Mike sur la plage, je n'ai qu'une envie, rentrer à la maison, rentrer chez moi.

Revenue chez moi, je vais retrouver une vie normale. Ces derniers jours, dans un environnement étranger, en l'absence de mon mari pour me rappeler la réalité, j'avais le sentiment étrange de vivre la vie d'une autre et que rien ne m'était familier.

J'avais déjà éprouvé cette sensation auparavant… ce fameux été.

Maintenant, c'est du passé. Et heureusement, la Floride aussi. Il est temps de revenir à la réalité.

Dans la réalité, on ne se préoccupe pas de sentiment indéfinissable à propos d'inachevé.

On n'a pas le temps.

— La maison était d'un calme inquiétant sans vous, dit Mike, quand il me libère de son étreinte.

Il soulève mes bagages à main et fait grimper Josh sur ses épaules.

— … Et maintenant, c'est la maison de mamie qui va être trop calme.

— Je ne crois pas que ça la dérangera, dis-je en dépliant avec dextérité la poussette-canne de Tyler.

— Mamie avait très mal à la tête hier soir, explique Mikey en s'accrochant à la main de Mike quand nous récupérons les bagages.

— … Papy aussi. Josh faisait beaucoup de bruit.

— Ce n'est pas moi qui faisais beaucoup de bruit, proteste Josh — bruyamment — depuis son perchoir privilégié. C'était le camion de pompiers.

— Le camion de pompiers ?

Mike me regarde.

— … Quel camion de pompiers ?

— Celui, très bruyant, que ton père a absolument voulu offrir à Josh chez Toys'R'Us cinq minutes après avoir pénétré dans le magasin.

— Avec une vraie sirène, papa. Et une cloche.

— J'espère que tu l'as laissé chez papy et mamie, pour jouer la prochaine fois que tu iras ?

— Evidemment que oui, dis-je en riant.

— Papy et mamie voulaient qu'il le rapporte à la maison, raconte Mikey, mais maman a dit non.

— Eux disaient si, si, si, intervient Josh, mais maman disait non, non, non. Et c'est maman qui a gagné.

Mike éclate de rire.

— Bravo, maman.

— Dis, papa, tu savais que papy connaissait encore plus de gros mots que maman ? demande Josh. Hier soir, quand il croyait qu'on dormait, papy a dit un tas de gros mots à mamie pour parler de mon camion de pompiers. Il a dit « putain » et puis « merde » aussi. Et puis après il a dit…

— Ça suffit, Josh, dit Mike en le reposant à terre.

Il me regarde.

— Ils t'en ont fait voir ?

— Les enfants ?

— Mes parents.

— Oh…

Je hausse les épaules.

— … ils ont été merveilleux, vraiment. Seulement ta mère craignait tout le temps que quelqu'un tombe malade : moi ou bien les enfants ou encore ton père. Elle est toujours comme ça ?

Il rit.

— Merde, oui alors.

— Papa, tu as dit un gros mot. C'est papy qui te l'a appris ?

— Peut-être que c'est maman, souffle Josh. Elle a dit « merde » quand le coffre de la voiture est retombé sur son doigt ce matin.

— Le coffre t'est tombé sur le doigt ? Ça va ? demande Mike, si inquiet que je me sens coupable.

Coupable pour tout.

Mais je me sentais déjà coupable avant.

Depuis le baiser échangé sur la plage mardi après-midi, je baigne dans la culpabilité. J'ai fait de mon mieux pour tout oublier, en vain.

Au moins, je n'ai eu aucune nouvelle de Mike depuis que je l'ai abandonné sur la plage. Il ne sait pas où j'habite et ignore mon numéro de portable. Un temps, j'ai été terrorisée à l'idée qu'il appelle à la maison pour tout raconter à Mike.

Mais apparemment, non. Mike se comportait tout à fait normalement.

D'ailleurs, l'autre Mike n'avait rien à gagner à me créer des ennuis.

A part une vengeance.

A la réflexion, on ne pourrait le blâmer d'avoir envie de se venger.

En particulier aujourd'hui.

Je parviendrais presque à me pardonner mon comportement de gamine capricieuse quinze ans auparavant. Mais ce que j'ai fait cette semaine, c'est impossible.

Comment espérer qu'il me pardonne ? Pour lui, déjeuner semblait signifier… autre chose.

Mike me ramène brutalement au présent.

— Comment ça s'est passé à la plage ? demande-t-il.

A la plage ?

Mon cerveau fonctionne à toute vitesse.

Est-ce qu'il est au courant ? Est-ce une façon détournée de me pousser aux aveux ?

— … Les garçons se sont amusés avec leurs planches Morey ?

Une onde de soulagement me parcourt.

— Papa ! Comment tu sais que papy nous a acheté des planches ? s'écrie Mikey.

— Il me l'a dit au téléphone. Ça vous a plu ?

— On adore, assure Josh.

Il bondit dans tous les sens, avec l'enthousiasme d'un gamin qui a été attaché trois heures et demie dans un siège d'avion. Tu as déjà fait du Morey, papa ?

— Non, jamais.

— Tu devrais essayer. Peut-être à Pâques, si tu viens avec nous en Floride ?

Mike me regarde.

— En Floride ? A Pâques ?

Je secoue la tête.

— Tes parents proposent de nous offrir les billets d'avion, mais je leur ai dit que tu ne serais certainement pas disponible.

*Et je refuse d'aller en Floride sans toi, Mike. Je refuse d'y retourner.*

Le tapis roulant qui livre les bagages bourdonne et se met en marche. Mike me prend par surprise.

— Peut-être pourrais-je m'échapper, dit-il, pensif. Pâques tombe quand cette année ? Mars ou avril ?

— Je n'en sais rien. Mais si tu prends des vacances, partons quelque part où nous ne sommes jamais allés. Les Antilles peut-être ou… le Mexique.

— Tu veux aller au Mexique ?

— Je parie qu'ils ont des *chimichanga* d'enfer.

Il éclate de rire.

— Tu n'as pas réclamé de *chimichanga* depuis des années.

— C'est parce que quand je suis enceinte, la friture m'écœure. Et quand je ne le suis plus, j'essaie de perdre mes kilos post-bébé. Hé ! Ce sac nous appartient.

Je désigne un sac de marin en Nylon noir sur le tapis roulant.

— Tu es sûre ?

— Certaine. J'ai noué des rubans rouges sur tous nos bagages afin de ne pas les confondre.

Mais on dirait que je ne suis pas la seule à avoir eu cette idée de génie.

Après le défilé d'une douzaine de sacs noirs auréolés de rubans rouges et une note de parking consistante, nous partons enfin pour la maison.

Nous n'avons pas encore atteint le Whitestone Bridge que les trois garçons dorment à poings fermés.

— Alors, sans rire, ça s'est passé comment ? demande Mike.

A l'approche de la queue aux caisses pour la traversée du pont, notre van ralentit, pris dans l'embouteillage des retours de plage du samedi.

— De quoi parles-tu ?

Mon cœur cogne dans ma poitrine. Que signifie sa question ?

— Une semaine avec mes parents… Ils t'ont rendue folle ?

— Oh…

Ça.

Ouf. Je soupire.

Il faut vraiment que je cesse de penser qu'il sait que j'ai vu Mike.

Embrassé Mike.

C'est *embrassé* qui pose problème, pas *vu*. Si je m'étais contentée de déjeuner avec lui — disons d'un sandwich à la dinde et d'un thé glacé — puis que chacun était reparti de son côté, je n'aurais pas l'impression de cacher un secret coupable à mon mari.

Zut, je le mentionnerais même innocemment, en passant, pour mettre les choses au clair : *Oh au fait, Mike, tu ne devineras jamais sur qui je suis tombée sur la plage de Clearwater mardi dernier…*

A qui vais-je faire avaler ça ?

Je ne suis pas *tombée* sur lui.

Et même si le déjeuner s'était résumé à un déjeuner, je n'aurais rien dit à Mike.

Je réalise qu'il attend ma réponse.

— Tes parents ont été super. Vraiment. Ils n'ont cessé d'insister pour s'occuper des enfants, même quand je n'avais rien de spécial à faire…

Comme échanger des baisers avec un ex.

— … je n'ai pas changé une seule couche en une semaine.

— Tant mieux.

Un silence confortable s'installe entre nous.

Confortable pour lui, je suppose.

Moi, je ne respirerai pas tranquillement tant que…

Je me demande parfois si un jour je respirerai de nouveau tranquillement.

Au moins, je suis rentrée à la maison.

Je me tourne pour contempler les gratte-ciel de Manhattan par la vitre, me souvenant de l'époque où j'habitais New York même ; où je n'imaginais pas habiter ailleurs.

Comment ce serait d'y vivre maintenant ?

Des gens y vivent. Des familles.

Si nous vivions en ville, Mike disposerait de beaucoup plus de temps à la maison au lieu de le perdre en trajets. Nous louerions un appartement dont le gérant réparerait les fuites de robinet…

Mike interrompt mon fantasme.

— Tu es bien calme. A quoi penses-tu ?

— A rien… Juste que nous devrions peut-être vivre à New York même plutôt qu'en banlieue.

— Tu es folle ? C'est impossible. Où mettrions-nous les voitures ? Tout notre fouillis ? Tous nos enfants ?

— Tous nos enfants ? Il ne s'agit pas de *Treize à la douzaine*, Mike. Nous n'en avons que trois.

— Trois enfants, habitués à disposer chacun de

leur chambre. Tu as idée du prix d'un cinq pièces à Manhattan ?

Je ne sais pas mais j'imagine. Je sais combien Gordy a payé pour son studio dans Hell's Kitchen. Ce même quartier que Valérie et moi considérions jadis comme un coupe-gorge des bas-fonds. Qui aurait deviné que son immeuble deviendrait une résidence de standing ou que l'extension vers l'ouest des quartiers de Midtown attirerait les dollars ?

— Pourquoi vivre en ville alors que nous avons une belle maison à Westchester, Beau ? Tu sais combien de familles vivant à New York seraient heureuses de changer de place avec nous ?

Je ne sais pas et je m'en fiche.

C'est vrai que notre maison est située à Westchester, mais elle est loin d'être belle. C'est ce que j'ai envie de lui dire, mais je ne veux pas avoir l'air de me plaindre.

— Nous ne pouvons pas déménager à New York, répète-t-il.

— Je sais. Laisse tomber.

Il a raison. Je sais bien qu'il a raison.

— Pourquoi voudrions-nous vivre à New York ? rabâche-t-il avec l'obstination d'un nouvel album de Madonna.

— Je ne veux pas vivre à New York. Laisse tomber. C'était une pensée en l'air, c'est tout. Tu m'as demandé à quoi je pensais, je te l'ai dit.

— C'est tombé comme un cheveu sur la soupe.

— Oui. Ça tombait comme un cheveu sur la soupe. Euh… Mike, cette file est plus courte.

Je désigne la file d'à côté; celle dans laquelle nous ne sommes pas.

— Celle-ci avance aussi.

— Celle-là avance plus vite.

— Celle-ci va la rattraper.

Agacée, je regarde passer l'une après l'autre les voitures à la caisse d'à côté tandis que notre file s'allonge.

— Je suis content que mes parents aient bien pris soin de toi et des enfants, reprend Mike, comme si nous n'avions jamais parlé d'autre chose.

— Oui. Ils ont vraiment pris soin de nous.

Nouveau silence confortable/inconfortable.

Nouvelle avancée au rythme d'escargot.

Je suis, une fois de plus, sur le point de presser mon Mike, relax à me rendre folle, de changer de file, quand il me lance un regard en biais.

— Tu te sens mieux alors?

— Mieux?

Désarçonnée, je suppose qu'il parle de la circulation sur le pont. Mais ça n'a aucun sens. Je ne me sentirais mieux que s'il changeait de file, ce qu'il ne fait pas.

— Si je me sens mieux à quel sujet?

— Au sujet de tout.

— Comment ça, « tout »?

— Tu sais bien…

— Non. Je ne sais pas. Quoi?

— Tu semblais tellement malheureuse ces derniers temps. Je pensais que cet intermède te…

— Je n'étais pas malheureuse.

J'éprouve comme une sensation de déjà-vu.

— Pourquoi dis-tu ça ? Je t'ai expliqué avant mon départ que je n'étais pas malheureuse.

— *Malheureuse* n'est peut-être pas le mot juste. Tu étais tellement… tendue, nerveuse.

— Nerveuse ?

Nerveuse parce que je m'ennuie dans mon couple ?

Dieu du ciel.

— Je ne suis *pas* nerveuse, Mike. J'ignore ce que tu…

— Pourquoi te montres-tu si susceptible ? Je me contente de dire que…

— Tu as dit que j'allais mal.

— J'ai dit que tu étais nerveuse.

— Et tendue. Et malheureuse.

Ce qui pour moi revient à *aller mal.*

— Eh bien, c'est vrai. C'est pour ça que tu veux soudain déménager à New York ?

— Je ne veux pas déménager à New York. Je me demandais juste comment ce serait.

— Ce serait l'enfer.

Le flot de voitures qui nous précède ralentit une fois de plus, avant de s'arrêter. Mike freine.

— Que fais-tu encore dans cette file ? Quelque chose

cloche à la caisse, c'est évident. Pourquoi tu ne changes pas de file ?

— Pourquoi es-tu si pressée ? La semaine dernière, tu rêvais de partir. Et maintenant tu ne peux plus attendre de rentrer à la maison ?

— Je n'ai jamais dit que je rêvais de partir.

— Mais c'était évident, Beau. Et compréhensible. Mais ne…

Sa voix faiblit et un silence inconfortable/inconfortable s'installe.

— Ne quoi ?

J'ai besoin de le pousser dans ses retranchements. J'ignore pourquoi, mais c'est plus fort que moi.

— Ne prétends pas que tout était génial avant ton départ, je t'en prie, ne prétends pas que tu étais heureuse parce que je sais très bien que tu ne l'étais pas.

Je fixe par la vitre une longue limousine noire aux vitres teintées qui passe sans effort au guichet voisin.

*Ne prétends pas que tu étais heureuse.*

Si Mike et moi étions seuls dans la voiture, je pourrais admettre que je n'étais pas heureuse. Et Dieu sait quoi d'autre en même temps.

Soudain j'en ai marre.

Marre de tout.

De la culpabilité.
Du passé.
Du présent.
Du mariage.

De la banlieue.
De Mike.

Au fond de moi, je ne peux me résoudre à l'idée que c'est fini.

Que c'est ma vie.

La vie que j'ai choisie.

— Je suis en congé cette semaine, tu t'en souviens, dit soudainement Mike. Toi et moi pouvons passer un peu de temps ensemble. Je t'aiderai avec les enfants. Ça te fera du bien.

— Pourquoi tout le monde semble-t-il penser que je ne peux pas m'occuper des enfants ?

Ce n'est pas ce que je voulais dire, mais c'est ce qui est sorti, suivi de :

« Et si tu veux savoir, installer des toilettes n'est pas l'idée que je me fais d'un moment à deux. »

Et : « Je me demande pourquoi tu te préoccupes soudain tant de ce qui est bon pour moi. »

Et : « Si tu ne changes pas de file, nous allons rester une heure sur ce pont. »

Si seulement il disait quelque chose… je me tairais.

Mais il ne dit rien.

Le silence est passé d'inconfortable à « ça va mal tourner ».

J'ai peur de lever les yeux — peur de ce que je pourrais lire sur son visage.

Soudain, il fait rugir le moteur et braque le volant.

Notre van bifurque dans la file voisine, coupant la route

à un pick-up dont le conducteur enfonce longuement le Klaxon.

Je hurle.

— Qu'est-ce que tu fais ? dis-je en regardant par-dessus mon épaule pour constater que les garçons, sanglés dans leurs sièges, sont par miracle toujours endormis.

— Je change de file. Tu es heureuse ?

Non.

Je ne suis pas heureuse.

Mais je ne me donne pas la peine de le lui dire.

Il le sait déjà.

# 26

*Passé*

— Hé, a murmuré Gaile en me donnant un coup de coude. Essaie au moins d'avoir l'air réveillée.

J'ai étouffé un bâillement géant.

— Je suis réveillée. Je pense, c'est tout.

Après tout, selon Janelle, c'était le propos de cette réunion qui n'en finissait pas. Elle attendait que nous lui proposions des idées, originales et accrocheuses, pour son émission qui sombrait dans les sondages tandis que celle d'Arsenio carburait.

Jusqu'ici, aucune suggestion n'avait effacé la moue sur son joli visage. Gaile avait failli réussir en proposant une série d'émissions s'achevant sur un « à suivre » plein de suspense, en clin d'œil à son passé d'héroïne de feuilletons.

— Oooh, ça me plaît, s'était exclamée Janelle. Quel genre de suspense ?

Gaile avait dû avouer qu'elle n'y avait pas réfléchi.

Quelques producteurs avaient discuté de ce concept sans enthousiasme et Janelle avait expédié Gaile chercher un café, pour la punir d'avoir lancé une idée non aboutie.

Au moins, elle avait essayé.

Moi, je fonctionnais sur les réserves d'environ une heure de sommeil paradoxal. L'idée la plus créative qui m'avait traversé l'esprit jusque-là consistait à consacrer une semaine d'émissions aux effets du manque de sommeil sur notre carrière.

Ou notre vie sentimentale.

Je n'avais pas l'énergie de gérer la mienne, ça, c'était une évidence.

Depuis que Mike était arrivé hier soir et avait lâché sa bombe à propos de son installation à New York, j'étais commotionnée. C'était une des raisons pour lesquelles je n'avais pas dormi.

L'autre raison étant que nous avions fait l'amour.

Je sais…

Allez-y, jetez-moi la pierre ! Je n'avais pas pu m'en empêcher. Quelques baisers, la promesse d'un avenir commun et je roulais sur le lit avec lui en moins de temps qu'il n'en faut pour dire Mike…

Mais quel Mike ?

Ce matin, en abandonnant le Mike d'origine qui ronflait sur mon oreiller pour courir au boulot, j'étais plus perdue que jamais.

Qu'il m'ait appelée deux fois dans la journée pour décider ce que nous faisions ce soir n'arrangeait pas les choses — surtout que l'autre Mike avait fait la même chose. Trois fois.

A moins que ce ne soit l'autre Mike qui m'ait appelée deux fois et le Mike dans mon appartement trois fois.

Les petits bouts de papier rose qu'Anita, la réceptionniste, accumulait dans mon casier permettaient difficilement de les distinguer. Dommage que nous ne disposions pas de minirépondeurs sur nos bureaux. Ça, c'était une bonne idée.

Anita paraissait si irritée que je ne prenne pas mes appels personnels que je n'avais pas osé lui demander quel Mike avait appelé le plus souvent. Si ça se trouvait, un Mike m'avait appelée cinq fois et l'autre m'avait laissée tomber… Ou bien quatre fois et…

Ces calculs me faisaient tourner la tête. Je n'avais jamais eu la bosse des maths, même quand j'avais eu mon content de sommeil. En résumé, j'avais des projets confus pour la soirée avec une multitude de Mike et je n'osais pas décrocher mon téléphone.

Je réfléchissais à la manière de convaincre l'un des Mike que j'étais hospitalisée plusieurs jours à cause d'un mal hautement contagieux quand Pat, l'une des productrices, m'a abruptement arrachée à mes ruminations.

— Beau ?

— Oui ?

J'essayai de ne pas avoir l'air de quelqu'un qu'on réveille. Je ne savais même pas que Pat connaissait mon nom. Mais un jour, dans les toilettes, je l'avais surprise en train de me décocher un regard mauvais pendant que je remettais de la laque sur mes cheveux.

Gaile prétendait que c'était l'aérosol qui avait dû lui faire froncer le nez, mais j'étais persuadée qu'elle ne m'aimait pas. Elle me faisait penser à ces filles au lycée qui détestaient les majorettes, juste parce qu'elles étaient majorettes.

Oui, j'avais été majorette.

Dix contre un que Pat non.

— Tu es bien silencieuse, a-t-elle dit. Tu n'as pas d'idées ?

— Des i…dées ?

J'ai avalé une gorgée de mon café tiède dans mon gobelet en plastique, repoussant le moment de m'exprimer en attendant d'être frappée d'un éclair de génie.

— J'en ai quelques-unes mais je ne voulais pas, euh… vous interrompre.

— Eh bien, tu as la parole, maintenant, a-t-elle dit en tapotant son double menton.

Sorcière.

Je me suis concentrée comme une malade avant de dire la première chose qui me passait par la tête.

— Si nous consacrions une semaine aux… gens ordinaires ?

Un silence de plomb est tombé sur la pièce.

J'ai osé un regard en direction de Gaile.

Elle a eu pour moi le genre de regard que devaient avoir les occupants des canots de sauvetage du *Titanic* pour les pauvres hères abandonnés sur le pont.

Mais j'ai plongé, parce que tout le monde attendait la suite.

En se demandant combien de temps il faudrait à la direction des ressources humaines pour me remplacer.

— Nous pourrions… euh… suivre une personne avec une caméra — ou peut-être deux personnes — pendant une semaine. Vous voyez… enregistrer les interactions, ce qu'ils font toute la journée.

— Quelles personnes ? a demandé Janelle, désarçonnée — et aussi intriguée.

Galvanisée d'avoir retenu son attention, connue pour être de courte durée, j'ai brodé :

— Des colocs par exemple, ou… euh… un couple marié. Ou encore des étrangers que nous réunirions au hasard, pour voir ce qui se passe.

— Quoi ? est intervenue Pat. Qu'est-ce qui pourrait se passer ?

— On ne sait pas. C'est tout l'intérêt. Des trucs de tous les jours.

— Ça ne marcherait jamais, a décrété Pat.

Elle me tapait vraiment sur les nerfs, avec l'intensité d'une overdose de caféine.

— Sans compter le budget. Entre le casting pour choisir les acteurs, les scénaristes…

— Nous tournerions sans scénarios, ai-je coupé. Et sans acteurs. Il s'agirait de la réalité, vous voyez ? De vraies personnes, avec de vraies conversations. De vraies disputes. Peut-être de vraies histoires d'amour. Peu importe. L'intérêt consisterait à être témoins de la vie ordinaire des gens.

— Pourquoi les gens auraient-ils envie de regarder des

gens ordinaires à la télé ? a demandé l'un des directeurs de casting. Les gens veulent voir des célébrités. C'est le principe même de l'industrie du divertissement.

— C'est un peu vrai, a dit Janelle en secouant sa crinière rousse.

— Certains d'entre vous connaissent-ils l'émission *Flics* ? ai-je demandé, frustrée.

D'accord, au début, j'avais dit la première idée qui me passait par la tête. Mais plus je tentais de les convaincre, plus j'étais convaincue qu'elle était brillante.

— *Flics ?* a répété Janelle. Qu'est-ce que c'est ?

— Une nouvelle émission sur la Fox. Des cameramen suivent de vrais flics avec leur caméra.

— Ça ne durera pas, a assuré Pat.

Tout le monde a acquiescé.

— Quelqu'un d'autre a une idée ? a demandé Janelle d'une voix plaintive.

— Si on faisait une semaine sur les collègues farfelus, suggère quelqu'un.

Dans le genre nul.

— La semaine des collègues farfelus ? C'est génial !

Et ils se sont précipités sur cette idée, me laissant libre de penser à mes Mike.

Je ne pouvais pas les gérer tous les deux *ad vitam aeternam*. Surtout maintenant que Mike était de retour définitivement.

Il fallait en finir… et vite…

# 27

*Présent*

En me jetant dans les bras de mon mari à l'aéroport, je m'étais souvenue pourquoi je l'avais choisi *lui*. Mais la dispute dans la voiture m'avait rappelé pourquoi j'avais failli *ne pas* le choisir.

Dès mon arrivée, je suis tentée de foncer sur mon ordinateur.

Mais je jure que c'est par curiosité. J'ai envie de savoir si j'ai des messages de DodoCrapulo64, ou s'il est définitivement sorti de ma vie.

Je n'arrive pas à me résoudre à sa disparition… et je n'ose pas souhaiter quoi que ce soit d'autre.

Car ce serait mal.

Non. Pire. Adultère.

J'ai beaucoup de défauts, mais je refuse de m'adonner à celui-ci. C'est une chose de jongler entre deux hommes quand on est jeune et célibataire. C'en est une autre lorsque vous avez juré fidélité à votre mari et que le bonheur de trois enfants dépend de votre comportement.

D'ailleurs, j'aime Mike. Même quand il se conduit comme un idiot, comme quand il a changé de file sur le pont.

J'ai moi-même tendance à faire parfois des bêtises, au cas où vous ne l'auriez pas remarqué.

Je savais bien que vous l'aviez remarqué.

Enfin, si je trouve un message de DodoCrapulo64, je serai rassurée. Je saurai que je compte assez pour lui pour qu'il m'écrive et cela peut me suffire. Peut-être même que je détruirai le message et passerai à autre chose.

Ou peut-être que je le lirai et répondrai.

Rien de compromettant. Je peux me contenter d'accepter ses excuses pour le baiser sur la plage et prendre congé dans les formes. Affaire classée.

Mais le mail devra attendre. J'ai trois enfants affamés à nourrir, du courrier à ouvrir, du linge sale à mettre en machine.

Par chance, une fois que les enfants ont terminé leurs raviolis en boîte réchauffés au micro-ondes, Mike prend le relais. Il promet à Mikey et Josh de les emmener à la piscine s'ils se dépêchent d'enfiler leurs maillots.

Il demande mon assentiment du regard.

— Vas-y, lui dis-je, à quatre pattes sous la chaise haute de Tyler où je ramasse des morceaux baveux de biscuits — en même temps qu'un cracker ou deux fossilisés. Beurk.

En remarquant un morceau de pain — piqueté de vert moisi — sous la table, je fais l'erreur de demander :

— Melina n'est pas venue cette semaine ?

— Oh, elle est venue. Comme il n'y avait personne pour

la surveiller, je parie qu'elle est restée moins d'une heure. Elle n'a même pas tiré la chasse d'eau dans les toilettes du couloir.

— Comment le sais-tu ?

— Parce que j'avais fait exprès de faire pipi sans tirer la chasse, pour avoir une preuve.

— La preuve qu'elle ne tire pas la chasse après les autres ?

— Des toilettes dont on n'a pas tiré la chasse sont des toilettes qu'on n'a pas nettoyées.

Je soupire en m'extirpant de sous la chaise haute, aussi écœurée par les détritus que j'ai ramassés que par les histoires de pipi et de chasse d'eau de Mike.

— Elle doit partir, Beau. Si tu ne la vires pas cette semaine, c'est moi qui le ferai.

— On ne peut pas la virer comme ça.

— Moi, je peux.

— Elle a des enfants à nourrir au Guatemala. Nous devons lui laisser le temps de trouver un autre job.

Cette discussion est aussi ramollie que les céréales trouvées sous la chaise de Tyler. Mais après la scène dans la voiture, se retrouver en terrain connu me soulage presque.

— Si nous l'avions virée quand je voulais le faire, ronchonne Mike, elle aurait déjà trouvé un autre job. Je suis sérieux, Beau. Il faut qu'elle s'en aille. Je vais…

— Je vais la virer, dis-je en jetant le pain moisi, les vieilles céréales et la poussière de cracker à la poubelle. Je vais la virer. O.K. ? Mais laisse-moi m'en charger.

— Pourquoi ? Tu as peur que je me montre trop méchant ?

— Je sais que tu le seras.

— Comment ? Je ne parle pas un mot d'espagnol.

— Ta voix et tes gestes vont exprimer la méchanceté. Moi, je vais lui parler gentiment.

Il empile les bols en plastique des enfants et ramasse leurs serviettes en papier pleines de miettes et de sauce.

— Du moment qu'elle est partie à la fin de la semaine.

— Si on disait au milieu de la semaine prochaine ?

— Cette semaine.

Je décide intérieurement que la semaine prochaine sera bien assez tôt. Cette pauvre femme va être bouleversée de perdre une partie si importante de son revenu hebdomadaire.

Peut-être qu'avec l'argent économisé pendant mon séjour en Floride je peux lui verser une ou deux semaines de salaire, en guise d'indemnité de licenciement.

— Tu veux venir nager avec moi et les enfants ? demande Mike, s'éclairant un peu, maintenant que le problème Melina semble résolu. Je parie que la piscine ne sera pas bondée un samedi soir.

Je parie que si. La piscine est toujours bondée.

— Non merci. Je vais rester ici. Je préfère que Tyler se repose après tout ce trajet.

— O.K.

Il ne semble pas éprouver le moindre soupçon.

D'ailleurs, pourquoi soupçonnerait-il quelque chose ? J'ai bien le droit de rester à la maison sans lui. Je le fais tout le temps.

Même s'il me surprenait en train de consulter mon mail…

Et alors ? Aucune loi n'interdit de consulter sa boîte électronique.

Peut-être que je me torture trop l'esprit avec tout ça.

— Ne les emmène pas dans le grand bain, dis-je à Mike. Et avant d'entrer dans l'eau, vérifie que Josh ne cache pas de nourriture dans les poches de son maillot. Oh, et assure-toi qu'il soit bien allé aux toilettes.

Il m'obéit.

— Josh ! Va aux toilettes, lance-t-il, en rinçant les bols sales dans l'évier.

— Il faudra que tu l'y emmènes encore une fois à la piscine.

— Tu dis que les toilettes sont dégoûtantes.

— C'est vrai…

Je démonte le plateau de la chaise de Tyler pour le laver.

— … Mais si tu ne l'emmènes pas aux toilettes juste avant, il fera dans la piscine.

— Personne ne s'en rendra compte, si ?

Je me rappelle que je parle à un homme capable de faire exprès de ne pas tirer la chasse d'eau. Alors pourquoi s'étonner ?

— C'est dégoûtant, dis-je.

— Tu ne vas pas me dire qu'aucun enfant ne fait pipi dans cette piscine ?

— Ça ne veut pas dire que les nôtres sont autorisés à le faire.

Je cale Tyler sur ma hanche. Il sent mauvais. Je suis tentée de demander à Mike de le changer.

Mais la culpabilité m'en empêche.

Le temps de changer Tyler et de fourrer sa couche dans le compacteur, Josh et Mike se sont préparés. Ils me crient au revoir et la porte claque.

Enfin seule. Enfin, presque.

— Qu'est-ce que tu dis, Ty-Ty, dis-je à mon fils gazouillant. Tu veux aller dans ton transat ?

Il me fait comprendre que oui.

A moins qu'il ne gazouille n'importe quoi. Je l'emmène dans le salon et le dépose dans son transat.

J'aligne hochets, cubes et animaux en peluche sur le plateau autour du transat.

— Voilà mon chéri, dis-je avec enjouement. Ça va te tenir occupé un moment, non ?

Je m'installe à l'ordinateur tout proche.

Le temps que l'ordinateur ne démarre, Tyler jette par terre chacun des jouets disposés autour de lui.

— Cette fois, mon chéri, dis-je en me mettant à quatre pattes pour les ramasser, ne recommence pas. Maman n'a pas que ça à faire.

Il doit croire que si, parce qu'avant même que j'aie regagné mon siège, un bateau et un jeu de clés en plastique volent dans les airs.

— Ahhh ! s'écrie Tyler.

Ce qui peut se traduire par : « Je veux mon bateau et mes clés en plastique. »

— Une seconde.

Je clique sur l'icône du serveur Internet.

Tyler agite un marteau en peluche au-dessus de sa tête,

— Ahhh, ahhh, dit-il d'une voix nettement plus pressante, ce qui signifie : « Je veux mon remorqueur et mes clés tout de suite sinon le marteau plonge aussi. »

Je tape mon mot de passe, puis me baisse pour ramasser bateau, clés et, oui, marteau, tandis que l'ordinateur ronronne avant de se connecter.

— Voilà. Cette fois, garde tes jouets sur le plateau, mon chéri.

— Ble-bla, répond Tyler.

Traduction : *Oui, c'est ça*.

En me rasseyant, je vois tout de suite que j'ai du courrier.

Evidemment. Je n'ai pas lu mes messages depuis une semaine. Elle doit déborder de *spam*.

Effectivement.

Mais un rapide coup d'œil me permet de déceler la présence de quelques « vrais » mails. Un de Gaile, trois de Valérie, un de mon frère aîné…

Et un de DodoCrapulo64.

# 28

*Passé*

En sortant du boulot ce soir-là, la première chose que je vois en passant de l'air conditionné à la fournaise de la rue, c'est Mike. Celui de la carte de visite.

Oh non. Qu'est-ce qu'il faisait là ?

C'était évident. Il m'attendait.

Peut-être que je me trompais. Peut-être qu'il n'était pas là. Il n'était sans doute que le produit d'un fantasme provoqué par le manque de sommeil ou… ou… ou bien un mirage généré par la chaleur.

J'ai plissé les yeux et essuyé un filet de sueur derrière mon oreille avant de regarder de nouveau.

Bon, il était là.

Super.

De toute façon, la journée avait été infernale, atteignant son paroxysme avec Janelle nous intimant de lui trouver une liste de six possibilités de collègues farfelus avant demain matin 9 heures.

Je ne désirais qu'une chose : sauter dans le métro et rentrer chez moi… toute seule.

Mais de toute évidence, Mike, accoudé à l'entrée du métro pour lire le *New York Post*, m'attendait.

Serait-il répréhensible de piquer un sprint dans la direction opposée ?

Pas le temps de me faire une opinion. Il a relevé la tête et souri en pliant son journal quand il m'a aperçue.

— J'avais peur de t'avoir manquée.

Il s'est avancé et m'a planté un baiser sur la joue.

Zut, pourquoi fallait-il qu'il soit aussi beau ?

— Tu vois… tu ne m'as pas manquée.

— Mais toi, tu m'as manqué, a-t-il plaisanté. Je pensais que nous pourrions aller voir *Eddie and the Cruisers II* puis dîner au restau indien.

— On a tourné une suite à *Eddie and the Cruisers* ?

Je n'avais rien trouvé de plus brillant à répondre.

— Elle s'appelle *Eddie est vivant*, a-t-il ajouté avec un grand sourire. Evidemment, ça enlève un peu du suspense.

Il possédait le même charisme — et était tout aussi inaccessible, du moins pour moi — que le Christ noir du clip *Like a Prayer* de Madonna qui avait récemment défrayé la chronique.

Mike m'a dévisagée comme s'il venait juste de se rendre compte que quelque chose clochait sérieusement chez moi.

— A propos… Dois-je m'inquiéter que tu n'aies répondu à aucun de mes coups de fil aujourd'hui ?

J'ai refréné mon impulsion de lui demander à combien de coups de fil précisément je n'avais pas répondu.

J'ai préféré dire :

— Mike… il faut qu'on parle.

— Allons voir un autre film si tu préfères. Il paraît qu'*Uncle Buck* est très bien.

— Il ne s'agit pas du film.

— Oh-oh. Mauvais signe. Je devrais m'inquiéter hein ?

Le ton était presque à la plaisanterie, mais il ne souriait plus.

— … je devrais m'inquiéter ?

J'ai esquivé la question en faisant semblant de chercher un ticket de métro dans mes poches.

— Beau ?

Zut, j'étais épuisée et j'avais un besoin urgent de dormir, ou alors d'une dose supplémentaire de caféine. La solution sommeil semblait hors de question pour l'instant.

— Allons prendre un café quelque part, ai-je dit à contrecœur.

— Dans un bar qui vend aussi de l'alcool alors. J'ai l'impression que quand tu m'auras dit ce que tu as à me dire, un verre ne sera pas superflu.

Marrant, étant donné que je ne savais pas ce que j'allais lui dire.

Mais pas marrant au point de rire.

J'avais l'intuition que dans la soirée à venir, rien n'allait me faire rire.

Je devais dire à Mike que soit il acceptait de me partager

avec un autre jusqu'à ce que j'aie une vague idée de ce que je voulais...

Soit lui et moi, c'était de l'histoire aussi ancienne que la disco.

Comme je doutais même qu'il envisage la première hypothèse, j'ai compris que lui et moi allions être remisés au rang de Boney M.

Mais zut, ce n'était pas ce que je voulais.

Non ?

Cela simplifierait ma vie très compliquée, mais...

Je n'étais pas prête à me passer définitivement de lui.

Mais pas prête non plus à me passer définitivement de l'autre Mike.

En me dirigeant vers l'un des bars omniprésents de Manhattan, je me suis demandé comment j'aurais réagi si c'était l'autre Mike qui était venu m'attendre.

Serions-nous lui et moi sur le chemin de la rupture ?

J'en étais réduite à ça ? M'en remettre au hasard ?

Pourquoi pas. C'est vrai, c'était exactement ce que je faisais. Et ça ne paraissait pas plus dingue que n'importe quel autre scénario qui me traversait l'esprit.

L'*happy hour* avait rempli le bar de consommateurs insouciants.

— Vous vous installez au bar ou vous désirez une table ?

Mike m'a interrogée du regard.

— Une table.

J'avais conscience que notre conversation allait nécessiter un peu d'intimité.

Pendant que l'hôtesse nous cherchait une table, j'observais avec envie les gens qui sirotaient leur cocktail en échangeant des ragots.

J'aurais tant voulu pouvoir échanger des ragots. Que n'aurais-je donné pour m'asseoir au bar avec un cocktail corsé et critiquer mon boss avec mes collègues.

— Et si aucune table n'est libre ? a demandé Mike en se balançant d'un pied sur l'autre.

Hum. Bonne question. *S'il* ne restait aucune table de libre ? L'une de mes décisions avait déjà été dictée par le hasard.

Pourquoi pas une de plus ?

J'ai tranché. S'il n'y avait plus de table disponible, nous prendrions simplement un verre au bar. Et comme il était impossible d'avoir une conversation sérieuse en prenant un verre debout au bar, notre relation resterait intacte. Du moins pour ce soir.

Voilà. C'était décidé.

Je me sentais déjà un petit mieux.

L'hôtesse est réapparue, souriante.

Je me suis dit qu'elle souriait parce qu'il ne restait pas de table disponible et qu'elle aussi était soulagée que nous ne rompions pas ce soir.

— Nous avons une table de libre dans le fond, a-t-elle annoncé.

— Super, ai-je dit, le cœur lourd.

# 29

*Présent*

Mes paumes. soudain moites, font glisser directement la souris sur le mail de DodoCrapulo64.

Derrière moi, Tyler geint bruyamment dans son transat.

— Je sais que tu veux tes jouets, dis-je sans me détourner de l'ordinateur. Attends une minute, mon chéri. J'ai juste un truc à regarder.

Un *clic* et on y est.

Sujet : New York

Sujet... New York ? Je fronce les sourcils et lis la suite.

Date : 18 août, 8 : 09 heure de New York.
De : DodoCrapulo64@websync.net
A : Beauandco@websync.net

> Il faut que nous parlions. Je viens à Manhattan pour affaires la semaine du 22. Je descends au Pierre. Appelle-moi.

Non !

Le cri m'a échappé... avec une telle brusquerie que Tyler,

qui protestait toujours derrière moi, se tait un moment. Avant de se mettre à pleurer.

C'est tout ?

Pas un mot au sujet du Don Cesar, de la plage, du baiser ?

Aucune excuse, aucune explication ?

Je relis le mail.

Tyler pleure encore plus fort.

— Mon chéri…

Je me détourne de l'écran à contrecœur et me précipite pour prendre mon fils dans mes bras.

*Je viens à Manhattan pour affaires ?*

Manhattan, comme par hasard ?

Je ramasse les jouets et les replace autour du transat de Tyler.

— Maman ne criait pas après toi.

Une lueur éclaire ses yeux pleins de larmes et il attrape un gros cube en peluche pastel.

Pourquoi Manhattan ? Quel genre d'affaires ?

— Ne jette pas ce cube, Tyler…

Il jette le cube. Je le ramasse et le pose fermement sur son plateau.

— C'est rigolo de jeter ses jouets. Mais, après il n'en reste plus pour jouer.

Pour affaires ? Je croyais qu'il n'avait même pas de boulot.

Tyler jette son cube une fois de plus.

— Je ne le ramasserai pas, mon coco.

Les affaires en question consistent-elles à me rencontrer ? Ou est-ce juste une coïncidence ?

Tyler jette une balle en caoutchouc.

— Ça non plus, lui dis-je d'un air absent.

Je m'assieds sur le sol et me prends la tête dans les mains. Je me frotte les yeux.

Pourquoi ne m'a-t-il pas parlé de sa venue à New York la semaine dernière ? Est-ce une décision de dernière minute ? Peut-être voulait-il me le dire mais n'a pas eu le temps de le faire. Après tout, je me suis enfuie.

Un objet mou frôle mes épaules avant de s'écraser au sol dans un bruit de grelot.

— Arrête de tout jeter, Tyler.

— Ga-ga-tac !

Nous sommes la semaine du 22.

Peut-être est-il déjà à New York, à m'attendre.

Croit-il vraiment que je vais l'appeler ?

Hors de question que je l'appelle. Totalement hors de question ! me dis-je, juste avant qu'un missile en forme de hochet de bois ne m'atteigne en plein front.

— Aïe ! Sale gosse !

Tyler se met à crier.

Je grimace de douleur et frotte la bosse qui enfle à toute allure au-dessus de mon sourcil.

— … Tu as fait mal à maman !

Mon fils sanglote maintenant à fendre l'âme.

— Pardon, dis-je, prise de remords. Je ne voulais pas te traiter de sale gosse. Toi aussi, tu es désolé, non ?

Il crie encore plus fort, sa petite lèvre toute tremblante.

— Chuut. Je sais que tu ne l'as pas fait exprès, mon chéri. On ne fait jamais exprès de faire du mal à ceux qu'on aime. Parfois c'est… c'est plus fort que soi.

Je le prends dans mes bras pour le bercer, mais je pleure moi aussi. Des larmes amères, qui ne doivent rien à la bosse douloureuse sur mon front.

# 30

*Passé*

— Tu n'as pas rompu avec lui.

— Non…, ai-je platement répondu.

La question de Mike n'était pas vraiment une question.

— … Je n'ai pas rompu avec lui.

Il avale une gorgée de sa bière et je me délecte de mon gin tonic, heureuse que nous ayons tous deux préféré l'alcool au café.

— Tu l'aimes toujours ?

Il a reposé son verre sur le sous-verre avec tant de violence que de la mousse blanche a éclaboussé sa main.

Il ne l'essuie pas. Il ne semble même pas l'avoir remarqué.

— Je ne sais pas…

Je lui tends ma serviette en papier.

— … mais il vient vivre à New York.

— Pour toi ?

— Pour un job, ai-je dit en haussant les épaules.

Puis je l'ai regardé dans les yeux.

— … et pour moi, ai-je avoué.

— Alors voilà, ça y est ? Tu restes avec lui ?

Il semblait incrédule, la serviette inutilisée suspendue au-dessus de sa main dégoulinante de bière.

Je me sentait complètement idiote.

— C'est réellement ce que tu veux, Beau ? Rester avec lui ?

— Je ne sais pas ce que je veux, Mike.

Oh mais si, je savais ce que je voulais, ai-je réalisé en le regardant dans les yeux. Je le voulais, *lui*.

Avec autant de ferveur que j'avais voulu Mike la nuit précédente.

J'étais déchirée.

Déchirée entre deux amants…

Et j'avais la sensation d'être la dernière des idiotes.

J'ai laissé échapper un gloussement. Je ne savais même pas d'où il venait. Je ne trouvais pourtant rien de drôle à cette situation. Mais je n'avais pas pu retenir ce gloussement.

Mike paraissait incrédule.

— Tu viens juste de rire ?

— Non ! ai-je protesté.

Juste avant de glousser.

— Tu ris encore, m'a-t-il lancé d'un air blessé. Tu ris !

Oui. C'est vrai, je riais. J'ai cessé de lutter pour m'abandonner à une hilarité proche de l'hystérie. C'était plus fort que moi.

Etait-ce le manque de sommeil ou bien le gin ou le stress… je trouvais soudain tordant que ma vie puisse se résumer à une chanson idiote de Mary MacGregor datant de dix ans.

— Pourquoi ris-tu ?

— Je ne peux pas… t'expliquer.

Comme il tenait toujours ma serviette, j'ai pris la sienne pour essuyer mes larmes.

Pas des larmes de tristesse à l'idée de briser le cœur de quelqu'un, des larmes d'hystérie.

— Essaie quand même, a dit Mike en scrutant mon visage.

Ses fossettes n'étaient nulle part en vue et j'avais l'impression que mes explications ne les feraient pas sortir de leur cachette.

— Tu ne comprendrais pas.

Comment pourrait-il comprendre alors que je ne comprenais pas moi-même ? J'ai soupiré, tentant de me contrôler.

— Je te demande pardon… Tout d'un coup, quelque chose m'a fait rire. Mais…

J'ai encore soupiré et me suis forcée à le regarder en face.

— … c'est fini maintenant.

— Tu es sûre ?

— Oui. Je suis sûre.

J'ai hoché la tête d'un air sombre, me rappelant pourquoi nous étions là.

Les paroles de la vieille chanson à l'eau de rose trottaient toujours dans ma tête, mais elles ne me paraissaient plus comiques du tout.

— Je suis désolée.

Il n'a pas répondu. Il n'avait pas l'air de me trouver désolée du tout.

Mais je l'étais. Désolée d'avoir ri. Désolée de tout.

— Hier soir, j'étais décidée à rompre.

Je tentais désespérément de lui faire comprendre.

— … C'est vrai. J'allais lui parler de toi. Enfin… de nous. Toi et moi. Mais je n'ai pas pu le faire avant qu'il…

— … Ne te dise qu'il revenait à New York ?

— Oui…

Zut, il parlait sans détours.

— … Je n'aurais jamais pensé qu'il ferait une chose pareille.

— Je n'étais que ta roue de secours, c'est ça ? Tu me gardais en réserve pour ne pas te retrouver seule s'il ne venait pas à new York.

— Non ! Tu n'as jamais été ma roue de secours. Tu es… Tu… tu comptes vraiment, vraiment, pour moi.

Le doute a envahi ses yeux sombres.

— Tu dois me croire, Mike. Je t'aime.

Les mots ont jailli de ma bouche avec autant de facilité que le rire tout à l'heure.

Et j'étais sincère. De tout mon cœur.

Mike a hoché la tête d'un air triste.

— Mike, je t'en prie. Je t'aime. C'est juste que… je crois que je l'aime encore, lui aussi. C'est plus fort que moi.

— On ne peut pas aimer deux personnes en même temps.

— Moi si.

— Non, c'est impossible.

Comme dans la chanson, j'étais déchirée entre mes deux amants…

Comment pouvait-on en rire ? C'était tragique.

— Tu dois choisir, Beau.

Il avait raison et je le savais.

J'ai essuyé mes larmes avec la serviette en papier froissée.

Pas des larmes d'hystérie.

Des larmes de tristesse à l'idée de briser le cœur de quelqu'un.

# 31

*Présent*

J'avais reçu le mail de Mike il y avait deux jours et je n'avais toujours pas répondu.

D'abord parce que j'ai pensé que comme il était à New York, il ne le lirait pas tout de suite. A moins qu'il n'ait accès à un ordinateur. Ce qui était tout à fait possible.

Mais je n'ai pas envie de répondre précipitamment… si je réponds.

La vraie raison, je l'avoue, c'est que cette semaine, Mike est en vacances. Il passe donc tout son temps à la maison et à être tout le temps sur mon chemin, à chaque seconde — ce n'est pas désagréable, vraiment. C'est juste qu'il est… là. Ici. Partout. Si je m'installe devant l'ordinateur, j'ai peur de me retourner et le trouver penché par-dessus mon épaule.

Alors je reste loin de l'ordinateur.

Mais pas de Mike.

Sincèrement, c'est sympa de l'avoir à la maison. Sauf quand ça m'enquiquine.

Ça m'enquiquine quand nous ne sommes pas d'accord

sur la façon de réprimander les enfants… ou à propos de Melina, qui doit venir faire le ménage cet après-midi.

Mais quand tout fonctionne à merveille, Mike s'avère être aussi dynamique, serviable et efficace que Monsieur Bricolage. La photo de classe de Mikey est enfin encadrée et accrochée au mur, le tuyau d'arrosage désentortillé. La branche tombée du chêne a été débitée et le bois de chauffage empilé derrière l'abri de jardin.

Maintenant Mike s'attaque à la tuyauterie sous les escaliers, là où les nouvelles toilettes doivent être installées. Je déteste l'avouer, mais je suis presque plus heureuse que s'il nous avait emmenés passer de fabuleuses vacances au bord de la mer.

— C'est incroyable que tu saches installer des toilettes.

Je passe la tête dans l'ancien placard pour l'observer taper sur un tuyau.

— Ce n'est pas difficile, grogne-t-il. Il suffit de lire les instructions.

— C'est ce que je dis à propos de la cuisine. Mais tu refuses d'essayer.

— J'apprendrai à mitonner un ragoût quand tu apprendras comment installer des toilettes.

— C'est de bonne guerre.

Je dépose un verre de citronnade à ses pieds.

— Qu'est-ce que c'est ?

— J'ai pensé que tu aurais peut-être soif.

— Tu rigoles. De la citronnade ?

— Ce n'est pas grand-chose, dis-je en lui décochant un sourire mi-fée du logis, mi-miss sérénité. Il suffit de presser des citrons et d'ajouter eau, sucre et glace.

— Tu me donnes la recette pour que je t'en fasse ?

— Peut-être.

— Tu ne m'as pas fait de citronnade depuis des années.

Je lui en faisais souvent au bon vieux temps… lorsque nous étions jeunes mariés. J'aimais aussi lui préparer ses cookies préférés, ou une sauce spaghettis mitonnée maison — et non pas sortie d'une boîte de conserve.

A ces souvenirs, je me sens soudain coupable de ne pas faire assez la cuisine.

Il avale d'un trait la moitié de sa citronnade, puis émet le même son sourd que Mikey et Josh quand ils ont étanché leur soif. Je souris.

— Qu'est-ce qui est si drôle ?

— Rien, juste que… les garçons te ressemblent tellement.

— Evidemment, je suis leur père.

— J'en suis heureuse, lui dis-je.

Et je le pense sincèrement.

Tout a repris sa place dans mon petit monde. Je n'éprouve plus le moindre doute d'avoir épousé la bonne personne, et d'avoir fait le bon choix en m'enfuyant loin de Mike la semaine dernière sur la plage.

J'ai construit une vie avec cet homme. Une famille.

Comment un autre homme pourrait-il même se mesurer à ça ?

— C'est vrai que tu *as l'air* heureuse. Vraiment heureuse. Qu'est-ce qui se passe ?

— Que veux-tu dire ?

— Je ne sais pas… Tu as l'air si heureuse tout d'un coup.

— Et toi, tu sembles tout d'un coup très préoccupé de mes humeurs.

Prononcées à haute voix, mes paroles semblent plus mordantes que je ne le souhaitais. Je souris pour lui montrer que je plaisante.

— Tes humeurs changent si brutalement ces temps-ci qu'il est difficile de ne pas le remarquer.

— Je crois que c'est le syndrome prémenstruel, dis-je.

Quand on est une femme, on peut accuser ses hormones de beaucoup de choses sans éveiller les soupçons.

— C'est ce que dit Jan.

— Quoi ?

Je reste médusée.

— … Tu analyses mes sautes d'humeur avec ta secrétaire ?

— Je n'analyse rien. On… discute, simplement.

Il a la même expression que Josh hier, quand je l'ai surpris en train de viser une pile de linge propre avec son feutre à jet d'encre.

— Je ne peux pas croire que tu parles de moi derrière mon dos, dit la femme qui a embrassé un autre homme.

— Je suis désolé. J'étais un peu tourneboulé. Et… inquiet.

— Inquiet à propos de quoi ?

— Je me disais que tu traversais peut-être la crise de la quarantaine.

— La crise de la quarantaine ?

— A moins que ce ne soit la ménopause…

— La ménopause ?

— Jan dit que tu es assez âgée pour que…

— Mon âge ne regarde pas Jan !

Tyler se met à crier depuis la pièce voisine où je l'ai laissé sur une couverture avec des jouets.

— Calme-toi, Beau. Tu viens de réveiller le bébé.

— Il ne dormait pas.

— Tes cris l'ont effrayé.

— Quels cris ? dis-je en criant.

Il pose sa citronnade et s'approche pour me prendre dans ses bras.

— Je suis désolé.

Je tente de me dégager.

— Il faut que j'aille voir le bébé.

— Chou, ne…

— S'il te plaît ne m'appelle pas *chou*.

— Pourquoi pas ?

— Parce que je déteste ça.

— Je ne le savais pas. Pourquoi ne me l'as-tu jamais dit ?

— J'avais peur de te faire de la peine.

— Ça ne me fait pas de peine. Tu aurais dû me le dire.

Il me tient toujours contre lui. Je ne vois pas son visage, mais je sais qu'il n'est pas en colère, et que je n'ai aucune raison d'être en colère. Pas vraiment.

Pourquoi serais-je en colère ? Il se préoccupe de moi, s'inquiète, cherche des explications à mes humeurs.

— Je suis désolée.

De quoi, je ne sais pas trop, mais je le pense.

— Ce n'est rien.

— Et merci.

— Pour quoi ?

J'hésite.

— Pour les toilettes.

Il rit. Moi aussi.

Je me recule pour le regarder dans les yeux.

— Je ne plaisante pas. Je suis ravie d'avoir des toilettes supplémentaires.

— Oui… et quand ce sera terminé, nous embaucherons une femme de ménage qui les nettoiera.

Je ne relève pas.

Tyler continue de couiner dans la pièce voisine.

— Beau…

— Je sais.

— Je te rappelle juste que c'est aujourd'hui que tu dois la virer.

— Je vais la virer, mais pas aujourd'hui.

Je recule aussi loin que je le peux en évitant de me cogner

au plafond mansardé sous les escaliers et de marcher dans la boîte à outils ouverte sur le sol. J'ai besoin de m'échapper de ses bras.

— Je vais voir le bébé.

— Aujourd'hui. Tu avais promis.

— Non. J'ai dit que j'allais la renvoyer, mais je n'ai pas précisé quand.

— Si.

Je rétorque du tac au tac. Peu importe que notre échange me rappelle ceux de Mikey et Josh.

— Non.

— Si, tu l'as dit.

— Non, j'ai dit que j'allais la renvoyer, et je le ferai. Je lui donnerai quelques semaines de préavis et…

— Et tu crois qu'elle va nettoyer quoi que ce soit durant ces semaines de préavis ? Alors qu'elle n'a jamais rien nettoyé jusqu'ici ?

— C'est un comportement humain. Cette mère a des enfants à nourrir dans son pays.

— Et moi, je suis un père qui a des enfants à nourrir dans cette maison. Dans cette maison *sale.*

— Oh, elle n'est pas si sale. Juste un peu poussiéreuse.

— Elle est sale. Si Melina avait fait son travail, elle ne le perdrait pas.

— Je ne peux pas croire que tu aies si peu de cœur, Mike.

— Et je ne peux pas croire que tu avales une histoire aussi bateau. Où vas-tu ?

— Chercher le bébé, dis-je en filant dans le couloir. Après, je vais peut-être sortir un peu.

— Sortir où ? Avec le bébé ?

— Non sortir toute seule.

— Et les enfants ?

C'est la goutte d'eau.

— Tu es là. Tu les surveilleras.

— Mais tu vas où ?

Il me suit dans le salon où j'enjambe Mikey et Josh, affalés devant un dessin animé pour soulever un Tyler hurlant qui se tortille dans tous les sens. Ses larmes et sa bave sont striées d'orange.

— Qu'est-ce qu'il a sur la figure ?

— Des Fritos, lance Mikey, les yeux toujours rivés à l'écran.

— Vous lui avez donné des Fritos ? je demande horrifiée.

Les Fritos sont trop épaisses pour lui et je ne le laisse jamais manger sans surveillance.

— Non. Elles sont tombées de la poche de Josh et il les a ramassées.

J'essuie la bouche collante et humide de Tyler et vérifie qu'aucun Fritos ne traîne plus dans le secteur. C'est bon. Dieu merci.

Dieu merci.

Quand je pense à ce qui aurait pu arriver…

Parce que je ne le surveillais pas. Parce que j'étais distraite par… tout ce délire.

Distraite.

C'est un euphémisme.

— Tiens, dis-je à Mike en lui mettant le bébé dans les bras. Je dois sortir.

— Sortir où ? Combien de temps ?

— Je ne sais pas où et je ne sais pas combien de temps.

J'attrape mon sac et mes clés.

Mike me suit, portant un Tyler qui tend désespérément les bras vers moi.

— Regarde, Beau. C'est toi qu'il veut.

— Pardon, mon bébé…

Je dépose un baiser sur ses cheveux duveteux.

Il sent la bave et les Fritos. Je frémis encore à l'idée qu'il aurait pu s'étouffer.

— Maman revient bientôt, dis-je en ravalant la boule qui obstrue ma gorge.

Quand je démarre la voiture, je n'ai aucune idée de l'endroit où je me dirige.

Enfin pas tout de suite.

Pas avant que je ne me retrouve sur Sawmill River Parkway, qui mène droit à Manhattan.

# 32

*Passé*

Mike était parti passer un jour ou deux avec ses parents, avant leur départ en croisière pour Halifax. J'ignorais qu'ils partaient en croisière à Halifax, et que Mike comptait les rejoindre à Long Island, jusqu'à ce que je rentre du bar et trouve son mot à l'appartement.

Quel soulagement !

Après les événements de ces dernières vingt-quatre heures, je ne désirais rien d'autre que m'écrouler dans mon lit et dormir jusqu'à midi.

Ce qui était impossible, puisque je devais me lever aux aurores le lendemain matin pour dégoter une liste de dix collègues farfelus avant 9 heures.

Mais je pouvais tout de même m'accorder une bonne dizaine d'heures de sommeil. Une bonne dose de Benadryl m'avait aidée à sombrer dans les bras de Morphée. Je ne souffrais d'aucun rhume, mais en l'absence de somnifère disponible sans ordonnance, c'était mon médicament de prédilection. Encore que je devais être assez épuisée pour m'endormir sans aucune aide. Mais après ma soirée avec Mike, la nuit aurait pu être particulièrement agitée.

Quand je m'étais réveillée, le soleil se déversait par la fenêtre et Valérie était assise devant le miroir à maquillage, face à mon lit. Elle portait un jean délavé à l'acide, une grande chemise d'homme ceinturée et un gros nœud noir dans les cheveux.

— Bonjour, ai-je croassé en m'étirant.

— Salut…

Occupée à souligner ses yeux d'un épais eye-liner noir, elle ne se retourna pas.

— … C'est dingue comme tu dormais hier soir. Je t'ai secouée plusieurs fois pour m'assurer que tu respirais.

— J'étais… fatiguée.

Elle a reposé son crayon et a pivoté pour me faire face.

— Que s'est-il passé avec Mike ?

J'ai balancé mes pieds nus de l'autre côté du lit.

— Quel Mike ?

— Celui avec qui tu allais rompre la dernière fois que je t'ai parlé.

— C'était lequel ?

J'étais encore un peu engourdie à cause du Benadryl et je n'étais même pas certaine de savoir quand je lui avais parlé pour la dernière fois.

— Beau ! Tu as dit que tu allais plaquer Mike quand il arriverait de l'aéroport l'autre soir. Tu te souviens ?

— Oh… oui.

— Tu as changé d'avis ?

— Si on veut.

— Alors tu as plaqué le nouveau Mike ?

— Si on veut.

Ce n'était pas tout à fait la vérité, mais je n'étais pas d'humeur à expliquer ce qui s'était passé la veille. D'ailleurs, je n'étais pas certaine de ce qui s'était passé la veille, seulement de ce qui ne s'était *pas* passé… et du fait que j'avais un gros, gros, problème.

Comme si je n'avais pas déjà un gros, gros problème auparavant.

Je me suis levée du lit pour gagner la salle de bains, Valérie sur mes talons.

— Beau, raconte-moi ce qui se passe.

— Je promets de te le raconter dès que je le saurai moi-même.

J'ai fermé la porte et elle a protesté. Devant le miroir, je me suis longtemps contemplée, sans complaisance.

*Quel genre de fille es-tu ?* ai-je demandé à la fille en T-shirt usé, mascara dégoulinant et tignasse brune aux épis raidis d'Aqua Net de la veille.

La fille ne répond pas. Elle me tourne le dos, ouvre le robinet de la douche et se prépare à affronter une nouvelle journée.

# 33

*Présent*

Quand j'atteins le Bronx, j'ai changé d'avis, mais je ne fais pas demi-tour tout de suite. Le temps que j'atteigne West Side Highway, j'ai de nouveau changé d'avis.

Pourquoi ne me rendrais-je pas à Manhattan ?

Ça ne m'oblige pas à voir Mike. J'ai plein d'amis à Manhattan.

D'accord, j'en ai deux.

D'accord, une. Puisque Gordy fait la tournée des festivals d'été.

Mais j'ai promis à Valérie de venir la voir à New York, vous vous souvenez ?

Je quitte l'autoroute pour me diriger vers Central Park. De la main droite, je cherche mon portable tandis que de la gauche, je tourne le volant.

Oui, c'est interdit dans l'Etat de New York. Mais je suis le genre de femme qui peut embrasser un autre homme que son mari, vous vous souvenez ?

Alors les scrupules concernant le téléphone au volant…

Je compose de mémoire le numéro du bureau de Valérie. Du moins, c'est ce que je crois.

Ce n'est pas sa snob de secrétaire qui me répond, mais quelqu'un qui parle à peine anglais et travaille soit aux Nations unies, soit dans un restaurant japonais — je ne saurais le dire.

Aucune importance.

L'important, c'est que je roule sur une des routes tortueuses qui traversent Central Park. Donc, je n'ai ni le numéro de téléphone de Valérie ni de l'endroit où se trouve son bureau. Mais je sais où est situé l'hôtel Pierre et je vais droit dessus.

Il existe bien entendu d'autres destinations possibles dans l'East Side. Le Metropolitan Museum of Art. Le magasin Saks sur la Cinquième Avenue. Le restaurant Le Cirque.

Et le bureau de Valérie. Je pourrais appeler les renseignements pour en trouver le numéro.

Mais puisque je suis dans les parages, pourquoi ne pas aller à l'hôtel Pierre et achever ce que j'ai commencé la semaine dernière.

Non. Achever ce que j'ai commencé quinze ans auparavant.

Il est temps.

# 34

*Passé*

Mike est revenu de Long Island aussi brusquement qu'il était parti. Il a sonné chez moi juste au moment où j'ôtais le tailleur froissé et trempé que je portais au boulot.

— Je ne savais pas que tu rentrais ce soir.

Tout en continuant d'ajuster mon long T-shirt enfilé à la hâte et mon caleçon moulant en Lycra noir, je lui ai ouvert la porte.

— Tu n'as pas trouvé mon mot ? a-t-il demandé en m'embrassant sur la joue.

Ses cheveux sont humides de l'orage d'été et des gouttes d'eau tachent sa chemise de coton bleu pâle à manches courtes.

— Si.

— Je disais que je rentrerais dans un jour ou deux.

Il a jeté son sac sur le sol.

— Ça va faire deux jours. D'ailleurs, je ne savais pas que tu allais partir si vite.

— Moi non plus. Mais ma mère a fait tout un plat pour me voir avant que je ne quitte la ville, alors…

Il a haussé les épaules.

— J'ai tenté de te joindre au studio pour te le dire, mais tu ne m'as jamais rappelé. Tu as eu mes messages ?

J'ai menti.

— Non.

Une fois de plus, je m'étais interrogée sur le nombre de messages qu'il avait laissés.

Mais quelle importance.

Quelle importance qu'il ait laissé trois messages et l'autre Mike deux, ou vice versa ?

Cette information ne m'aiderait pas à décider avec quel Mike je devrais rester et quel Mike je devrais quitter.

Non. J'avais déjà pris ma décision, fondée sur des critères bien plus significatifs.

Oui. Bien sûr.

Ma décision dépendait purement et simplement du Mike qui se tenait devant moi. Du moins, c'est ce qu'il me semblait.

— Tu veux aller manger quelque chose ? a-t-il demandé en regardant sa montre. Je meurs de faim.

— Il n'est que 18 h 30.

Mais je connaissais déjà sa réponse. Zut, peut-être avais-je dit ça *parce que* je connaissais sa réponse.

— Oui. Et les gens normaux dînent à 18 h 30.

— Les New-Yorkais sont des gens normaux…

Il a eu un sourire ironique.

— On peut avoir envie d'être différent.

— … or la plupart des New-Yorkais ne dînent pas à

18 h 30. Donc, si tu veux devenir New-Yorkais, tu vas devoir t'adapter.

J'ai aussitôt souri pour prouver que je plaisantais. Sauf que je ne plaisantais pas.

— Pourquoi es-tu si agressive ?

Le ton est nettement moins sympa. J'ai touché une corde sensible.

Apparemment, je voulais déclencher une dispute.

Pourquoi ?

Qui sait ? Peut-être parce que je suis une peste pourrie gâtée.

Me sentant coupable — mais pas autant que je le devrais — j'attrape le paquet de cigarettes de Valérie avant de concéder :

— Désolée. J'ai eu une très longue journée.

— Depuis quand fumes-tu ?

— Je ne fume pas.

J'allume ma cigarette et avale une grande bouffée.

— Tu es en train de fumer.

— Je sais.

Il semble attendre une explication supplémentaire.

— C'est parce que…

Ma voix m'a trahie. J'ai contemplé la vitre striée de pluie et le gris sordide du crépuscule, tentant de décider si je voulais calmer le jeu… ou mettre le feu aux poudres.

— Parce que quoi ?

Fatiguée de notre petit jeu, je me suis décidée à dire la vérité.

Ou plutôt de *mon* petit jeu. Lui est plutôt spectateur — et c'est injuste. S'il n'y avait que cette injustice dans notre relation.

— Je fume parce que j'ai les nerfs à vif, Mike.

— Les nerfs à vif? Pourquoi?

J'ai avalé la fumée à fond. Ça me faisait du mal. Tant mieux. Peut-être avais-je besoin de me punir.

J'ai exhalé la fumée dans un nuage mentholé avant de déclarer avec lenteur :

— J'ai quelque chose à te dire avant de... J'ai quelque chose à te dire.

Quand ai-je décidé de lui dire toute la vérité?

Aucune idée. L'idée m'est peut-être passée par la tête juste avant que je n'ouvre la bouche. A moins que depuis le début, je sache que je finirai par être sincère. Je lui dois au moins ça.

Merde, peut-être que je lui dois bien plus que ça.

A moins que je ne lui doive rien du tout.

J'étais plus paumée que jamais.

Ce qui, si vous avez suivi jusqu'ici, n'est pas peu dire.

— Qu'as-tu à me dire? a demandé Mike, me scrutant avec attention et fronçant le nez à cause de la fumée.

— Je sors avec un autre homme, Mike.

Voilà. Je l'ai dit.

Je ne sais pas à quelle réponse je m'attendais, mais en tout cas, pas à celle qu'il m'a faite, ça, c'est certain.

Il a dit la dernière chose que je pensais entendre à cet instant de sa bouche.

Il a répondu :

— Epouse-moi, Beau.

# 35

*Présent*

En semaine, il peut tout aussi bien se trouver en réunion qu'en pleine séance de travail.

En fait, les chances que je trouve Mike dans sa chambre de l'hôtel Pierre sont extrêmement minces.

C'est ce que je me répète en me frayant un chemin dans le hall après avoir garé le van dans un parking de Lexington.

Mais il fut une époque où je prédisais que Madonna ne durerait pas plus longtemps que les mitaines en guise de bandeau et qu'INXS deviendraient les nouveaux Beatles.

Intéressant comme quinze années vous font voir les choses différemment.

Beaucoup de choses. Pas seulement la culture pop.

Quand le réceptionniste appelle la chambre de Mike, Mike répond.

— Vous pouvez monter, me dit l'employé, avec un sourire froid et professionnel.

*Tu n'es plus en Floride, Alice*, me dis-je.

— Merci.

— De rien, dit-il en m'indiquant le numéro de la suite.

J'ai envie de l'interroger sur la réaction de Mike quand il a appris que j'étais là, mais il me paraît trop rigide. A une femme, j'oserais. Ou si nous nous trouvions à l'Holiday Inn.

Mais il ne s'agit pas d'une femme et je suis bien certaine de ne pas me trouver à l'Holiday Inn. Alors je me contente de le remercier et traverse le hall élégant jusqu'aux ascenseurs.

Cet endroit est aussi immense que le Don Cesar. Pour la première fois, je me demande comment Mike peut se l'offrir.

Mais ce n'est pas important, vraiment.

La seule chose qui importe maintenant, c'est de faire ce que je suis venue faire.

Tendue en prévision de ce qui m'attend, j'approche de l'ascenseur.

Le liftier me salue et s'écarte poliment.

Je m'arrête. Puis-je vraiment faire ça ?

Soudain, j'ai envie de m'enfuir dans la rue.

Mais mes jambes franchissent le seuil et pénètrent dans l'ascenseur.

— Quel étage, madame ?
Je n'hésite qu'une seconde.
— Quatorzième.
Les portes coulissantes se ferment devant moi.

# 36

*Passé*

— *T'épouser?* ai-je répété, incrédule. Que veux-tu dire?

— Je veux qu'on se marie.

Je l'ai regardé, médusée.

Dehors, un coup de tonnerre a retenti, comme pour souligner le coup de théâtre.

— Je n'ai pas fait ma demande comme il faut, c'est ça? a-t-il dit en riant nerveusement. J'avais tout planifié, avec un discours dans les règles au moment de t'offrir la bague, mais tu m'as pris de court.

— Mike…

Je ne trouvais plus mes mots.

Il allait me donner une bague? Une bague et tout un discours dans les règles?

Il croyait que je méritais une bague et tout un discours après ce que j'avais fait?

Peut-être ne m'avait-il pas entendue. Peut-être qu'au lieu de *Je sors avec un autre homme, Mike,* avait-il entendu *Je voudrais vraiment que tu me demandes en mariage, Mike.*

Quoi ? C'était possible ?

Non, aucune chance.

Alors, excusez mon langage, mais… Putain ! Qu'est-ce qu'il raconte ?

J'ai fini par retrouver ma voix.

— Mike, tu n'as pas… je veux dire… As-tu entendu ce que je viens de dire ?

— Tu as dit que tu sortais avec quelqu'un d'autre. Je sais.

— Que je l'ai dit ou que je sors avec quelqu'un d'autre ?

— Les deux.

Nouveau choc. Zut, ce soir, les chocs pleuvent comme des blocs au Tetris.

— Comment le sais-tu ?

Qui lui avait dit ? Valérie ? Gaile ? Pat, la sorcière productrice du bureau qui me détestait ?

En réalité, je n'en savais rien.

J'ai réfléchi à l'instant que a) Pat ne savait pas que je trompais mon petit ami, que b) Pat ne savait même pas que j'avais un petit ami, donc que c) Pat ne pouvait pas être celle qui avait craché le morceau.

*Parano à ce point ?* a murmuré ma voix intérieure, sarcastique. Ma voix extérieure, elle, était plutôt blanche.

— Tu l'as compris tout seul ?

— Oui.

— Comment ?

J'ai préféré m'écrouler sur le siège le plus proche avant que mes jambes tremblotantes ne me lâchent.

— Quand ?

— Ces dernières semaines. Je ne suis pas idiot, Beau.

Non, il n'était pas idiot. Même s'il avait adopté un vocabulaire de bande dessinée, il n'était pas idiot.

Je culpabilisais encore davantage. Je ne l'avais même pas cru capable de comprendre qu'il se passait quelque chose.

— Je sais que tu es belle et que les autres types ne sont pas aveugles. Et tu es un être humain.

Soudain, mon comportement ne me paraît plus si impardonnable.

— … Tu semblais de plus en plus distante. Et ces derniers temps, tu n'étais jamais là quand je téléphonais. J'en ai tiré les conclusions qui s'imposaient. Il était temps, tu ne trouves pas ?

J'ai ouvert la bouche pour préciser que ça ne datait pas de si longtemps.

Mais cela paraissait presque pire. Je ne voulais pas qu'il croie que j'étais tombée raide amoureuse d'un autre homme en l'espace de quelques semaines.

— Peut-être, a-t-il continué d'une voix pleine de regrets, ai-je mis du temps à comprendre que j'allais te perdre si je ne mûrissais pas et ne prenais pas d'engagement.

— Mais Mike… tu *as* pris un engagement. Tu as refusé ce job en Californie pour moi — un superjob que tu désirais. Et tu reviens vivre à…

— Ça ne te suffisait pas. Je l'ai compris l'autre soir. C'est évident. Tu désires davantage. Et tu mérites davantage. C'est pourquoi je suis allé à Long Island.

— Pour quoi faire ?

— Viens... je vais te montrer.

Les jambes molles, je l'ai observé traverser la pièce et se pencher sur son sac.

Je soupçonnais qu'un autre bloc de Tetris allait me tomber dessus.

Il a fouillé dans son sac, puis a regagné son siège.

— Je suis allé chercher ça.

*Ça,* c'était un écrin de velours. Il l'a ouvert et je suis restée bouche bée devant une bague de fiançailles en diamant.

— Non, ai-je dit dans un souffle, incrédule.

Il a plongé un genou en terre et s'est emparé de ma main.

— Non ?

Il a interrompu son geste, comme s'il venait juste de comprendre ce que je venais de dire.

— ... Non, quoi ?

Non pour un tas de choses.

Non, c'est impossible.

Non, tu n'as pas le droit de me demander de t'épouser.

Non, je ne peux pas t'épouser.

J'ai respiré à fond.

— Mike…
— Beau, veux-tu m'épouser… ?
La question a fusé avec une rapidité redoutable.
— … je t'aime. S'il te plaît.

# 37

*Présent*

La porte de la suite s'ouvre avant même que j'aie frappé. Le poing en l'air, je comprends qu'il est définitivement trop tard pour reculer.

Non pas que j'en aie eu l'intention.

D'accord, j'ai été tentée de demander au liftier de faire machine arrière. Mais je ne l'ai pas fait.

Alors je me retrouve une nouvelle fois face à face avec Mike.

Une fois de plus, je suis étonnée de remarquer qu'il a vieilli.

Non, pas depuis mardi dernier.

Mais je… je ne sais pas si je m'habituerai jamais à lui voir des cheveux grisonnants et des pattes d'oie.

— Je suis surprise de te trouver ici.

C'est tout ce que je trouve à dire.

Mike, d'âge mûr mais toujours aussi beau, se recule pour me laisser entrer.

— J'allais te dire la même chose.

Le bruit de la porte se refermant derrière moi me semble assourdissant.

— J'ai reçu ton mail.

— Apparemment.

Apparemment ?

Il semblerait que mon cerveau ait cessé de fonctionner correctement depuis que je suis partie de chez moi.

— Tu es là, explique-t-il.

— Oh, c'est vrai. Je suis là.

*Là* désignant une suite spacieuse, dotée de moulures à l'ancienne, de hautes fenêtres encadrées de draperies, de meubles européens et d'une vue éblouissante sur Central Park.

— Qu'en penses-tu ? demande-t-il.

— C'est magnifique.

— Bof.

— Bof?

— Tu n'as jamais vu la suite présidentielle du Don Cesar. Sinon tu dirais « bof » toi aussi.

— J'en doute.

— Je peux t'offrir un verre de vin ?

— Non, merci.

Je désigne son pantalon noir décontracté et sa chemise de lin blanc, m'étonnant de ne pas le trouver en costume-cravate, et me demandant pourquoi il est à l'hôtel au milieu de la journée.

— As-tu… Tu n'as pas des affaires à traiter ?

Il rit.

— Pas pour le moment.

— Je croyais que c'était la raison de ta venue à New York.

— C'est exact. Pourquoi ?

— Tu n'as pas le look de quelqu'un qui traite des affaires, c'est tout.

— Le genre d'affaires que je traite ne requiert aucun style vestimentaire particulier.

— En fait, à un moment, j'ai même cru que tu n'avais pas de job.

— Je n'en ai pas au sens strict. En ce moment, mon job consiste à gérer des investissements et des holdings, et je viens de temps à autre à New York pour m'en occuper.

Je voudrais en savoir plus mais il me coupe brusquement.

— Assieds-toi.

Je m'assieds.

Il s'assied près de moi sur le canapé. Pas juste à côté, mais assez près pour que je perçoive l'odeur de son eau de toilette.

Il ne portait jamais d'eau de toilette avant.

— La dernière fois que je t'ai vue, dit-il d'un ton indéfinissable, tu as pris la fuite, Beau.

— Tu ne mâches pas tes mots, n'est-ce pas ?

— Je ne les ai jamais mâchés.

— Non, dis-je pensive. Tu n'as jamais mâché tes mots.

— Et si je me souviens bien, toi non plus.

# 38

*Passé*

— Je ne peux pas t'épouser, Mike.

Les mots avaient fini par jaillir. Mais je n'étais pas certaine de les penser vraiment.

Je l'aimais encore. Je continuais de penser que nous pourrions arranger les choses entre nous.

Il a dégluti avec difficulté.

— A cause de *lui ?*

C'était la dernière chose que je désirais admettre.

J'aurais voulu lui donner une autre raison, une raison noble.

Que j'étais atteinte d'une maladie incurable, par exemple. Ou que je ne pouvais pas avoir d'enfants.

Avec le narcissisme et l'ignorance de la jeunesse, j'étais presque persuadée que n'importe laquelle de ces raisons serait plus facile à vivre que la réalité.

— Oui, ai-je dit lentement en fixant la bague de diamants que j'étais alors certaine de ne jamais porter. A cause de *lui*.

— Je ne peux pas croire que tu fiches en l'air tout ce qu'il y a entre nous à cause d'un… d'une passade.

Franchement, moi non plus.

Il y avait tant de choses que j'avais soudain envie de dire à Mike.

Mais pas à ce Mike.

Pourvu qu'il ne soit pas trop tard.

Je me suis levée et me suis dirigée vers la porte.

— Où vas-tu, Beau ?

— Je… Je suis désolée.

— Attends. Tu ne peux pas partir comme ça. Beau, reste, nous allons parler. Tu me dois au moins ça.

Oui. Je lui devais au moins ça.

Je pleurais. Des sanglots.

Mais je suis partie sans me retourner.

# 39

*Présent*

Je n'ai jamais mâché mes mots, et je ne vais pas commencer maintenant.

— C'est la raison de ma venue, Mike…

Je le regarde droit dans les yeux.

— … la façon dont ça s'est terminé entre nous cet été-là n'était pas juste envers toi.

Il a un petit rire amer.

— Non, tu trouves ?

— Ecoute, Mike. Je te demande pardon. Pardon aussi pour ce qui s'est passé la semaine dernière. Je ne voulais pas m'enfuir ainsi.

— Je ne sais pas pourquoi je m'attendais à un autre comportement de ta part, Beau.

— Qu'entends-tu par là ?

— Je croyais que tu avais mûri un peu. Quand tu es venue en Floride, j'ai pensé que nous allions reprendre là où nous en étions restés.

— Je sais et…

J'aurais voulu lui dire qu'il se trompait à ce sujet. Mais

il était temps que je cesse de lui mentir... et de me mentir à moi-même.

A contrecœur j'admets :

— Peut-être *était-ce* ce que je voulais, quelque part au fond de moi. Mais quand j'ai compris que c'était ce que tu désirais toi aussi... et que ça pourrait se produire...

— Tu as eu la trouille.

— Oui.

— Mais aujourd'hui, tu es là.

Il prend ma main et la serre fort dans la sienne, exactement comme auparavant.

— Je suis venue te parler.

— Je suis tout ouïe.

— Je suis venue pour m'excuser. Pour tout. Et te dire au revoir.

— Un au revoir digne de ce nom ? demande-t-il en m'enlaçant. Tu veux dire... ?

— Non, dis-je en le repoussant avec un sourire triste. Un véritable au revoir, Mike. J'aime mon mari. Je n'ai jamais cessé de l'aimer. Pour répondre à la question que tu ne m'as jamais posée : non.

— Non... ?

— Non, je ne regrette pas d'avoir épousé Mike. Voilà. C'est ma vie. La vie que j'ai choisie...

Pour le meilleur et pour le pire, dans la richesse comme dans la pauvreté, jusqu'à ce que la mort nous sépare.

— C'est ma vie, dis-je de nouveau, d'une voix ferme, enfin une voix d'adulte. Et... j'y retourne.

# 40

*Passé*

Il n'était pas chez lui.

Debout dans le vestibule glauque de son immeuble de Chinatown, je suis restée très, très longtemps à presser sa sonnette.

Aucune voix sourde n'a répondu dans l'Interphone ; aucun cliquetis rassurant de la porte qu'on déverrouille...

Où pouvait-il bien être ?

Pourquoi n'était-il pas là quand j'avais besoin de lui ?

Je suis restée debout dans la rue sombre, misérable sous la pluie, souhaitant avoir pris le temps d'enfiler un ciré, de ne pas avoir à retourner chez moi tout de suite, souhaitant un tas d'autres choses. Trop tard.

Si j'attendais ici assez longtemps, peut-être allait-il faire son apparition.

Non, je ne pouvais pas attendre ici.

Peut-être Mike était-il sorti avec une autre fille. Ou avait-il quitté New York et était-il reparti pour le Midwest.

Non. Il n'aurait pas fait ça.

Il ne serait pas parti sans me dire adieu.

N'est-ce pas ?

En fait... *pourquoi pas ?* Pourrais-je vraiment le blâmer s'il me plantait là sans un regard derrière lui ?

Non. Mais je refusais l'idée de ne jamais le revoir.

Il devait être... sorti.

Je lui dirai ce que j'avais à lui dire plus tard, au téléphone. Ou demain. Je n'étais pas obligée de le lui dire ce soir.

Mais je voulais lui dire ce soir.

A supposer que je sache ce que je voulais — ou qui...

Eh bien ce que je voulais, c'était en finir.

Trop de choses pouvaient arriver d'ici demain matin. Surtout si Mike — son discours dans les règles et sa bague de fiançailles tombée du ciel — n'avaient pas quitté l'appartement quand j'y rentrais.

S'il tentait de me convaincre de l'épouser ?

Si je disais oui ?

C'était ce que j'avais toujours espéré de lui, n'est-ce pas ? Qu'il s'engage ?

Et maintenant qu'il franchissait le pas, j'allais m'en aller ?

*C'est exactement ce que tu viens de faire*, me suis-je rappelé.

Il était peut-être encore temps. Il est peut-être encore dans mon appartement. Ou à Penn Station, à attendre un train. Ou déjà en route pour Long Island, chez ses parents... Je savais où ils habitaient. Je savais où le trouver...

Si je décidais de le faire.

Une chose était certaine… Je ne pouvais pas passer la nuit dans ce vestibule sordide à attendre quelqu'un qui pourrait bien ne jamais revenir.

# 41

*Présent*

— Je suis rentrée, dis-je à tue-tête.

Mais à peine entrée dans la maison, je m'arrête et renifle.

C'est bizarre. Ça sent l'eau de Javel, les fleurs et l'oignon qui frit dans l'huile d'olive.

Melina devait venir. Ce qui pourrait expliquer l'eau de Javel, encore qu'elle n'en utilise pas beaucoup, malgré mes requêtes.

Peut-être Mike est-il resté derrière son dos et lui a-t-il fait récurer la maison de fond en comble. Juste avant de lui dire d'aller se faire voir. Je n'en serais pas surprise outre-mesure.

C'est la vie. Il a raison. Il a raison à propos de beaucoup de choses.

Dans le salon, remarquablement propre et net, je trouve cinq enfants — trois à moi, deux à Laura et Kirk — alignés sur le divan, captivés par un épisode des *Dragons Tales*. Seul Tyler, soulevé par des coussins au bout de la rangée, lève les yeux et sourit au son de ma voix.

— Qu'est-ce qui se passe ici ? dis-je en le prenant dans mes bras et le serrant fort contre moi.

Ce matin, quand je lui ai dit au revoir, il sentait mauvais la bave et les Fritos. Maintenant, il sent l'adoucissant pour le linge et le shampooing pour bébé.

— Tu as pris un bain, bébé ? Les garçons, est-ce que papa a donné un bain à Tyler ?

— Chuuut… on est sages, me lance Mikey, sans quitter l'écran du regard.

Je repose Tyler sur le canapé et m'émerveille qu'il ne proteste pas. Il se pelotonne avec ravissement contre ses grands frères et suit avec attention la fête d'anniversaire télévisée à l'écran. Mon bébé commence à grandir.

Tout le monde grandit, tôt ou tard.

Dans la cuisine, aussi immaculée que le salon, je trouve Mike debout devant le four, dos à la porte.

Je reste une seconde à l'observer.

Il remue le contenu d'une casserole, consulte le livre de cuisine grand ouvert sur le comptoir, et verse un verre mesureur rempli d'un liquide ambré dans la casserole.

J'identifie la source de l'odeur de fleurs : un énorme bouquet de lis sur la table.

— Mike ? dis-je doucement en m'avançant. Je suis là.

Il se retourne, et le soulagement sur son visage me confirme que j'ai donné la bonne réponse, tout à l'heure.

Non, je n'ai pas de regrets. Aucun.

C'est ma vie. La vie que j'ai choisie.

# 42

*Passé*

J'ai reculé sous la pluie qui tombait à verse pour scruter Canal Street.

Evidemment, pas un taxi en vue.

J'allais arriver au métro trempée, mais quelle importance ? Mon T-shirt, mon caleçon moulant et mes baskets de toile étaient déjà spongieux, mes cheveux collants plaqués sur mon crâne, dégageant une forte odeur d'Aqua Net mouillé, et les joues sûrement couvertes de mascara.

J'ai descendu la rue tête basse, à cause de la pluie et parce que je ne parvenais plus à marcher tête haute.

C'est pourquoi je ne l'ai pas vu tout de suite.

C'est pourquoi je ne l'ai pas vu avant qu'une main ne se pose sur mon bras, que j'entende mon nom et que mes yeux se lèvent sur une paire de fossettes familières.

# 43

*Présent*

Il ne me demande pas d'où je viens.

Un jour, je lui dirai. Mais pas maintenant. Je n'ai rien à cacher, mais ça ne semble plus aussi important à présent.

Tout ce qui compte maintenant, c'est que je sois de retour chez moi, là où je me sens à ma place.

— Hé, dit-il en m'attirant contre lui.

— Hé, dis-je dans un murmure.

J'appuie ma tête contre son épaule.

— … Que fais-tu ?

— Je prépare à dîner. Tu as faim ?

— Ça dépend. Tu cuisines quoi ?

— Du poulet à l'ail. C'est un plat mexicain.

— Je sais, dis-je en souriant.

— Je sais que tu adores la cuisine mexicaine.

— Je l'adore. Et toi aussi.

Oh oui.

— Merci, dis-je. Pour le dîner, et pour les fleurs. Et pour avoir obtenu de Melina qu'elle nettoie enfin la maison.

Son sourire s'évanouit.

— A ce propos… Je ne sais pas si tu vas apprécier.

— Quoi ?

— Je… eh bien, je l'ai renvoyée. Cet après-midi.

Je me tais, attendant la suite. Je ne sais pas pourquoi j'ai l'intuition qu'il y a une suite.

— … Lorsqu'elle est arrivée, j'ai emmené les enfants chez Laura pour avoir le champ libre et je lui ai dit que… et elle… elle…

Sa voix faiblit et il paraît atrocement mal à l'aise.

— Quoi ? Que s'est-il passé, Mike ? Elle a pleuré ? Supplié qu'on lui laisse son boulot ? Refusé de partir ?

— Non. Elle…

Il respire à fond.

— Comme je ne parle pas espagnol, je l'ai traînée dans la chambre pour lui montrer les moutons sous le lit… Elle m'a giflé en pleine figure.

— Quoi ?

— Je lui ai dit qu'il fallait qu'elle s'y mette. Mais je parlais du ménage, pas du lit…

— En gros, tu as a proposé à notre femme de ménage de coucher avec toi ?

— Malheureusement, je crois que oui.

J'éclate de rire.

Lui aussi.

— Elle a dû croire que j'allais lui sauter dessus.

— Non, tu crois ? dis-je en gloussant.

— Elle s'est mise à me crier dessus en espagnol. Je ne

parle pas la langue, mais ce n'est pas difficile de deviner que *connardo* n'est pas un compliment.

Je ris de plus belle.

— Puis elle m'a fait signe qu'elle donnait sa démission et elle s'est enfuie.

— Quel geste a-t-elle fait pour donner sa démission ?

— Crois-moi, c'est un geste universel dans toutes les langues, dit-il, penaud. Tu n'es pas en colère ?

Je secoue la tête, toujours hilare.

— Je suis plutôt soulagée que le problème soit réglé. Mais comment l'as-tu remplacée si vite ?

— De quoi parles-tu ?

— La maison est si propre. Tu as fait appel à l'une de ces boîtes qui passent des annonces dans les journaux gratuits ?

— J'ai fait le ménage moi-même. J'ai laissé les enfants chez Laura pour l'après-midi et j'ai fait le ménage à fond. J'ai fini juste à temps, Laura a perdu les eaux et elle est à l'hôpital. Nous allons peut-être garder leurs enfants cette nuit. Kirk a promis d'appeler dès que possible.

— Elle est en train d'accoucher ?

Je suis tellement heureuse. Pour eux. Pour nous.

— Elle est en train d'accoucher…

Mike me serre contre lui.

— … Tu te souviens de la fois où nous sommes partis pour l'hôpital ?

— Laquelle ?

— Les trois fois. Mais la première est celle dont le

souvenir est le plus marquant. Tu avais si peur. J'essayais de te calmer, de plaisanter, de rabâcher cette histoire idiote de canapé pour te faire rire. Alors que j'étais probablement plus mort de peur que toi.

J'en reste ébahie.

— Tu étais mort de peur ?

— Bien sûr.

— Pourquoi ?

— Je craignais qu'il ne t'arrive quelque chose. A toi ou au bébé. Ou de me révéler un père nul. Ou un mari nul. Parfois, j'ai encore peur de tout ça.

— N'aie pas peur.

Je l'embrasse.

— … tu n'es pas nul.

— Pas pour les choses qui comptent, dit-il. Mais…

— Mais ?

Je retiens mon souffle.

— … Je ne suis toujours pas vedette d'un sitcom.

Je ris.

— Tu le regrettes ?

— Nan, dit-il, exhibant ses fossettes. J'ai tout ce que je désire.

Ravie, je renchéris :

— Moi aussi.

# 44

*Passé*

— Où vas-tu ? a demandé Mike, me tirant à l'abri de son parapluie tandis que la pluie se déverse autour de nous.

— Je… euh… chez moi, ai-je balbutié. Je rentrais chez moi. Je ne savais pas où tu étais et…

— Je suis là. Ça va ? Tu es trempée.

Il s'est penché pour essuyer de ses mains douces mes joues où se mêlaient larmes et gouttes de pluie.

— Mais tu pleures.

— Je croyais que tu étais parti.

— J'étais parti. Et je suis revenu. Je suis allé voir *Eddie and the Cruisers II.*

Il est allé voir *Eddie and the Cruisers II* ?

Il est allé voir *Eddie and the Cruisers II* !

Je n'ai jamais été aussi soulagée de ma vie.

— Dieu merci, ai-je dit en m'accrochant à sa chemise de mes deux mains.

— Tu es contente parce que tu ne seras pas obligée d'aller le voir avec moi ?

— Je suis heureuse parce que tu es là.

— Où veux-tu que je sois… ?

Il a observé la nuit orageuse.

— … encore qu'il existe bien quelques autres endroits où je préférerais me trouver, mais…

Je l'ai interrompu d'un baiser et me suis hissée sur la pointe des pieds pour attirer son visage contre le mien.

— J'ai rompu avec lui, ai-je dit quand nous cessons de nous embrasser.

— Tu as rompu ? Pour de bon ?

— Pour de bon.

— Tu es sûre ?

— Certaine, Mike…

Et je le pensais.

— … je ne veux personne d'autre que toi.

# 45

*Présent*

S'il y a une chose que j'ai apprise ces temps-ci, c'est que si on attend assez longtemps, tout revient tôt ou tard. Les pendants d'oreilles Paula Abdul. Les poupées Charlotte aux fraises.

Les ex que vous aviez cru rayés de votre vie pour toujours.

Quelques mois après ma visite à l'hôtel Pierre, j'ai reçu un dernier mail de Mike.

Sujet : Encore moi.
Date : 5 octobre, 9 : 32 heure de New York.
De : DodoCrapulo64@websync.net
A : Beauandco@websync.net

> Je voulais simplement te dire que c'est O.K. Vraiment. Je suis content que tu sois heureuse. Tu le mérites. Nous le méritons tous, non ? ☺ Prends bien soin de toi et de ta petite famille.

www.palmbeachpost.com/accent

C'est tout.

Je clique sur le lien. Aussitôt, je traverse le cyberspace jusqu'au site du journal *Palm Beach Post*.

Il me faut quelques minutes pour comprendre. D'abord parce que je ne sais pas trop ce que je cherche, ensuite parce que je passe presque sa photo sans la voir.

Je ne m'habituerai jamais à voir Mike en homme d'âge mûr. Mais il est beau sur la photo. Très séduisant, très… branché, me dis-je avec un sourire.

Il pose au côté d'une jolie brune qui porte des perles.

Je lis l'annonce des fiançailles plusieurs fois — surtout la dernière partie. Qui raconte comment le fiancé a fondé une boîte de logiciels dans la Silicon Valley dix ans auparavant avec deux amis chercheurs. Le nom de l'un m'est familier. Bradley Masterson, l'ancien prof d'ingénierie informatique de Mike. Quant au nom de la compagnie qu'ils ont fondée, je ne m'y connais peut-être pas beaucoup en informatique, mais même moi, je le reconnais.

Websync.

Comme dans DodoCrapulo64@websync.net

Ou Beauandco@websync.net

*J'ai monté une boîte avec quelques autres mecs, mais nous l'avons vendue.*

Je souris à son portrait dans le journal, lui adressant tous mes vœux à lui et sa nouvelle épouse.

Puis je me déconnecte et monte à l'étage pour

retrouver mon mari, qui regarde les Yankees en train de battre les Mets à la télévision.

— Tu ne vas jamais le croire, lui dis-je.

Je m'assieds près de lui sur le divan.

— Tyler a fait ses premiers pas ?

— Mike ! Il marche à peine à quatre pattes. D'ailleurs, il dort. Les trois garçons dorment.

Je me blottis contre lui et il passe son bras autour de mes épaules. Il sait que Mike m'a contactée cet été et que je l'ai vu en Floride. Je ne lui ai rien raconté du baiser… Cela lui aurait fait du mal. Je ne peux pas supporter l'idée de lui faire mal.

— Qu'est-ce qu'il y a ? demande-t-il.

Je lui raconte que Mike s'est fiancé. Que Mike avait créé — puis vendu — Websync.

— Il a dû récolter un million de dollars.

— Un million ? Tu plaisantes, Beau ? Un milliard plutôt. Probablement davantage. Je me souviens avoir lu un truc à ce propos dans *Business Week*. Je n'avais pas compris que cela le concernait.

Je le taquine.

— Imagine, si je l'avais choisi lui au lieu de…

— Tu serais une femme de milliardaire ?

— Non, si je l'avais choisi, il n'aurait pas accepté ce job et il ne serait pas milliardaire. J'allais dire que c'est peut-être toi qui serais devenu l'un des hommes les plus riches du monde.

— C'est exactement ce qui m'est arrivé, dit-il avec

assurance. Et je n'échangerais pas ma place avec lui, ni avec personne, contre un million.

Je souris, béate devant ses fossettes.

— Tu veux dire un milliard.

# 46

*Passé*

— Nerveuse ? a demandé Mike à voix basse.

J'ai fait non de la tête.

— Si, tu l'es.

Il a pressé ma main gauche, tremblante, dans la sienne. Nos deux annulaires étaient encore nus, mais plus pour longtemps.

Dans ma main droite, je serrais un bouquet de lis. Leur parfum m'enivrait, aussi démodé et romantique que la dentelle blanche qui voilait mon visage.

Je portais le voile de ma grand-mère Alice, le pendentif de ma mère et une superbe robe soldée à soixante pour cent chez Kleinfeld.

Quelque chose de vieux, quelque chose de nouveau, quelque chose d'emprunté.

L'objet bleu était enfoui dans mon bouquet de lis, invisible à toute autre personne que moi.

Deux mois ne suffisaient pas à organiser un mariage traditionnel à l'église suivi d'une grande réception.

J'avais toujours voulu me marier à l'automne, dans une

robe blanche avec traîne et voile. Et comme mes grands frères aimaient à le répéter. *Ce que Beau veut…*

Vous connaissez la suite.

Mais ce n'était pas toujours vrai. Je n'étais pas gâtée *à ce point-là.*

J'avais toujours voulu me marier dans la cathédrale Saint-Patrick ; je m'étais contentée d'un dais de feuillage automnal dans Central Park.

Je voulais une réception à la *Tavern on the green*, avec bisque de homard, filet mignon et un orchestre ; je m'étais contentée d'un restau mexicain de Midtown avec des *chimichanga* pimentés et un groupe de Mariachis.

Je voulais une lune de miel de trois semaines à Hawaii ; je m'étais contentée d'un week-end dans les Poconos.

Mais quand il s'agissait de ce que je désirais par-dessus tout, je n'avais pas transigé.

Le pasteur a commencé.

— Chers amis…

J'ai levé les yeux pour sourire à Mike.

# 47

*Présent*

— Nerveuse ? demande Mike à voix basse.

Je fais non de la tête.

— Si, tu l'es.

Il presse ma main gauche, tremblante, dans la sienne. Nos deux annulaires sont encore nus, mais plus pour longtemps.

Dans ma main droite, je serre un bouquet de lis. Leur parfum m'enivre, aussi démodé et romantique que la cérémonie de renouvellement des vœux le jour de notre anniversaire de mariage, sous un dais de feuillage automnal, dans notre propre jardin, avec nos trois enfants, notre famille et nos amis.

Cette fois, je ne porte pas de longue robe blanche, mais une ravissante robe ivoire achetée le mois dernier lors d'un week-end de shopping à New York avec Valérie. Je porte également son bracelet de perles porte-bonheur et les boucles d'oreilles de mon mariage.

Quelque chose de vieux, quelque chose de neuf, quelque chose d'emprunté…

Et l'objet bleu. Le même que la première fois, toujours enfoui dans mon odorant bouquet de lis.

Personne ne connaît sa présence, sauf moi.

Le renouvellement des vœux et la fête d'aujourd'hui sont mon idée.

La semaine aux Antilles, rien que nous deux, est la sienne. Il s'est occupé de tout et ses parents sont venus s'occuper des enfants. Il sont arrivés hier soir, armés d'aspirine et de plusieurs sacs remplis de jouets.

— Tu as pensé à mon camion de pompiers, papy ? a demandé Josh avec anxiété.

— Je suis désolé, Josh. Je crains que nous ne l'ayons oublié.

Des chuintements suspects s'échappent de mon deuxième fils. Il faudra que je rappelle à ma belle-mère de vérifier les poches de son pantalon Gap kids avant de le laver.

J'entends aussi Tyler qui babille dans sa poussette et l'une des jumelles de Laura qui proteste, quelque part à l'ombre de l'arbre sous lequel elle est installée.

*Une semaine de paix et de tranquillité avec mon mari à Aruba, quel délice !* me dis-je. Mais quel délice aussi de rentrer à la maison.

Après tout, le mariage, c'est ça.

Le mariage. Et la vie.

Je baisse le regard sur mon bouquet, juste pour m'assurer qu'elle est toujours là.

La carte de visite bleue que je n'ai pas jetée, ce fameux jour de juillet.

Est-ce que je crois au destin ?

Est-ce que ma vie est toute tracée ?

Est-ce que ce qui est arrivé serait arrivé même si je ne m'étais pas assise sur l'unique tabouret disponible au bar de l'aéroport, l'été 89 ?

Absolument.

Le pasteur commence.

— Chers amis…

Je lève les yeux pour sourire à Mike.

DANS LA MÊME COLLECTION
par ordre alphabétique d'auteur

| | |
|---|---|
| LAUREN BARATZ-LOGSTED | *Un très gros mensonge* |
| LAUREN BARATZ-LOGSTED | *Dans la peau d'une autre* |
| LAUREN BARATZ-LOGSTED | *Un très gros changement* |
| DEBORAH BLUMENTHAL | *Big Love* |
| DEBORAH BLUMENTHAL | *Mon meilleur ennemi* |
| BETSY BURKE | *Lucy, un peu... beaucoup... à la folie* |
| BETSY BURKE | *Journal d'une apprentie séductrice* |
| LAURA CALDWELL | *People attitude* |
| LAURA CALDWELL | *Méfiez-vous de vos vœux...* |
| YVONNE COLLINS & SANDY RIDEOUT | *Mariée, moi ?... Jamais !* |
| YVONNE COLLINS & SANDY RIDEOUT | *Promotion canapé* |
| LYNDA CURNYN | *Confessions d'une ex* |
| LYNDA CURNYN | *Opération bague au doigt* |
| LYNDA CURNYN | *Cherche prince charmant désespérément* |
| LYNDA CURNYN | *Petits meurtres en Bikini* |
| LYNDA CURNYN | *Les petits secrets de Carly****** |
| KYRA DAVIS | *Sexe, meurtres et cappuccino* |
| KYRA DAVIS | *Crimes, passion et talons aiguilles* |
| KYRA DAVIS | *Séduction, meurtres et chocolat noir* |
| KYRA DAVIS | *Rupture et conséquences******* |
| KYRA DAVIS | *Coups de foudre, crimes et rouge à lèvres* |
| JODY GEHRMAN | *Vent de folie en Californie**** |
| JODY GEHRMAN | *Bons baisers de Californie***** |
| KELLY HARTE | *Ma rivale et moi* |
| KELLY HARTE | *Coup de folie sur la City* |
| SUSAN HUBBARD | *Petites confidences entre amies* |
| SUSAN HUBBARD | *Miss London emménage* |
| HOLLY JACOBS | *Opération Cupidon**** |
| HOLLY JACOBS | *Un scénario diabolique***** |
| BRENDA JANOWITZ | *Comment j'ai survécu au mariage de mon ex* |
| BRENDA JANOWITZ | *Mon fiancé, sa mère et moi* |

... / ...

DANS LA MÊME COLLECTION
par ordre alphabétique d'auteur

| | |
|---|---|
| MINDY KLASKY | *Comment je suis devenue irrésistible !* |
| COURTNEY LITZ | *Ça n'arrive que dans les films !* |
| LIBBY MALIN | *Il m'aime… un peu… beaucoup ?* |
| WENDY MARKHAM | *Vous avez dit célibataires ?* |
| WENDY MARKHAM | *Ex in the City* |
| WENDY MARKHAM | *A quand le grand saut ?* |
| WENDY MARKHAM | *Moi & mon secret* |
| WENDY MARKHAM | *Mon fiancé, mon ex et moi* |
| WENDY MARKHAM | *Talons aiguilles et peinture fraîche* |
| LYNN MESSINA | *Fashion Victim* |
| LYNN MESSINA | *Made in New York* |
| LYNN MESSINA | *Héritière malgré moi* |
| SARAH MLYNOWSKI | *City Girl* |
| SARAH MLYNOWSKI | *Trois filles en folie* |
| SARAH MLYNOWSKI | *Télémania* |
| SARAH MLYNOWSKI | *Hommes, femmes : mode d'emploi* |
| SARAH MLYNOWSKI | *Moi & Moi, Vice Versa* |
| MELANIE MURRAY | *Miss Bubbles vole la vedette* |
| MELANIE MURRAY | *Un Noël (presque) parfait !*** |
| LEE NICHOLS | *Eleanor débarque !* |
| LEE NICHOLS | *Un fiancé qui a du chien* |
| LEE NICHOLS | *Eleanor s'en mêle !* |
| LEE NICHOLS | *Drôle de tandem* |
| TYNE O'CONNELL | *Absolutely fantastic* |
| TYNE O'CONNELL | *Lola et ses ex* |
| ERICA ORLOFF | *Diva attitude** |
| ARIELLA PAPA | *Manhattan et moi* |
| ARIELLA PAPA | *Pas de répit pour Rebecca****** |
| ARIELLA PAPA | *Au secours, ma meilleure amie est enceinte !* |
| LEIGH RIKER | *Ce que veulent les filles…* |
| WENDY ROBERTS | *Crimes et cocktails en série* |
| JACKIE ROSE | *Au secours, il m'aime !* |
| JACKIE ROSE | *Comment j'ai trouvé le prince charmant…* |
| ALLISON RUSHBY | *Apprentie fermière* |

…/…

DANS LA MÊME COLLECTION
par ordre alphabétique d'auteur

| | |
|---|---|
| ALLISON RUSHBY | *Je hais la Saint-Valentin* |
| MELISSA SENATE | *Célibataire à New York* |
| MELISSA SENATE | *Trois sœurs à New York* |
| MELISSA SENATE | *J-30* |
| MELISSA SENATE | *4 amis à Manhattan* |
| MELISSA SENATE | *La revanche d'une brune* |
| MELISSA SENATE | *Quinze questions à se poser avant de l'épouser****** |
| MELISSA SENATE | *Miss Yorkville******* |
| POONAM SHARMA | *Bientôt 30 ans, toujours célibataire !* |
| POONAM SHARMA | *Une célibataire à Los Angeles* |
| JANE SIGALOFF | *Lizzie dans tous ses états* |
| JANE SIGALOFF | *Personnel et Confidentiel* |
| JANE SIGALOFF | *Pour le meilleur et pour le pire !* |
| JANE SIGALOFF | *Telle mère, telle fille* |
| JANE SIGALOFF | *Chassé-croisé à Notting Hill* |
| JANE SIGALOFF | *Mister Mariage******* |
| JANE SIGALOFF | *Toute la vérité******* |
| P. JACQUELINE DE SOIGNÉE | *Princesse attitude** |
| JENNIFER STURMAN | *Le pacte* |
| JENNIFER STURMAN | *Miss Malchance mène l'enquête* |
| JENNIFER STURMAN | *Micmacs à Manhattan* |
| JENNIFER STURMAN | *Mystère à San Francisco* |
| KAREN TEMPLETON | *Moi, l'amour et autres catastrophes* |
| CATHY YARDLEY | *Aller simple pour Los Angeles* |

* titres réunis dans un volume double
** titres réunis dans un volume double
*** titres réunis dans un volume double
**** titres réunis dans un volume double
***** titres réunis dans un volume double
****** titres réunis dans un volume de cinq nouvelles : *Cinq citadines branchées*

## Également ce mois-ci

RED DRESS INK®

*La collection des citadines branchées*

Quand je dis que je suis avocate et que je vis à Los Angeles, les gens s'imaginent toujours que je passe mes journées en maillot de bain, au bord d'une piscine, en compagnie de George Clooney. Eh bien, ils se trompent...
La réalité est en effet un tantinet plus compliquée. Le soleil et la mer, je ne les vois pour ainsi dire jamais puisque je passe plus de douze heures par jour enfermée dans un bureau à déjouer les pièges que me tendent mes collègues pour me piquer ma place. Quant aux hommes, c'est à peine s'ils me remarquent. Ce qui n'est pas étonnant, d'ailleurs. Comment une petite brune, genre brindille, pourrait-elle rivaliser avec toutes ces naïades blondes aux formes parfaites qui peuplent les rues de Los Angeles ? Enfin, n'allez pas non plus vous imaginer que ma vie est un enfer, car il se trouve que j'ai les meilleurs amis du monde et que je suis sur le point d'obtenir la promotion de mes rêves...

*Dès le 1er Décembre*

RED
DRESS
INK®

*La collection*
*des citadines branchées*

2 titres
à paraître
le 1^er^ février 2011